文春文庫

源氏物語の京都案内

文藝春秋編

文藝春秋

『源氏物語の京都案内』目次

はじめに

『源氏物語』が書かれてから千年たった、と、源氏ブームがまた熱くなっています。千年というのは、『紫式部日記』寛弘《かんこう》五（一〇〇八）年十一月一日の記述から割り出されたものです。

この日、紫式部の仕えていた中宮彰子《ちゅうぐうしょうし》が、一条天皇の皇子・敦成《あつひら》親王を出産したお祝いの酒宴があり、貴族たちが酔って、美しい女房にたわむれかかっていました。その時、当代一の歌人・文人である藤原公任《きんとう》が、紫式部のいるところにやってきて、

「このあたりに若紫はいらっしゃいますか」

と言います。けれど紫式部は、

「光源氏のような素敵な人がいないのに、紫上がいるはずもないでしょう」

と思って、返事もせず黙っていた、というのです。ちょっと意地悪ですね。

酔ってお世辞を言う偉い男を、軽くいなした才女、にも見えますが、実は公任は中宮彰子の父・藤原道長と政治的に対立する立場だったので、紫式部も一矢を放った、と深

読みすることもできます。

厳密な学問の世界では、この解釈にも色々あり、この時点では「若紫」という呼び方が成立していないのでは、とか、公任のセリフの文法がおかしい、とか、公任は『源氏物語』のことではなく、歌に登場する「紫草」のことを言っている、など未解決の問題は色々あります。『源氏物語』がどの順番で書かれ、どこまで紫式部本人が書いたのか、ということさえ、実は明確ではありません。

ただ。

およそ一千年前に、光君《ひかるきみ》や紫上《むらさきのうえ》が登場する長篇が、藤原道長という最高権力者の庇《ひ》護《ご》のもと、紫式部と呼ばれた才女を中心として生まれ、それは時代を超えて、愛され、読まれ続けてきたこと、これは本当です。

物語が生まれた平安時代は、天皇を頂点とする古代国家、貴族を中心とした身分社会です。世の中の価値観や道徳観念も、まして恋愛などの形も、それ以後の時代とは全く違う。

それなのに、鎌倉時代の人も、戦国時代の人も、江戸時代の人も、今の私たちも、王朝の華麗な世界に憧れるだけでなく、登場人物の喜びや悲しみに心から共感し、感動する。あるいは愛憎綾《あや》なす人間ドラマを面白いと思う。これ以上素晴らしいことがあるでしょうか。

平安時代の人が読んだ「源氏」と、鎌倉時代の人が想像した「源氏」と、江戸時代の人が想像した「源氏」と、現代人の「源氏」は全く違います。

もちろん学問はそれを超えた真実を追究しようとしますが、千年の間、「物語の読者」は、時代によるイメージの差を含めて楽しんできました。ですから現代の読者には、現代の楽しみがあるのです。

というわけで、本書は現代の『源氏物語』ファン、あるいは京都ファンのみなさまが、気軽に源氏と京都を楽しめるようなガイドを目指しました。

五十四帖すべてにつき、各四頁の構成です。最初の一頁は簡略なあらすじ。次の頁には関連の系図と、〈ちょっと読みどころ〉が入ります。

続いて、三頁目と四頁目はカラーです。三頁目にはその巻に関連する、あるいは連想できる、京都の観光スポットと京菓子の紹介、四頁目には、紹介した名所や、またはその巻に合うような美術品などの写真を掲載しています。

厳密に平安時代の遺跡を追うのではなく、現代の私たちが「源氏」のイメージを膨らませることができる、そのような所を選びました。

京菓子の紹介もその一つです。『源氏物語』の時代には、今のような砂糖もお菓子もありませんでした。またお菓子や菓子舗には、「源氏」とは関係ないそれぞれの由緒もあります。けれども京菓子は「源氏」と同じく「都の美」の結晶として人々の夢をささそうもので、（博物館の美術品と違って）一般読者が手に出来るものの代表として、取り上げました。

『源氏物語』のある巻をテーマにお茶会をする時、源氏好きの友人とお茶を飲む時、自分の好きな巻を読み返す時、それに似合うお菓子を選ぶとしたら、どれがよいか、そんな連想の見立ての一例として、ヒントにしていただければ幸いです。

では、一千年のよい夢を——。

『源氏物語』の京都案内

❖一、桐壺❖

昔あるとき、宮中にいる大勢のお妃の中で、天皇（桐壺帝《きりつぼてい》）に特別に愛された妃《きさき》（桐《きり》壺更衣《つぼのこうい》）がいた。さる大納言の娘だったが、身分も低く、父はすでに故人で、頼りになる後見人もいない。男の子を産んだが、帝があまりに彼女ばかりを寵愛《ちょうあい》するので、他の妃たちの嫉妬といじめが集中し、桐壺更衣はその心労でついに亡くなってしまった。遺《のこ》された若宮は大変な美貌で、学問や音楽にも才能を発揮する。帝の第一の后は、右大臣の娘・弘徽殿女御《こきでんのにょうご》で、彼女の産んだ長男が、次の帝となる東宮（皇太子）である。帝は桐壺の子の若宮を愛したが、世継《よつ》ぎ争いの種になることを恐れて、若宮に源氏の姓を賜《たまわ》り、皇室から外した。彼こそ、光り輝くように美しい源氏の君＝主人公である。

帝は、先代の帝の四女が桐壺にそっくりと聞いて妃に迎える（藤壺女御《ふじつぼのにょうご》）。若く美しい藤壺に、成長した源氏は恋い焦がれるが、父の妃なので思いをとげられない。

源氏は十二歳で元服し、左大臣の娘・葵《あおい》と結婚するが、年上でとり澄ました妻になじめず、母（桐壺）の実家・二条院で、自分の愛する女性と暮らすことを夢見ていた。

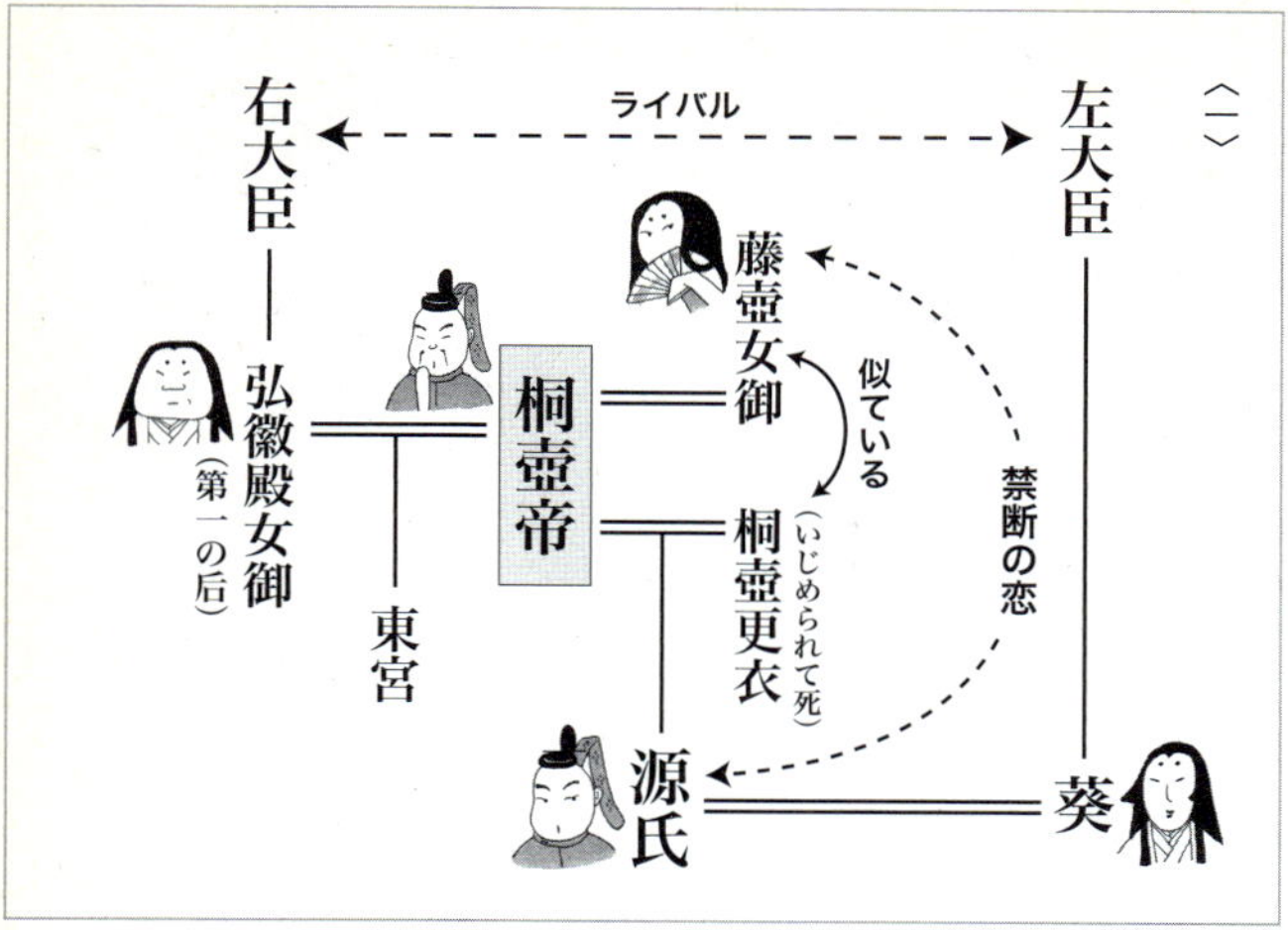

〈ちょっと読みどころ〉１桐壺

「あるところに身分は低いけれども素晴らしい美女がいて、天皇に愛され、可愛らしい皇子が生まれました」――。

おとぎ話ならここでハッピーエンドだが、『源氏物語』はここから始まる。

「その美女は周囲に嫉妬され、いじめられて、ストレスで死んでしまいました」

さすが京都はイケズの歴史も一千年、しかも宮中では、相手が死ぬまでいじめねばならない。なぜなら天皇の寵愛が、一族の出世と権力闘争を左右するから。

桐壺の最後の言葉は「こうなると分かっていたら……」。なまじ帝に愛されたために若くして死んでゆく悲しみを痛感させる。

これが、紫式部の描く「王朝の雅《みやび》」「華麗なる恋」の実態だ。

天皇に愛され、子まで生まれたけれども、ストレスで重病に……いつの時代にも、皇室の恋は命がけなのだ。

「桐壺」をたずねて

〔京都御所〕

天皇の御所を舞台に始まる『源氏物語』だが、平安時代の御所は、現在よりも西の方にあった。

長い歴史の中で、御所はいくたびも火災や地震などで焼け落ちたが、再建には莫大な費用と時間がかかるので、天皇はその度に貴族の邸宅を仮御所としたため、時代によって移動したのだ。

現在の御所の場所は、南北朝時代からのもので、建物は江戸時代のもの。それでも王朝様式を守って再現されているので、源氏をしのぶには一番の場所である。

一般の参観は、春・秋各五日間で、それ以外は予約申し込みが必要。広大な御苑《ぎょえん》にはいつでも自由に入れる。

●参観申し込みは、宮内庁京都事務所参観係へ。

☎075—211—1215

http://sankan.kunaicho.go.jp/guide/kyoto.html

〈左頁〉京都御所・御苑の桜

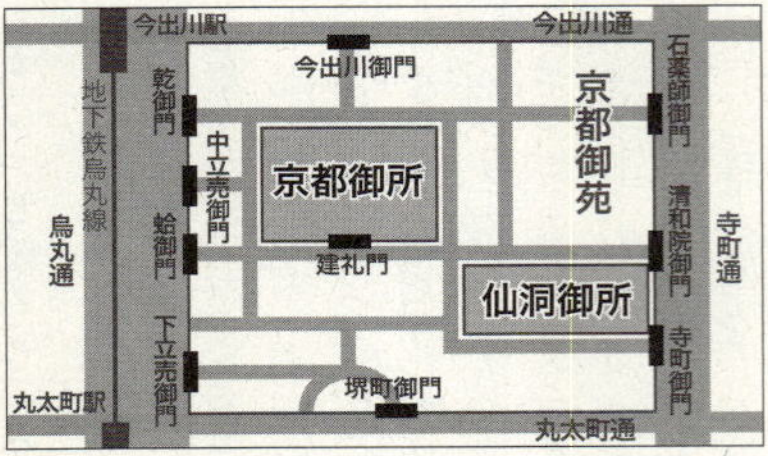

「清浄歓喜団」
亀屋清永

高麗の人相見が源氏を見て「帝王でも臣下でもない」と言う。異国情緒あふれるお菓子の代表といえばこれ。

❖ 二、帚木 ❖

葵の兄である頭中将《とうのちゆうじよう》は、勉強でも遊びでも、いつも源氏の君のお伴をしていて、二人は遠慮のない親しい仲である。梅雨が降り続くある宵《よい》、宮中の源氏の部屋を頭中将が訪ねてくる。恋文や女の話をしているところへ、左馬頭《さまのかみ》と藤式部丞《とうしきぶのじよう》が物忌《ものい》みの籠《こ》もりに訪ねてきて、長い雨の夜に、四人の間で女の品定めが繰り広げられる。

さまざまな恋の体験談から、どんな女が面白いかが論じられ、源氏の君には縁のなかった「中流階級」に、思いがけなくいい女がいると教えられる。頭中将は、かつてその中流の可愛らしい女（常夏《とこなつ》の女）を愛した話をした。彼女との間には子供までできたのに、正妻におどされて行方知れずになったのだという。

雨があがり、源氏は左大臣邸の葵を訪問するが、方違《かたたが》えにかこつけて夜は中川の紀伊《きの》守《かみ》の家に泊まりにゆく。中流の家である。そこには紀伊守と同年輩の彼の継母（空蟬《うつせみ》）がいた。源氏は女のもとに忍び入り、一夜を共にする。だが彼女は源氏に心を開かず、その後、源氏が何度も手紙を出し、再び泊まりにいっても、会ってはくれない。近づくと消えるという伝説の木（帚木《ははきぎ》）のようだと思い、源氏は空蟬のまだ幼い弟を召し使う。

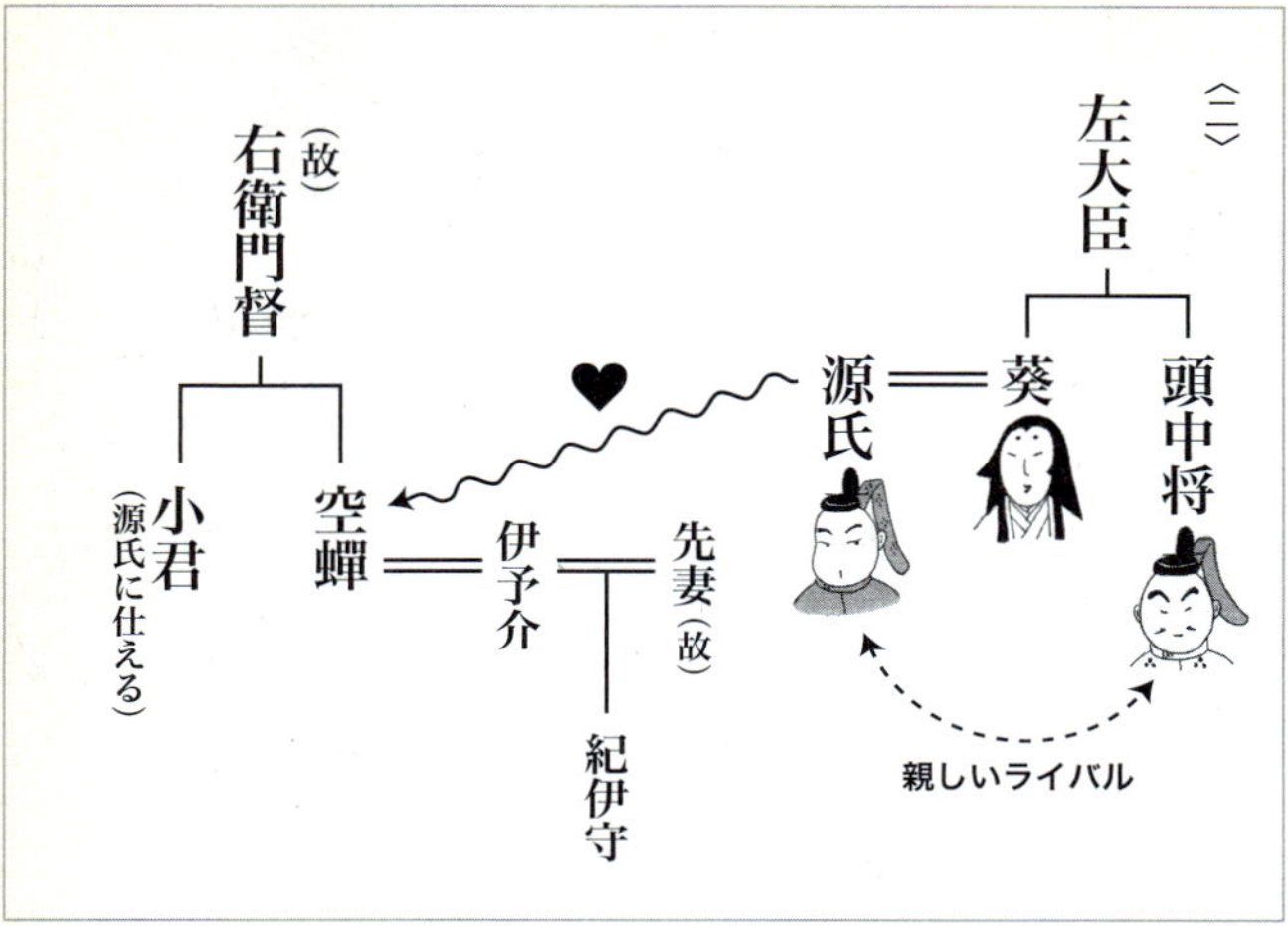

〈ちょっと読みどころ〉2帚木

頭中将は、源氏の部屋にやってきて、御《み》厨子《ずし》にしまってある様々な恋文を見たいとねだり、あれこれと相手を詮索《せんさく》したり、批評したりする。源氏はそれを面白がりつつも、言葉少なに答えている。

「貴《とうと》い方からの、見られてはならないような手紙などは、このような所にしまってあるはずもなく、お見せになったのは、二流どころの恋文」

なのだが、ここに色男の秘訣《ひけつ》がある。

「自分とかかわった女のこと、特に大事な恋人のことは、他人に話さない」

これがイイ男の最大の条件だ。

ところが頭中将ときたら、この後、左馬頭たちも交えての「恋の体験談」で大盛り上がりになってしまう。「帚木」の巻が異様に長いのも、この体験談が多いから。

まあ、男が女をどのように見ているか、勉強になるところではあるけれど……。

「帚木」をたずねて

〔廬山寺《ろざんじ》〕

頭中将から「中流の家の女」の魅力を教えられた源氏は、方違《かたたが》えにかこつけて、「中川のわたり」の紀伊守邸に泊まった。望み通りの中流家庭で、源氏はそこで空蟬と一夜を共にする。

中川は現在の廬山寺から本能寺にかけて流れていた川。紫式部もこの付近をモデルにイメージしたと思われる。「花散里《はなちるさと》」の巻で花散里が住んでいたのも同じく「中川のわたり」だ。

紫式部の曾祖父・藤原兼輔《かねすけ》の邸宅も今の廬山寺の場所にあって、彼女もここで生まれ育ったと考えられている。それを記念して「紫式部邸宅跡」の記念碑が境内にあり、「源氏の庭」が本堂南に造られている。桔梗《ききょう》がたくさん植えられ、秋は特に風情がある。

●上京区寺町通広小路上ル東側
☎075—231—0355
〈左頁〉廬山寺の桔梗

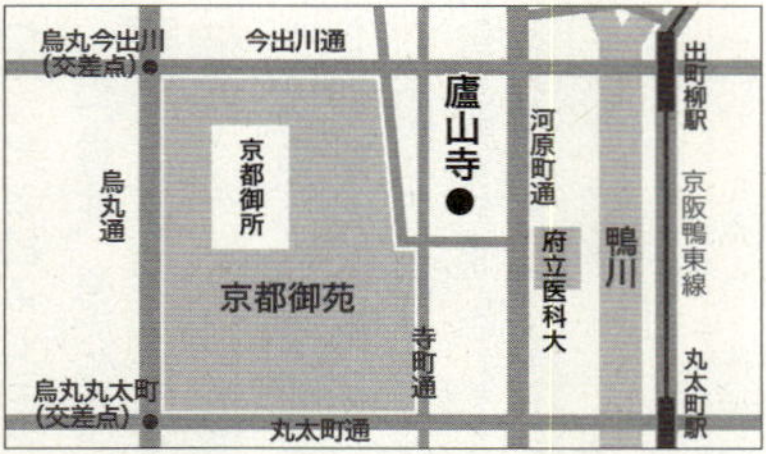

「うば玉」

鶴屋長生

檜扇《ひおうぎ》という植物の実が真黒で丸いことから、黒い色の象徴としてもいう言葉。雨の夜には漆黒のお菓子を。

❖ 三、空蟬 ❖

空蟬《うつせみ》に拒《こば》まれ続けて、源氏の君は召し使っている空蟬の弟・小君《こぎみ》を責める。小君は何とかして源氏の望みをかなえようと、再び紀伊守《きのかみ》の屋敷へ入る手引きをする。小君が離れたすきに、源氏は女たちが碁を打っている姿をかいま見た。

頭の感じも手つきも細《ほそ》やかで小柄な女が空蟬で、色白で丸々と太った明るい美人は紀伊守の妹（軒端荻《のきばのおぎ》）らしい。

夜更《よふ》け、空蟬は源氏のことを思って寝つかれずにいるが、源氏の君が寝所に忍び入ると、衣《きぬ》ずれの音と香りでそれと察し、急いで単衣《ひとえ》だけをまとってその場を逃げ出した。源氏は一人で寝入っている女を空蟬と思って抱き、途中で間違いに気づくが、引くこともできず、予期せぬ一夜を共にする。事情を知らない軒端荻には、二人のことを他言しないように言い含め、空蟬が脱ぎすべらせて残していった薄衣《うすぎぬ》を手に退出した。

源氏はこの衣を手放さずいつも眺め、残り香を懐かしみ、それが蟬の抜け殻（＝空蟬）のようだと歌を詠む。小君にその歌を見せられて、空蟬は小君を叱るが、心は千々に乱れ、人妻でさえなかったら、などと思う。

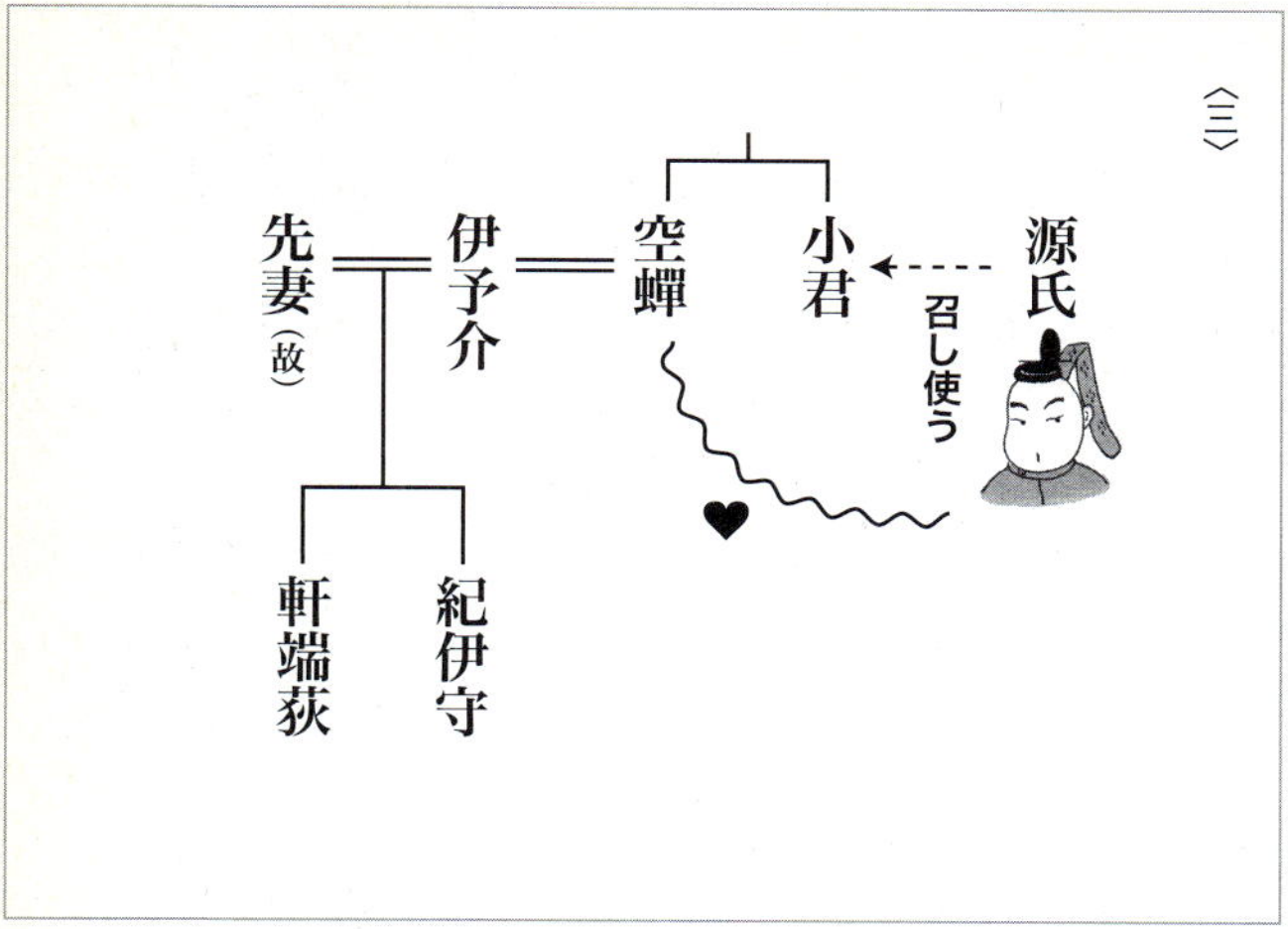

〈ちょっと読みどころ〉3空蟬

源氏がのぞき見た空蟬の容貌《ようぼう》は、「まぶたが少しはれているようで、鼻筋もすっきりせず、老けた感じで、はっきり言えば不器量」だった。

　空蟬の夫は父ほどの高齢で、伊予介《いよのすけ》だから収入はいいが、身分は高くない。彼女は野暮《やぼ》で情のうつらない夫を見下している。

　だが不倫は悪と信じ、無理矢理に抱かれたことをうらみもし、源氏のような相手は不相応だと、魅かれつつも必死で逃げる。顔は悪いが教養はあって、プライドはそれ以上にある女。恋を恐れる女。

「ブスだけれども頭はいい私を、最高の美男が好きになるが、惑わされずに美男を振る私」とは、プライド女の最高の夢であろうが、紫式部の凄《すご》いところは、その根底にある、「本当は美男に恋して心はメロメロ」という葛藤《かっとう》をさらけ出して見せたこと。その生々しさに、読者はドキリとするのだ。

「空蟬」をたずねて

nijojo/
〈左頁〉二条城の庭園

〔二条城〕

桐壺の実家で、「空蟬」の頃の若き源氏が住んでいたのが「二条院」。そのモデルとなったのは、諸説あるが、いずれも現在の二条城付近と考えられている。弘徽殿女御の「二条家」もこのあたりと想定されている。

今の二条城は徳川家康が、京都御所の守護と、将軍上洛の時の宿泊所として建てたもので、源氏物語とは別の世界だが、京都御所からもほど近いこのあたりには、かつて天皇の妃たちが多く住んでいたことを思いつつ散策をしてはいかがだろうか。

●中京区二条通堀川西入二条城町541
☎075―841―0096
http://www.city.kyoto.jp/bunshi/

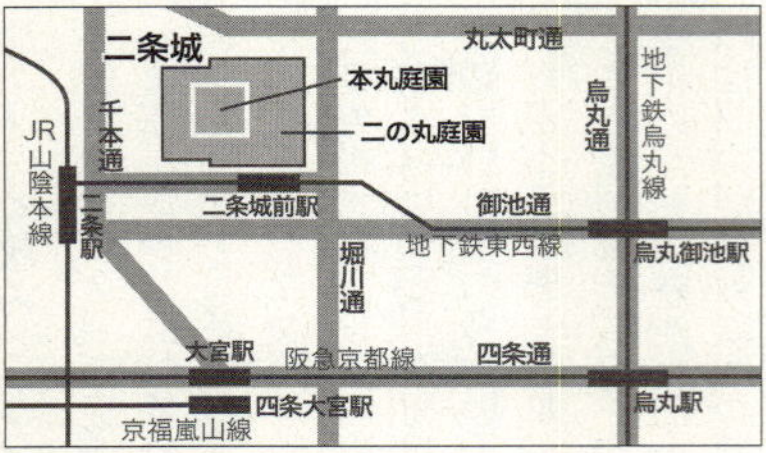

「夏衣」
鶴屋吉信
薄い衣が透けて中が見える、美しさと涼しさをそなえたお菓子。闇の中を逃げる空蟬の姿を重ねて。

❖四、夕顔❖

源氏の君が、六条に住む女の家に人目を忍んで通っていたころ、途中で五条にある病気の乳母《めのと》の家を見舞った。乳母の隣家の垣根に咲く夕顔の花を手折った折、その家の女主人（夕顔）と歌を交わし、それをきっかけに、源氏は夕顔の女のもとへ、身分や名前を隠して通うようになる。女も身元をあかさないが、可憐《かれん》でいじらしい人である。

八月十五日の夜、源氏は夕顔の家に泊まるが、近隣の物音がうるさく落ち着かないので、翌朝、夕顔と侍女の右近《うこん》だけを車に乗せて、人の住んでいない屋敷へ連れていった。だがその夜更け、枕元に怪しい女が現れ、夕顔はその物の怪《もののけ》にとりつかれて急死する。秘密の恋人の急死とは、外聞《がいぶん》をはばかることなので、誰にも知らせられず、密かに夕顔を東山に葬ったが、源氏も悲しみと後悔で病床についてしまった。

侍女の右近があかすには、夕顔は実は、頭中将が雨の夜に話していた「常夏の女」で、中将との間には三歳になる娘もいるとのことであった。

空蟬は夫の伊予介《いよのすけ》（紀伊守の父）と任国へ下っていった。夕顔を亡くし、空蟬は遠くへ行き、秘密の恋を二つとも失った源氏は悲しい日々を送るのであった。

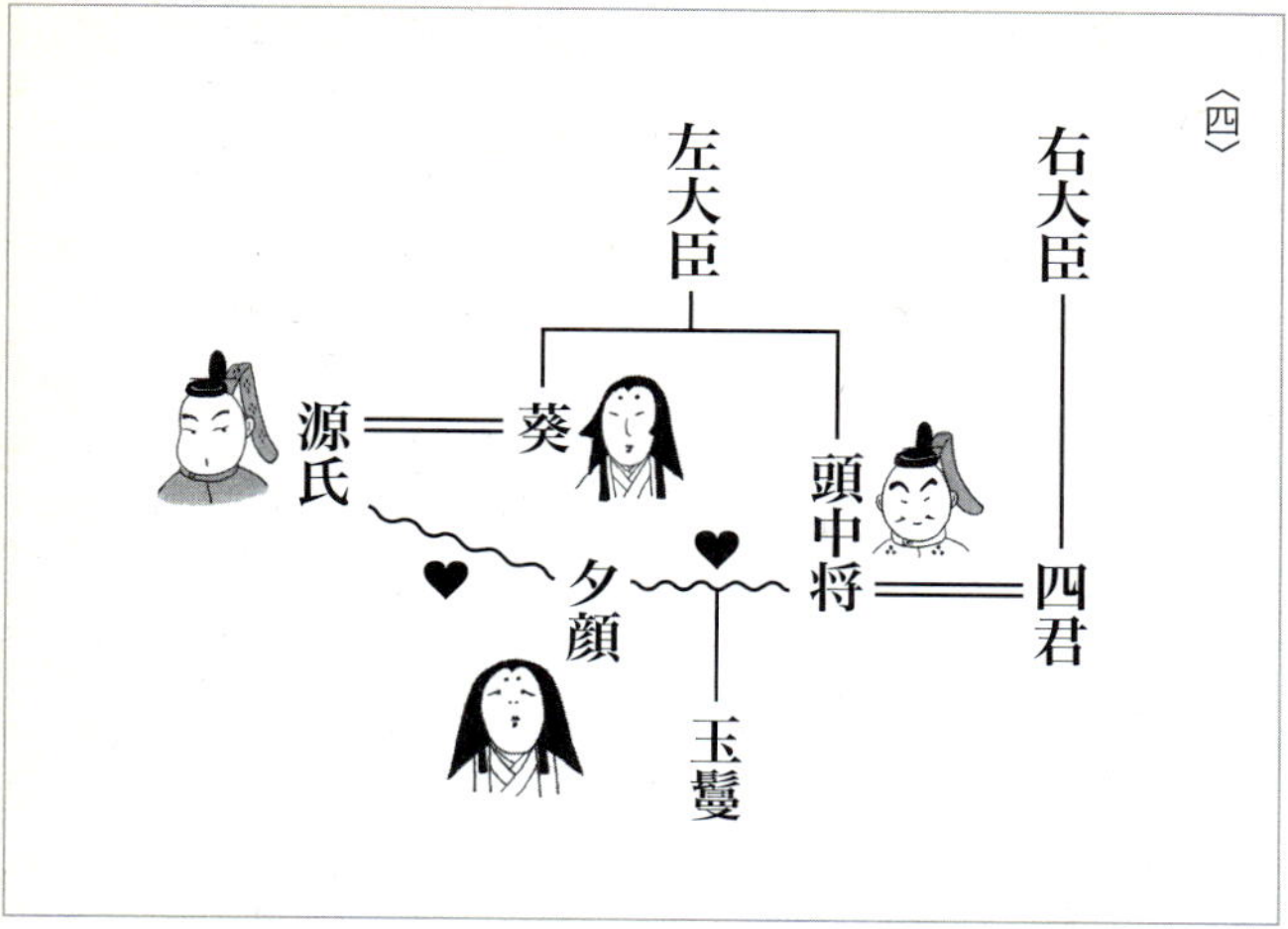

〈ちょっと読みどころ〉4夕顔

夕顔が急死した。光源氏十七歳の秋の夜。夜半、見知らぬ女の霊が現れたと思うと、もう、傍《かたわ》らで寝ていた夕顔の息がない。

夕顔の身体をひしと抱きしめて「生き返ってください、私を悲しい目にあわせないで」と言うが、

「女はすっかり冷えきってしまっているので、何か疎《うと》ましい感じに変わってゆく」。

どんなに愛し、かわいらしいと思っていた恋人も、死相が現れ始めれば、それは「不気味な死体」になってしまうのだ。

来る時は、とまどう女を軽々と車に乗せたが、翌朝は「君はとてもこの人をお抱えにはなれそうにないので、上蓆《うわむしろ》に押しくるんで、惟光《これみつ》が車にお乗せ」したという。

この夜、源氏は遺体のある東山の尼寺を訪ね、生前そのままに横たわる様子を見て号泣するのだが、一瞬の「疎ましさ」を逃さないところが、紫式部の真骨頂《しんこっちょう》だ。

「夕顔」をたずねて

〈左頁〉「田付流砲術書 家宝集 十鏡図・表紙」・東京国立博物館所蔵。鉄砲の解説に美しい絵が描かれている物で、下半分には苫屋《とまや》の周りの一面の夕顔、上半分には夕顔のシルエットが描かれている。

〔夕顔町〕

夕顔の住んでいる「五条のわたり」は、庶民の家々が軒をつらねるところで、光源氏のような高い身分の者には、下々の暮らしが珍しい。夕顔の花も、貴族の邸宅にはないもので、源氏には新鮮だったのだ。

場所は、今の下京区堺町通あたりと想定されている。町の名も「夕顔」といい、江戸時代に、夕顔のはかない一生を哀れに思った人が、（物語の登場人物で、実在の人ではないけれども）夕顔のために宝篋《ほうきょう》印塔《いんとう》を建て、今も守り続けているという。個人宅の中庭なので、拝観することはできないが、家の外（柵の中）に「夕顔之墳」が建っている。

●下京区堺町通高辻下ル

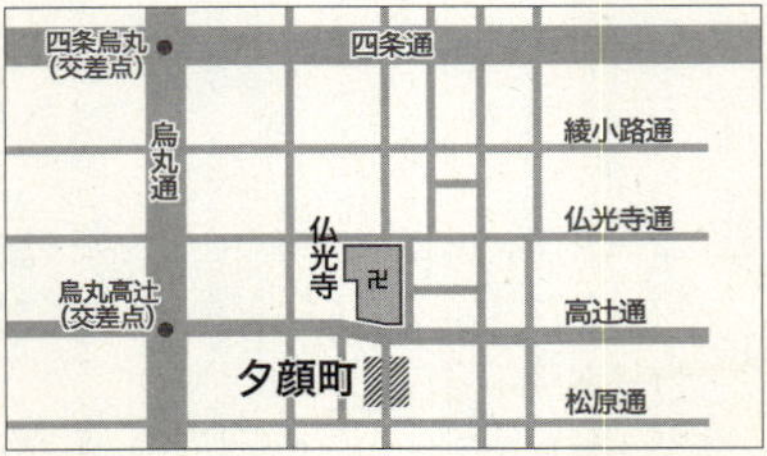

「菴納豆《いおりなつとう》」
御菓子司 緑菴《りょくあん》
夕顔の詠んだ「白つゆの光そへたる夕顔の花」の歌の白露のようなお菓子。大徳寺納豆を洲浜で包んだもの。

27　四、夕顔

❖五、若紫❖

瘧《わらわやみ》にかかった源氏は、加持祈禱《かじきとう》を受けるために北山の寺を訪ねる。仏前のお勤《つと》めの合間にあたりを歩いていると、風情のある屋敷があり、いかにも高貴な老尼と、あどけない美少女（紫）がいた。その子は源氏が恋い慕っている藤壺によく似ている。その後、屋敷の主《あるじ》である僧に招かれて話を聞くと、少女は藤壺の姪《めい》にあたり、母を亡くした後、今は母方の祖母の尼君に育てられているという。源氏は彼女をひきとって育てたいと申し出るが、まだ子供であるからと、取り合ってもらえない。

源氏が都へ帰った直後、藤壺は病で里に下った。藤壺の側近の王命婦《おうのみょうぶ》の手引きで、源氏は最愛の人との逢瀬《おうせ》をもつが、この密会によって藤壺は懐妊《かいにん》する。罪におののく彼女からは、源氏に一切の連絡もされなくなった。

その後、北山の尼君が帰京したので、源氏が訪ねていくと、姫の行く末を託《たく》される。ほどなく尼君は亡くなり、父のもとへ引き取られる予定だった紫を、源氏は盗むように強引に二条院に連れてきてしまった。姫は事情も知らず、無心に源氏になつき、父とも慕うようになっていった。

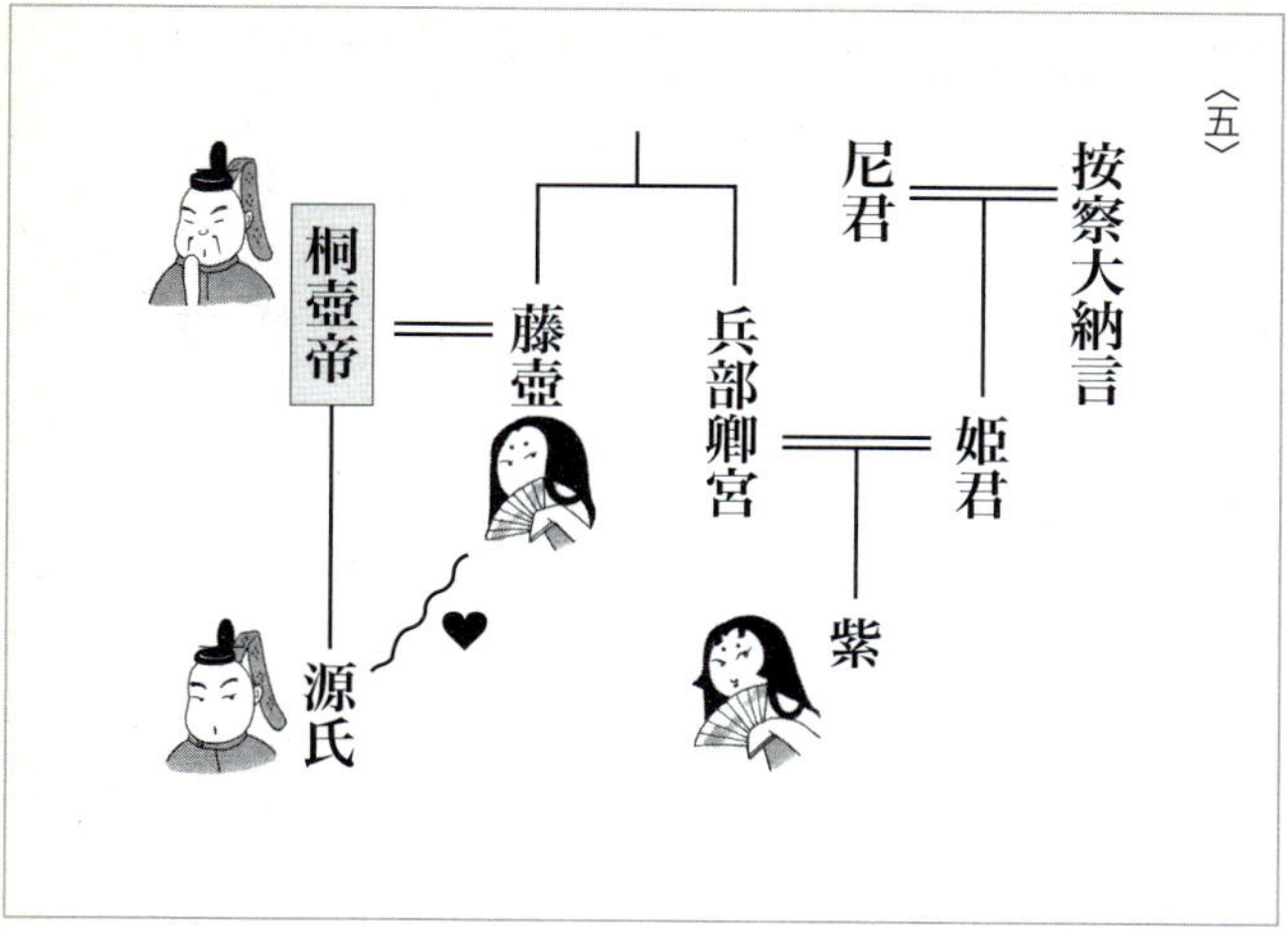

〈ちょっと読みどころ〉5若紫

やがて紫上となる少女が「雀の子を犬君が逃がしつる」と泣きながら登場する名場面で有名な巻だが、もう一つ見逃せないのが、藤壺と源氏の逢瀬と、藤壺の懐妊だ。「あれきりにしようと思っていたのに、またこうしたことになり」と、藤壺は二人の宿縁を嘆くあまり気分が悪くなるが、「ご気分が平素と違うわけも、ひそかに思い当たることがあり」「三月になるとはっきりと人目にも分かるようになり」、帝の妃でありながら不義の子を宿してしまう。「お湯殿など身近にお仕えして万事をはっきり存じている乳母子《めのとご》の弁《べん》や命婦《みょうぶ》などは、どうにもただごとではないと思いながら、口にすべきでないことで」とあるように、下々の者が藤壺の心身を観察している一行も生々しい。

何も知らない帝は、懐妊した藤壺にいよいよ寵愛を深めていくのである。

「若紫」をたずねて

〔実相院《じつそういん》〕

「わらわ病」（おこり）にかかった源氏が加持祈禱を受けるために訪れたのが北山の「なにがし寺」で、モデルとなったのは大雲寺と考えられている。

江戸時代にその大雲寺を復興し、管理していた実相院という門跡《もんぜき》に『源氏供養草子《くようぞうし》』が所蔵されている。これは鎌倉時代から室町時代にかけて成立した御伽草子《おとぎぞうし》で、安居院《あぐい》の僧聖覚《しょうかく》が、『源氏物語』を愛読していた尼御前《あまごぜん》から執着を断切るため、物語の料紙を漉《す》き返して書写した法華経に供養を頼まれるという懺悔《ざんげ》の物語。圧巻は聖覚が五十四帖の巻名を読み込んだ表白《ひょうびゃく》（供養の願文）で『源氏物語』が和歌や連歌の世界でも親しまれたことが分かる。

実相院は宮中とゆかりの深い門跡寺院で、寛永期には後水尾《ごみずのお》天皇と東福門院がここで野山の散策などもしている。この寺に『源氏供養草子』が伝わることからも、江戸時代の宮廷で『源氏物語』が多彩に受容されたことが窺《うかが》える。

●京都市左京区岩倉上蔵町121

☎075—78—5464

〈左頁〉実相院の「床緑」

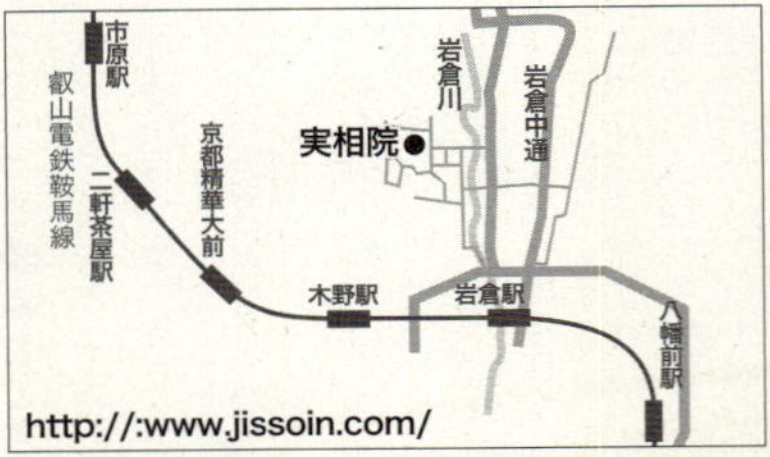

「花どころ」
高野屋貞広
「京の花はみな終わり、山の花が盛りのころ」源氏は北山で美しい少女を見る。桜の美しさをそのまま。

❖ 六、末摘花 ❖

夕顔を失い、次の恋を求めていた源氏は、亡くなった常陸宮《ひたちのみや》の姫君（末摘花《すえつむはな》）の噂《うわさ》を聞き、関心を持つ。乳母子《めのとご》の大輔命婦《たいふのみようぶ》の手引きで、姫君の琴を聞きに行くなどし、思いをとげるが、期待はずれで物足りなく感じ、その後は足も遠のきがちである。

ある雪の夜明け、雪明りで初めて姫の顔を見ると、象のような高く長い鼻をして、その鼻の先は垂れ下がって赤かった。衣装も時代遅れで、寒いからと黒貂《ふるき》の毛皮を着ているのも見苦しい。白日《はくじつ》のもとで見る家の貧しさも、驚くばかりだった。

さすがの源氏もあまりの不器量に驚くが、却《かえ》って哀れに思い後見《こうけん》をしようと決心する。年の暮れ、姫君から新年用の衣装の贈り物が届けられるが、取り次いだ大輔命婦も源氏も困惑するほど、古びてどうしようもないもので、添えられた歌もまたあきれた詠みぶりである。

二条院では、紫がいよいよかわいらしく成長している。源氏は末摘花の不器量が忘れられず、彼女の似顔絵を描き、自分の鼻を赤く塗って「私がこのようになってしまったらどうしますか」などといって紫と戯《たわむ》れていた。

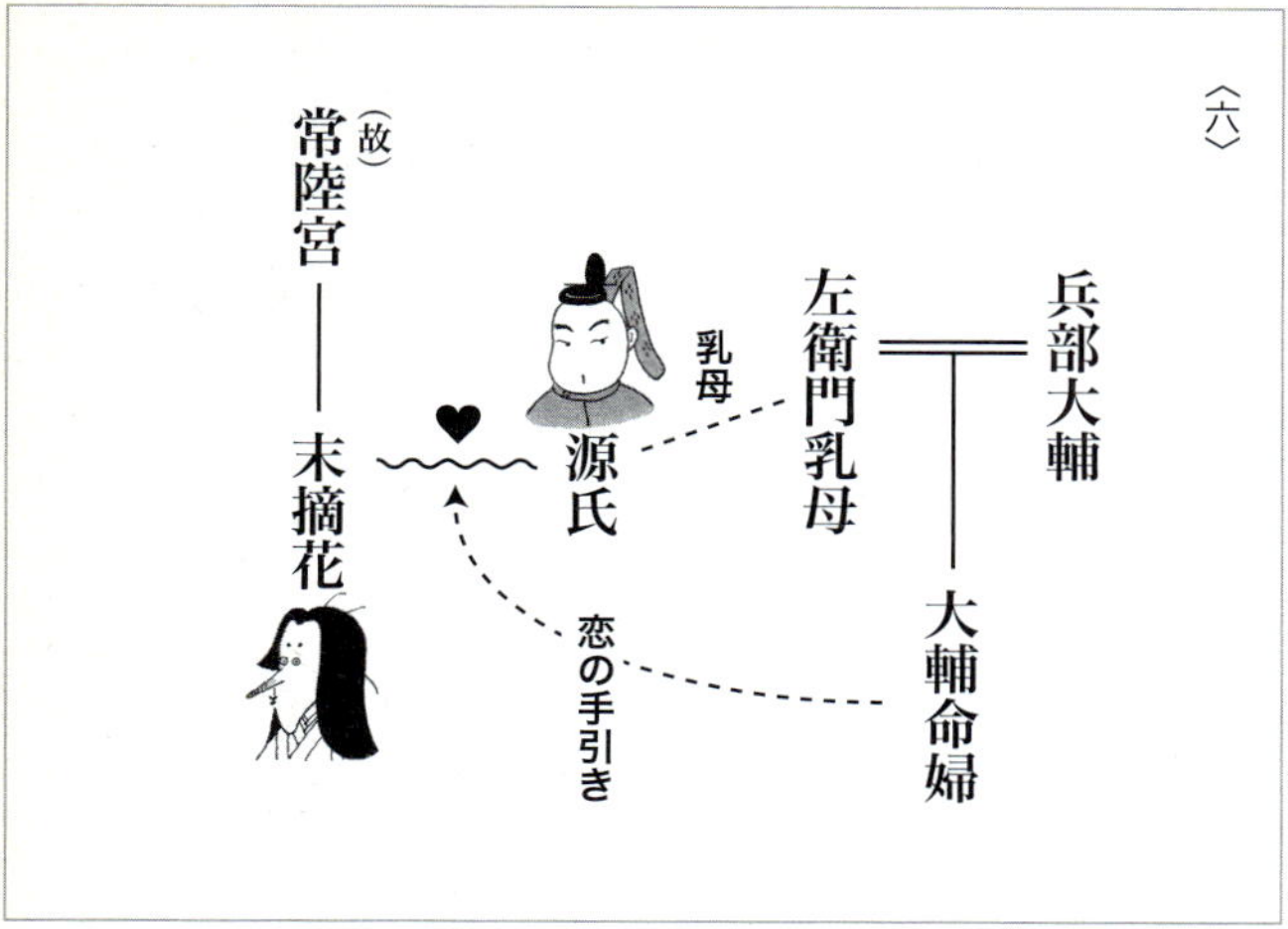

〈ちょっと読みどころ〉6末摘花

末摘花は天皇の孫でありながら、父亡き後、恐るべき貧乏生活をしている。容貌は最悪、歌も下手。美貌や才覚を武器に、宮仕えをしていた女房たちの、お姫様への意地悪な視線を感じないでもない。

けれども彼女の身になれば、浮世離れした環境に育ち、昔のままの気位でいて世の変遷にとり残され、何も知らずに女房たちの運ぶままにされる孤独な運命である。男女のことなど何も知らず、源氏との逢瀬でも、固くなっているだけだった。

「姫君にそんな場合の心がまえは何一つない」「ご本人はただ無我夢中で、恥ずかしくて身がすくむばかり」「ただ頭の形と髪ばかりは誰にもひけをとらずに美しく、袿《うちき》の裾にふさふさとたまって」

そんな末摘花が暗闇で、恋の手練《てだ》れの源氏に抱かれ、どうしようもなく、ただ慄《わなな》いている様子は、いじらしくもあり、ＳＭめいたエロスもあり、印象的な初夜シーンだ。

「末摘花」をたずねて

〔京都国立博物館・平常展示館〕

末摘花とは紅花《べにばな》のこと。姫の鼻の先が赤かったので、そのようなあだ名なのだが、この巻では衣装や染色のことがたくさん登場する。

京都国立博物館では、注目を集める特別展の他、膨大な収蔵品から折々に展示替えされる平常展示も見所だ。

平常展示館の二階には染色の部屋があり、奈良時代の正倉院裂《しょうそういんぎれ》から昭和の着物まで幅広い時代の収蔵品が見られる。近代のものが多いが、古代以来続いてきた伝統の染色美を味わうのにはお薦め。宮廷装束もあり、その期間の展示品をチェックしてお出かけを。

●東山区茶屋町527
☎075—525—2473
http://www.kyohaku.go.jp/

〈左頁〉阿須賀古神宝類　単　淡紅幸菱文固綾（部分）・京都国立博物館所蔵。室町時代に阿須賀神社に奉納された貴族の装束や調度品の一つ。七百年の時を経てなお優雅な色彩。

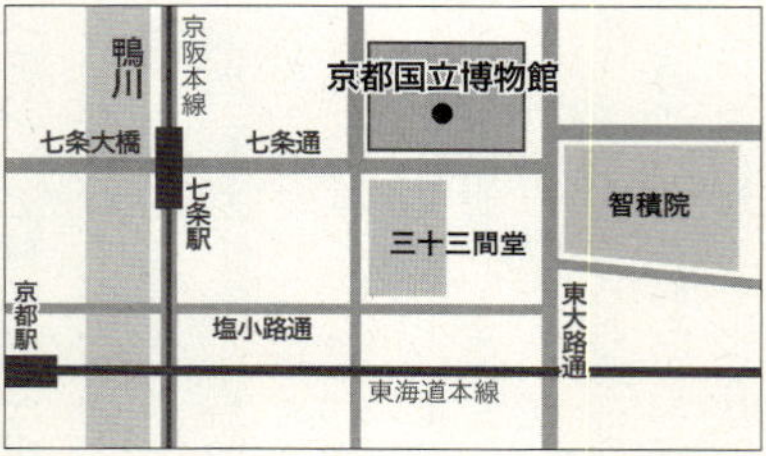

「うすべに」
京菓子司　末富
ほんのり紅色の梅あんを白いせんべいではさみ、うっすらと色がすけて見える。紅花染の装束を想像しつつ。

六、末摘花

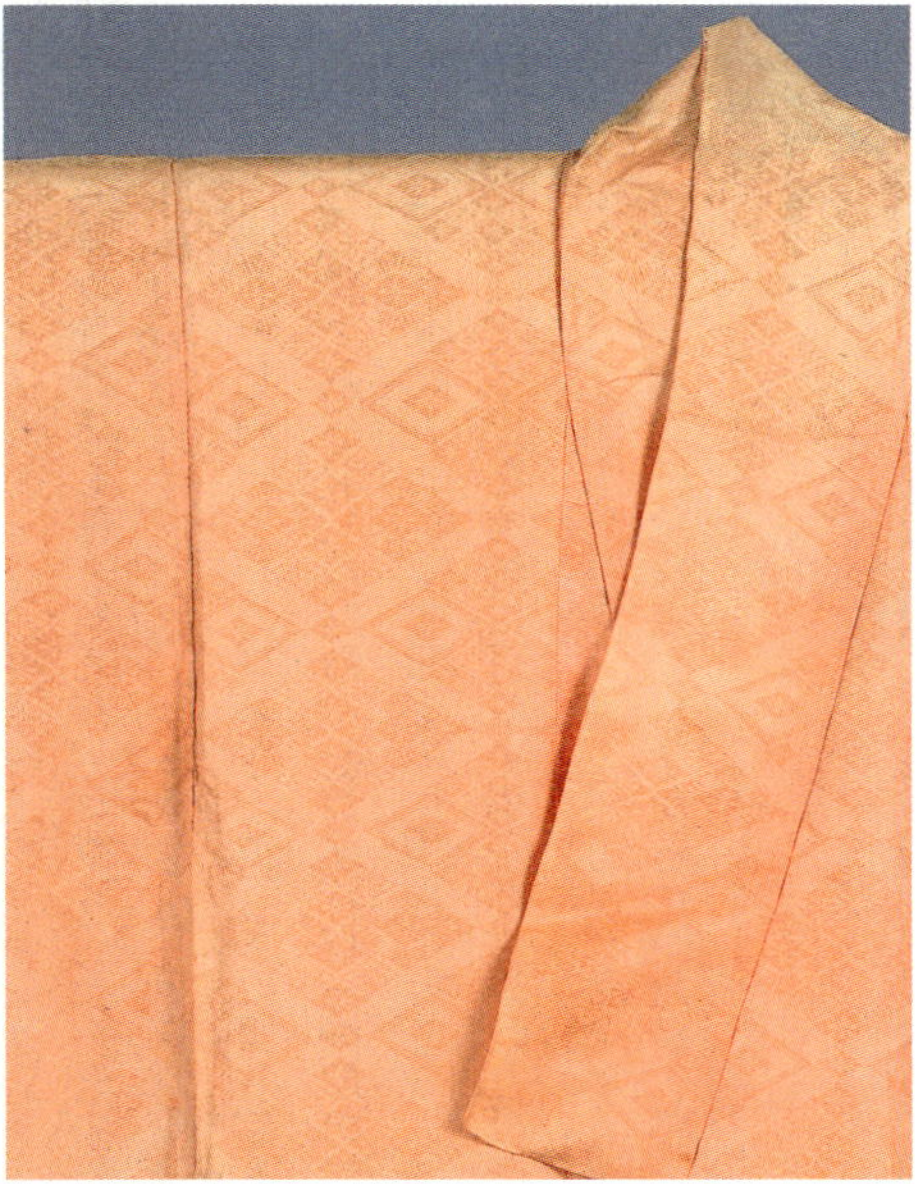

❖七、紅葉賀❖

十月、桐壺帝は、朱雀院《すざくいん》に住んでいる先帝の誕生日のお祝いに、行幸《ぎょうこう》することになった。多くのお供が従い、様々な行事も催されるが、女御《にょうご》や后《きさき》は宮廷の外のことには参加できないので、桐壺帝は藤壺のために、試楽《しがく》（リハーサル）を清涼殿《せいりょうでん》の前庭で行わせる。源氏は頭中将と共に「青海波《せいがいは》」を舞い、その見事さ、美しさに居並ぶ人々は涙を流した。藤壺に焦《こ》がれる源氏は、妻である葵《あおい》をなかなか訪れず、自分の邸の二条院で紫とばかり過ごしているので、葵の実家の左大臣家では恨みに思っている。行幸の翌年の二月、藤壺に、予定を大幅に遅れて男子が生まれた。源氏にそっくりの美しい御子に、桐壺帝は疑いもせずに喜ぶが、源氏も藤壺も複雑な心中で苦悩する。

その頃源氏は、源典侍《げんのないし》という大変好色な老女官をからかったが、相手が真剣に慕《した》いよってきたので困惑する。そこに頭中将がからんで滑稽《こっけい》な騒ぎとなり、思わぬ喜劇を演じた一場面もあった。

七月、弘徽殿女御《こきでんのにょうご》をさしおき、藤壺は中宮《ちゅうぐう》（最高位の妃）となる。桐壺帝の次は弘徽殿女御の生んだ東宮が、その次に藤壺の生んだ皇子が天皇になるための布石であった。

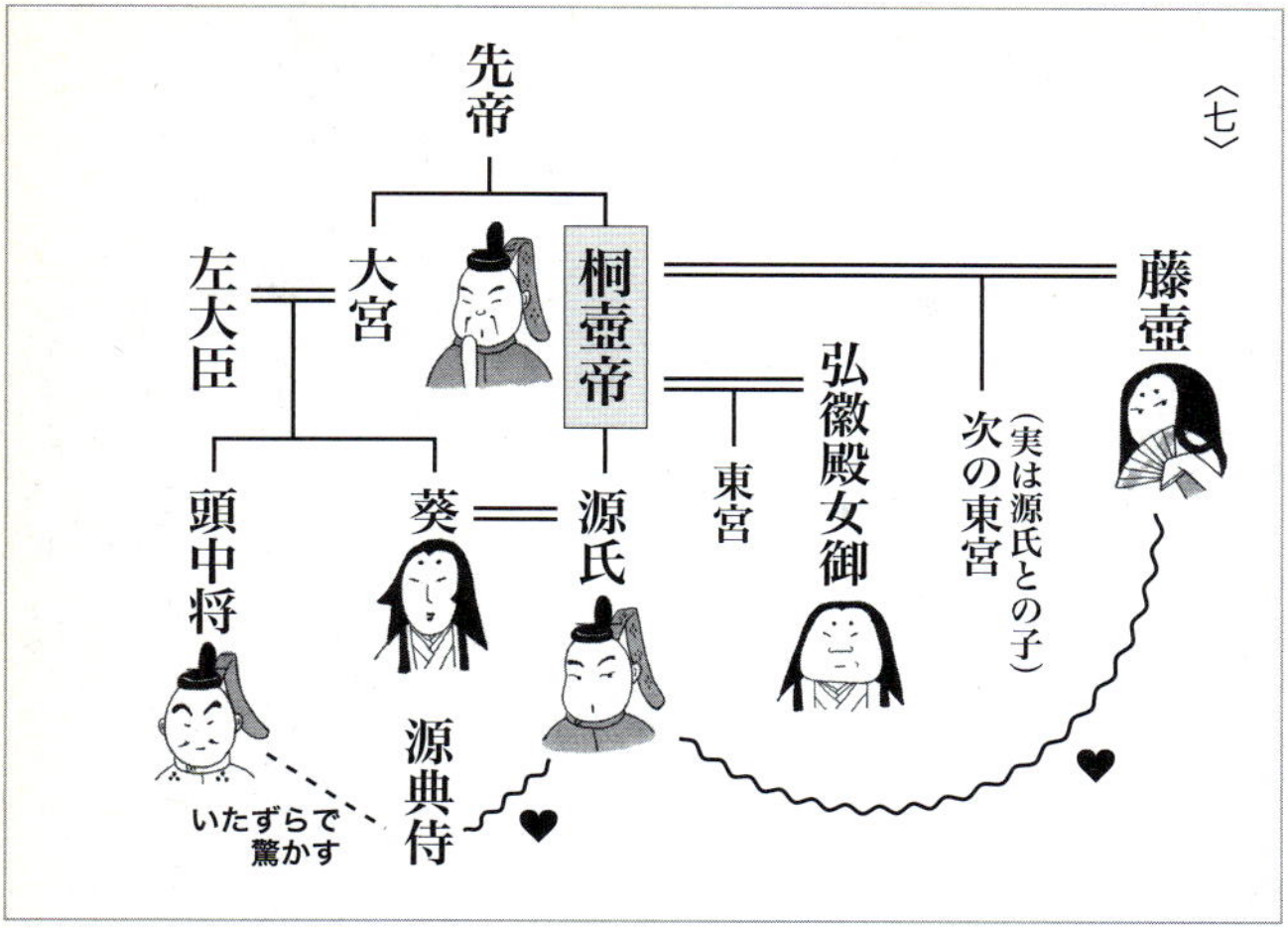

〈ちょっと読みどころ〉7紅葉賀

「大層な年配で家柄も高く才気・品格も備え、職場でも重んじられる人なのに、どうしようもない好色」という源典侍。

ある日、若作りの彼女が派手な扇を持っていたのでよく見ると、「濃い赤の紙に、森の絵を金泥《きんでい》で塗りつぶして描いてあり、『森の下草《したくさ》老いぬれば』と書き散らしてあった」。

これは古今集の「大荒木《おおあらき》の森の下草老いぬれば駒《こま》もすさめず刈る人もなし」の引用で、「森の草が枯れたので、馬も食べに来ないし草刈り人も来ない＝年をとって下の毛も枯れ、男が抱いてくれない」という露骨な男ひでりを嘆く言葉とか。

さすがの源氏もゲンナリするが、それでも自分の欲望のままにふるまう彼女は、カラッとして憎めないキャラクターである。源氏と頭中将の乱闘場面では、うぬぼれまじりの醜態を演じても、懲《こ》りずに最後まで源氏に言い寄るエネルギーには脱帽だ。

「紅葉賀」をたずねて

〔朱雀院跡と福田寺《ふくでんじ》〕

今の帝（桐壺帝）の前の帝（一院）は、朱雀院に住んでいる。今上帝が、先帝の誕生日のお祝いに朱雀院に行くのが、このたびの行幸だ。

朱雀院は嵯峨天皇以後、代々の天皇が譲位後に住んだ実在の離宮だ。広大な敷地に寝殿造りの邸宅、庭園などを備え、時に天皇以上の力を持っていた上皇(院)の力をしのばせるものだった。

位置は今の中京区壬生の付近だが、現在は印刷会社の敷地内に「朱雀院跡」の碑が残るのみ。その少し北の福田寺に尼ケ池という池があり、これがかつての朱雀院の池の跡だといわれている。

●朱雀院跡……中京区壬生花井町3。日本写真印刷(株)の敷地内。柵の外から見える。

●福田寺……中央区壬生天池町37

☎075—821—5422

訪問前にご連絡を。

〈左頁〉帆と青海波模様の几帳《きちょう》。源氏が舞った「青海波」は、舞楽の題名でもあり、波の文様の名前でもある。

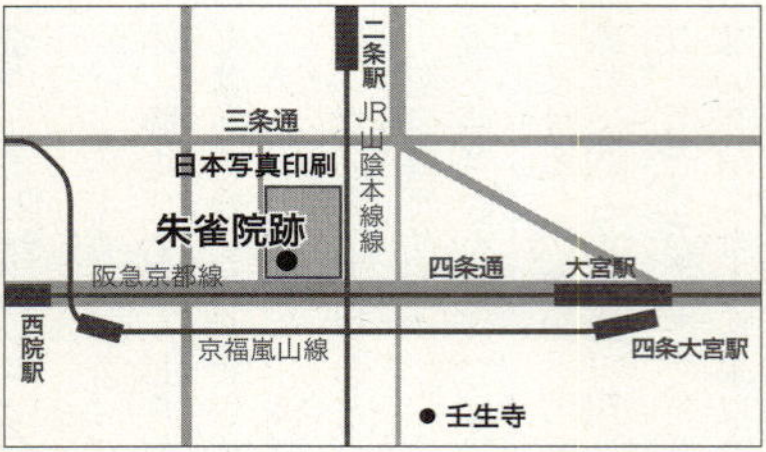

「錦繡」
鶴屋吉信
異なる素材で紅葉の多彩な色を出した華やかな干菓子に、桐壺帝の行幸の豪華な行列をしのんで。

❖八、花宴❖

二月の二十日あまりのこと、帝は紫宸殿《ししんでん》で桜の宴《うたげ》を催《もよお》された。源氏は「春」という題を賜《たまわ》って詩を作り、「春鶯囀《しゅんのうでん》」という舞を披露《ひろう》して列席一同の賞賛をさらう。日ごろ葵が冷淡にされて恨みに思っている左大臣さえ、感涙《かんるい》するのだった。

宴の果てた夜更《よふ》け、源氏は藤壺を想《おも》って後宮《こうきゅう》にしのび入るが果たせず、帰りに寄った弘徽殿《こきでん》の細殿《ほそどの》で「朧月夜《おぼろづきよ》に似るものぞなき」と口ずさみながら歩いてくる女（朧月夜）に出会い、その場で契《ちぎ》りを結ぶ。女は名乗ることもなく、扇だけを取り交して別れた。

後に従者に探らせると、女は、源氏を敵と思う弘徽殿女御の妹であるらしいと分かる。二条院では紫がますます美しく成長している。左大臣家を訪れると、気位の高い葵はすぐに会おうともしないが、源氏は左大臣や頭中将らと語らい、親交を深めた。

三月の末、右大臣邸で藤の花の宴が催され、源氏も招かれる。右大臣の六女・朧月夜は、四月には東宮（皇太子）に入内《じゅだい》すると決定しており、ライバルである左大臣家側の源氏との恋など許される身ではないが、源氏を想って心乱れている。酔ったふりをして姫君たちの部屋をめぐった源氏は、とうとう朧月夜君と再会するが……。

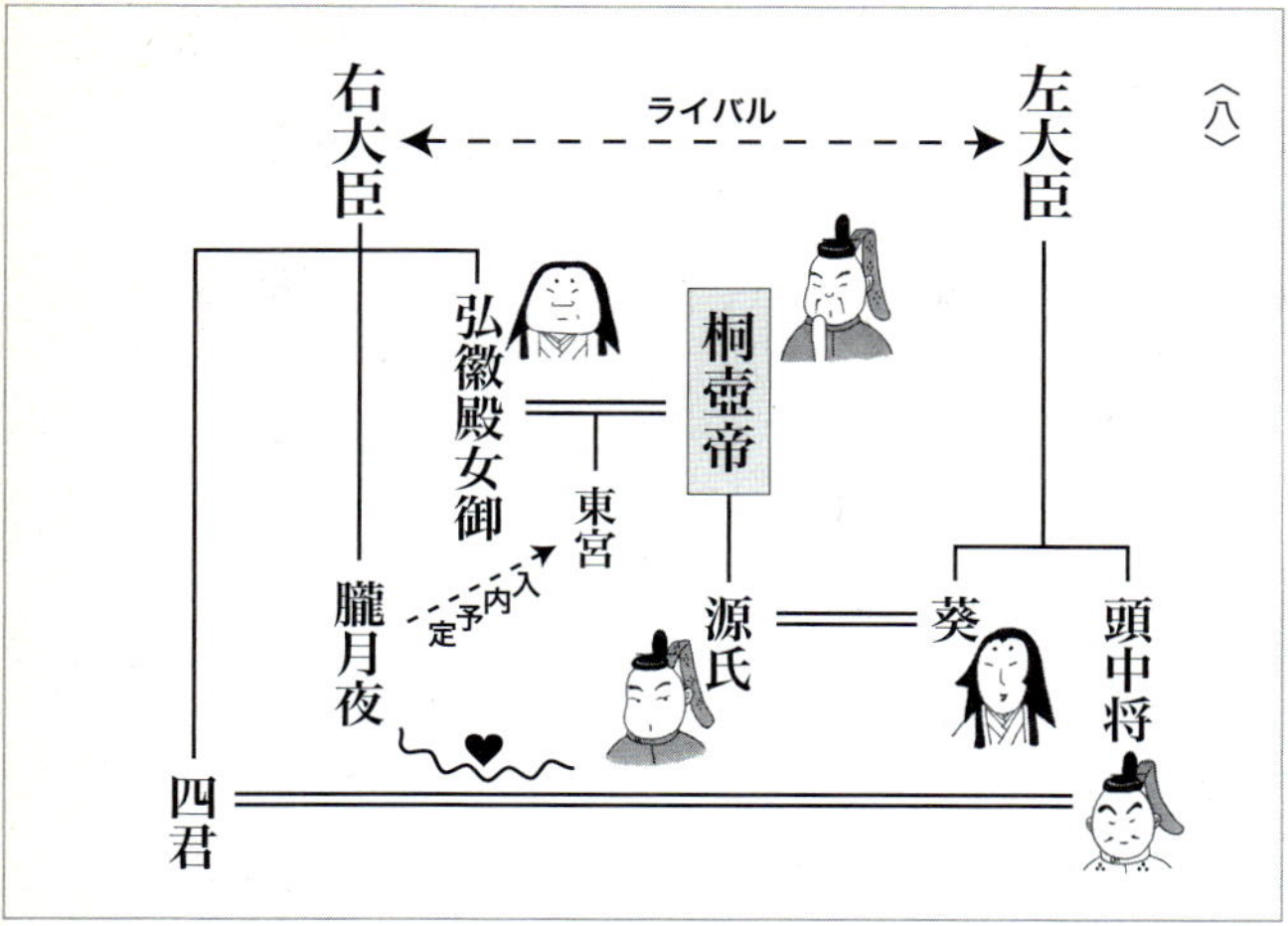

〈ちょっと読みどころ〉8花宴

晴れの舞台で大成功した源氏は、興奮さめやらぬ春の夜に、後宮に忍び込んだ。目当ての藤壺には近づけなかったが、偶然すれ違ったすてきな女性を、そのまま抱いてしまう。あらがう女に、

「人を呼んでも無駄ですよ。私は何をしても、誰からも許される身なのですから」の一言。さすが世紀のスーパースターだ。

一方、朧月夜の方も、入内前の身で夜更《よふ》けに一人で歌いながら出歩き、「源氏の君ならば」という思いと「無愛想な女と思われたくない」という逡巡《しゅんじゅん》で身体を許してしまう。そのまま恋におちて、二人の関係は入内後も続き、それはやがて源氏の失脚の種となってゆく。

若さゆえの驕《おご》りさえ、甘く美しい二人。その恋の末に来る破滅。全物語中でも最も甘く華やかな一幕である。

「花宴」をたずねて

【紫《し》宸殿《しんでん》】

さまざまな建物が連なる内裏《だいり》の中でも、公的な行事を行う最も重要な場所が紫宸殿だ。歴代天皇の即位式や朝賀、節会《せちえ》などはすべてここで行われる。

紫宸殿の南の庭には、東に桜、西に橘が植えられていて、それぞれのもとに左近衛と右近衛が警護についたため、左近の桜、右近の橘といわれた。花宴もここの桜のもとで催されている。

天皇の公式な晴れがましい宴において、作詩と舞で賞賛の的となった二十歳の源氏が、興奮さめやらず、つい後宮のあたりをそぞろ歩いてしまったのもうなずけるであろう。

紫宸殿に対して、天皇の私的な生活の場が清涼殿《せいりょうでん》で、こちらは南に漢竹《からたけ》、北に呉竹《くれたけ》が植えられている。清涼殿の北に、後宮の建物が連なっている。

●見学については「桐壺」の巻の京都御所（一四頁）と同じ。

〈左頁〉檜扇《ひおうぎ》（古神宝類）・厳島神社所蔵。銀の地に、梅の咲く野辺で遊ぶ貴人たちが描かれる。

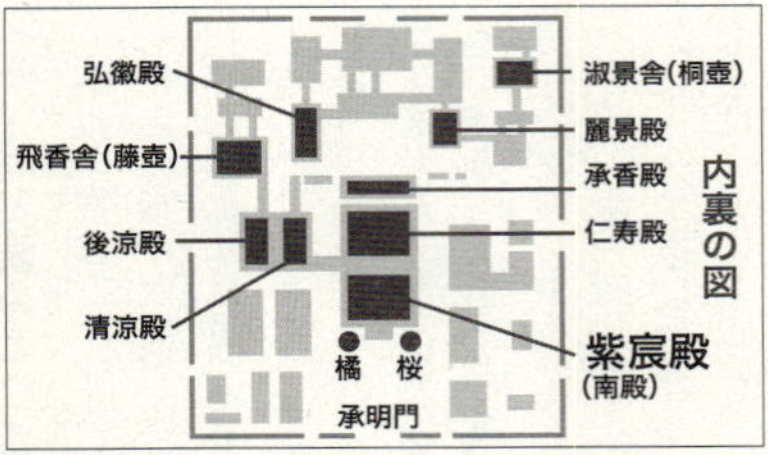

「春満開」
菓匠　清閑院
宮中の花の宴での活躍と、朧月夜との出会い。春の最も豪華な風情といえば、この一品。

43　八、花宴

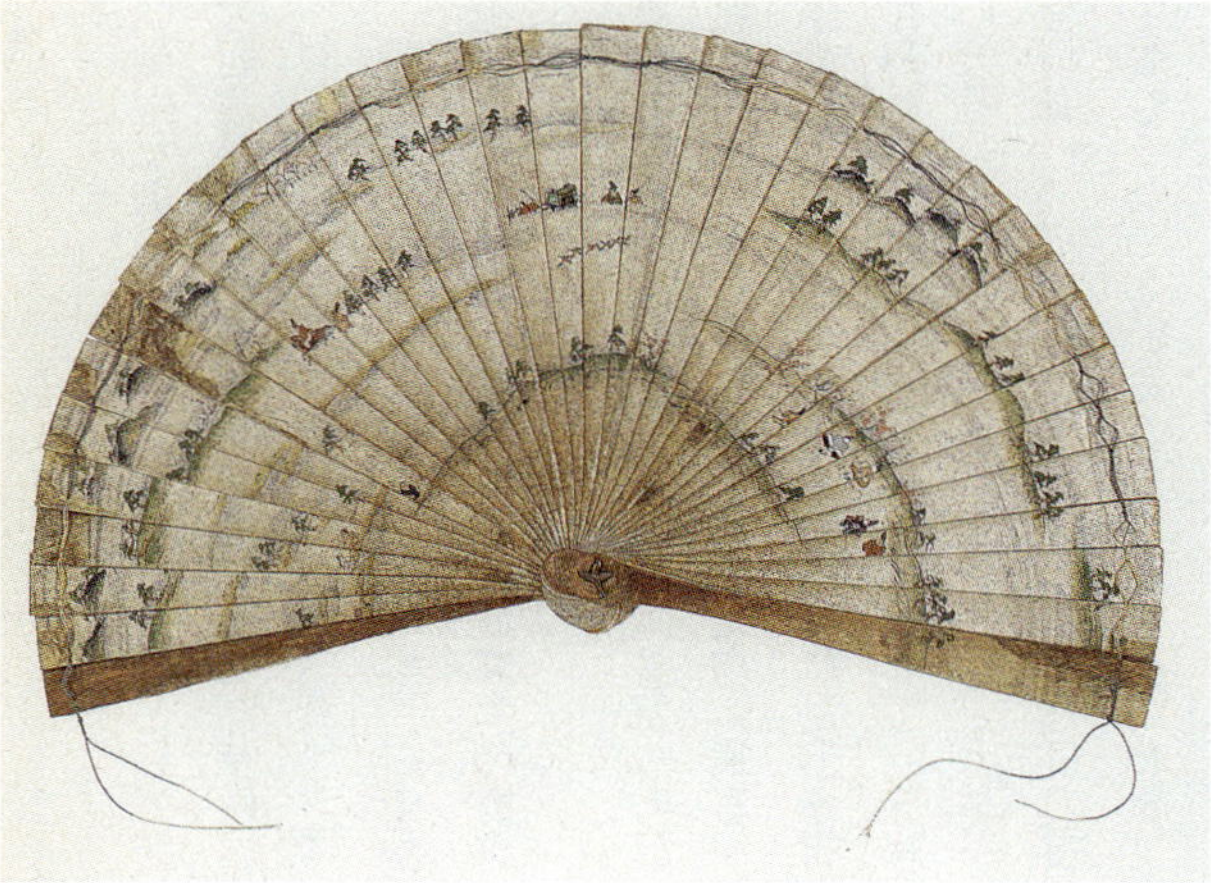

❖九、葵❖

桐壺帝が退位し、弘徽殿女御の産んだ皇子が朱雀帝《すざくてい》として即位する。宮廷では弘徽殿女御の実家である右大臣家が権力を得る。天皇譲位と同時に、伊勢神宮に奉仕する斎宮《さいくう》も交代となり、六条御息所《ろくじょうのみやすどころ》の娘と決まった。六条御息所は、桐壺帝の前に皇太子だった宮(前坊《ぜんぼう》)の妃で、前坊が即位前に亡くなったため、宮中から退出していた。「帚木」の前ころから源氏が恋人として通っていたが、疎遠《そえん》になりがちで、彼女はそれを嘆いている。

一方、源氏の正妻である葵《あおい》は懐妊した。賀茂祭《かものまつり》(葵祭)の日、行列に源氏も供奉《ぐぶ》するというので、六条御息所は人目をしのんで牛車《ぎっしゃ》で見物に来る。ところが後から来た葵の車の従者が、左大臣家の勢力をかさに、御息所の車に乱暴をはたらき、後ろへ追いやってしまう。御息所の恨みは深く、魂が身体を抜け出して、産褥《さんじょく》にある葵にとりついて苦しめる。葵はようやく男子(夕霧)を出産するが、その生霊《いきりょう》のために命を落とす。

源氏も日頃の冷淡を後悔し、悲しみに沈むが、四十九日の喪が明けて二条院に帰ると、紫がすっかり大人びて美しくなっているので、新枕《にいまくら》をかわす。男女のことと源氏の思惑を初めて知った紫は、驚きと厭《いと》わしさに苦しむ。

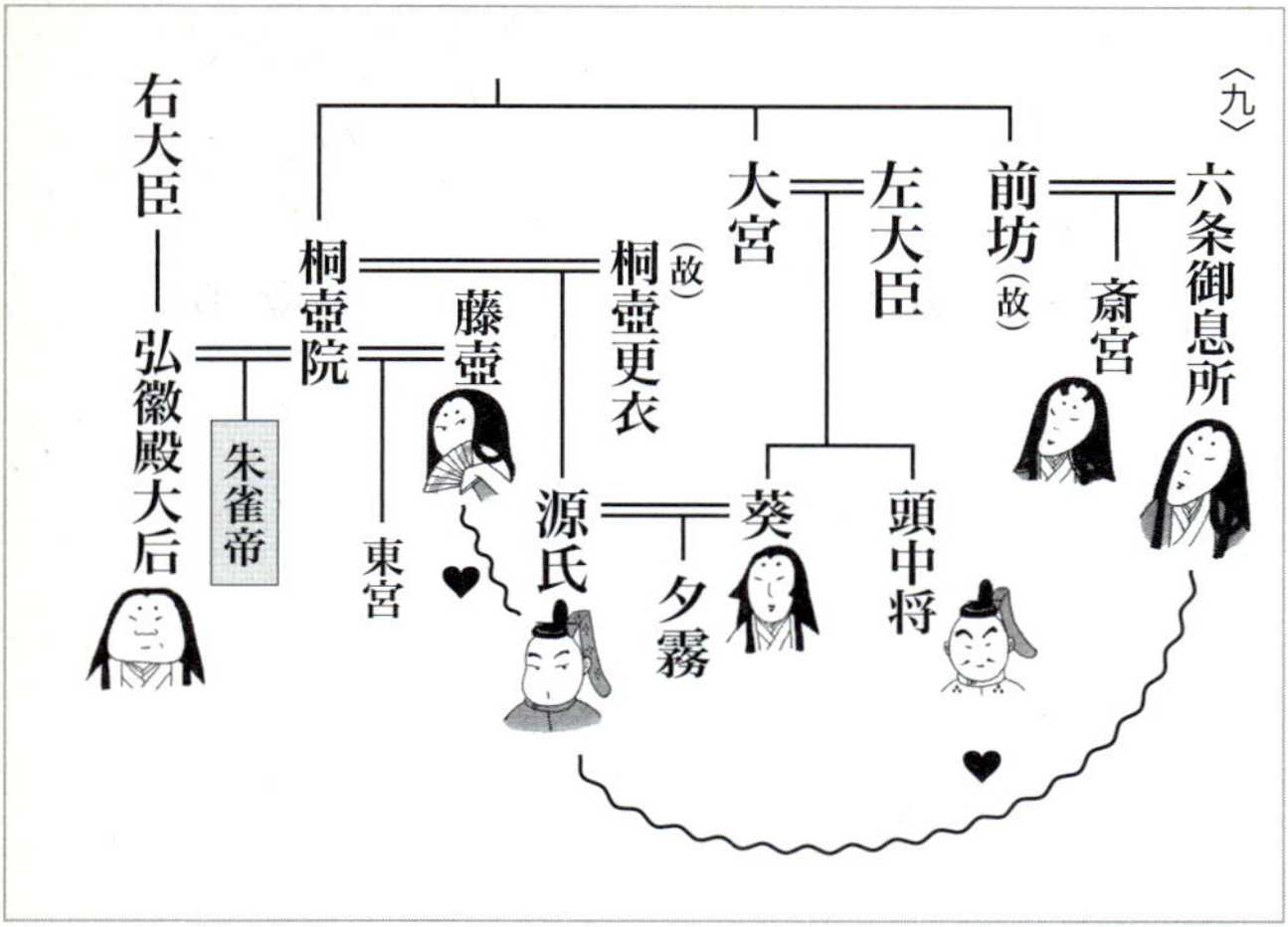

〈ちょっと読みどころ〉9葵

葵が物の怪にとりつかれて苦しんでいるので、左大臣家では僧侶を呼んで護摩《ごま》を焚いて祈禱《きとう》をする。六条御息所は「もう薄情な源氏のことを想《おも》うのはやめよう」と決心するのだが、「想うまい、と思うことが、すでに想っている証拠」と、紫式部は書く。

そして御息所はただ自分の家にいるのに、なぜか左大臣家で焚いている護摩の匂いが着物にしみこんでいる。着替えをしたり髪を洗ったりするのだが、その匂いがどうしてもとれない――。とらえどころの無い生《いき》霊《りょう》の恐ろしさに、読者もゾッとする描写だ。

ところが巻の後半で、源氏に初めて抱かれた紫は、「源氏が疎ましく、自分が情けなく」「まともに目を合わせもせず」「つらくてどうしようもなく」ふさぎ込む。源氏に恋して生霊にまでなった御息所とは対極で、ここにも作者の才が光っている。

「葵」をたずねて

●京都市北区上賀茂本山339
☎075—781—0011
http://www.kamigamojinja.jp
〈左頁〉狩野山楽「車争図屏風」部分・東京国立博物館所蔵

〔上賀茂神社〕

平安時代、皇室の祖先を祀る伊勢神宮と京都鎮守の賀茂神社には、皇室の未婚の女性が奉仕していた。それぞれ斎宮、斎院と呼ばれ、世俗や仏事から離れて清浄な生活をする。

四月酉《とり》の日の賀茂祭には、斎院は上賀茂神社に流れる御手洗川《みたらしがわ》で御禊をして、上・下両社に参って祭祀を行った。この時の華麗な行列を神社の紋である双葉葵で飾ったことから葵祭と呼ぶようになった。

物語では桐壺帝が朱雀帝に譲位したので、新たな斎院が卜定《ぼくじょう》され、その初の葵祭の賑わいが舞台となる。

現在では毎年五月十五日に、往時をしのぶ行列が、御所から下賀茂神社を経て上賀茂神社に参向する。

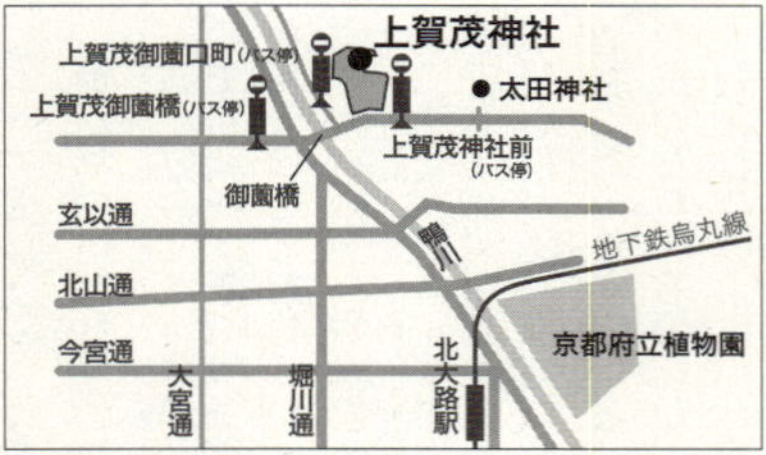

「賀茂葵」宝泉堂
下鴨神社の紋で、葵祭の名の由来ともなった双葉葵の葉をかたどった、丹波大納言のお菓子。大粒でつやつやの大納言が秀逸。

47　九、葵

❖十、賢木❖

六条御息所は源氏との恋を諦《あきら》め、娘に同行して伊勢へ下ることにした。斎宮は伊勢へ赴《おもむ》く前に、嵯峨《さが》の野宮《ののみや》で精進潔斎《しょうじんけっさい》の日を送るため、御息所も娘と共に野宮にいる。

九月、源氏は御息所に会いにゆき、野宮の榊《さかき》の枝を折って「この榊（賢木《さかき》）の色のように変わらぬ心ですのに」と歌を詠《よ》みかける。年上で気位が高かったひとだが、恋の日々を思い出すと感慨も深い。御息所も心が揺れるが、とうとう伊勢へと旅立ってしまった。

十月、桐壺院が病で崩御《ほうぎょ》した。藤壺は院の仙洞《せんとう》御所から三条宮に退出し、年明けからは朱雀帝の母方の右大臣家は権勢を極め、左大臣側の源氏は不遇の日々を過ごす。

藤壺への恋を断念できない源氏は、三条宮に忍び込んで想いを訴えるが、拒絶されてしまう。藤壺はわが子・東宮の地位を守るため、世間を憚《はばか》る源氏の恋を封じ、源氏の政治的助力だけを得る最後の手段として、桐壺院の一周忌《いっしゅうき》の供養《くよう》の後、出家してしまう。

右大臣方の勢力はますます強く、藤壺にも逢えない源氏は、朱雀帝の尚侍《ないしのかみ》となった朧月夜と、帝の目を盗んで危険な逢瀬《おうせ》を重ねていたが、ある雷雨の朝、里下《さが》りしていた朧月夜との密会を右大臣に見つかってしまう。弘徽殿女御は源氏失脚の好機と思う。

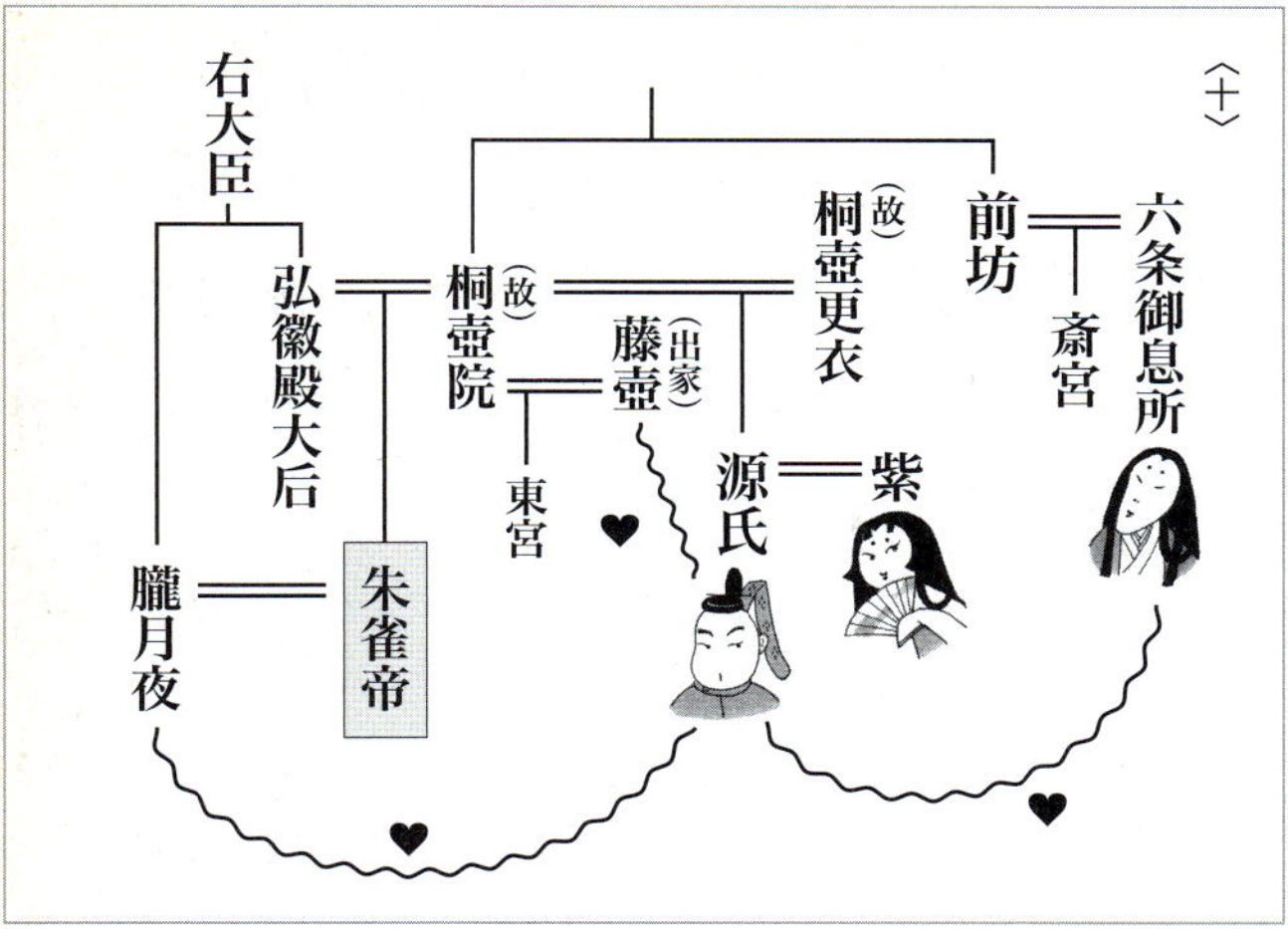

〈ちょっと読みどころ〉10賢木

恋と戦争は、終わらせ方が難しい。

源氏の六条御息所への想いは冷めたが、御息所が都を離れると聞いて、「薄情者とか冷たいと、あの人や世間に思われるのも困る」と会いに行く。

洛西《らくせい》の野原一面に咲く秋の草花。松風の音に、松虫の声。

久しぶりに会ってみると、過ぎ去った恋の思いに心は動く。冷めた思いも、懐かしい切《せつ》なさも、どちらも本心なのだ。

そんな男の心は分かっているはずなのに、秋の夕月に照らされた美しい源氏の姿に、「胸にためた恨みも消えうせ、別れるとようやく決めた心がまた迷ってしまい」苦しむ御息所。男の見せる優しさは残酷である。

語らううちに夜は過ぎ「しだいに明けゆく空の景色は、このお二人のためにわざわざこしらえたかのようである」。

そして御息所は旅立っていったのだ。

「賢木」をたずねて

〔野宮《ののみや》神社〕

祭神は伊勢神宮と同じく天照大神《あまてらすおおみかみ》。古代から南北朝時代まで、皇族の未婚女性が、天皇の代理で伊勢神宮に赴いて、天照大神に仕える制度があり、その女性は斎宮または斎王と呼ばれた。

平安時代のはじめからは、伊勢に行く前に、俗世を離れて潔斎するため、野宮にこもるのが慣例となった。

鳥居は黒木（クヌギの木の皮を剝かずにそのまま使用するもの）でできていて、周囲をクロモジの小柴垣で囲まれ、自然のままの清浄を象徴するかのようである。

現在では嵯峨野めぐりの起点として多くの人が訪れ、縁結びや子宝安産などの信仰を集めている。斎宮行列などの行事もある。

●右京区嵯峨野宮町1
http://www.nonomiya.com/

〈左頁〉紅茶浅葱段秋草模様唐織（部分）・東京国立博物館所蔵。野宮の場面にふさわしい一面の秋草。能では御息所の恐ろしい霊が現れる「葵」につぎ、舞の美しい「野宮」も有名である。

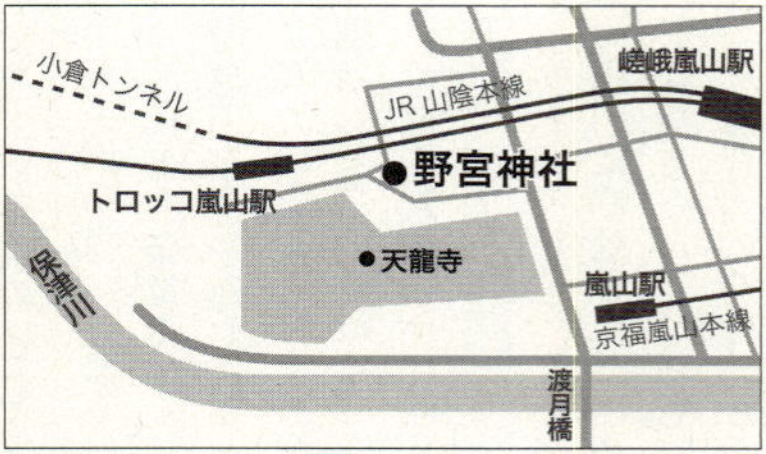

「野宮」「嵯峨竹」
鶴屋寿
六条御息所が、伊勢へ赴く娘と共に滞在した野宮。その周囲をとりまく竹林。まさにその名のお菓子だ。

51　十、賢木

十一、花散里

桐壺院の女御の一人に麗景殿《れいけいでん》という方がいたが、皇子女も生まれず、院の崩御後にはひっそりと頼りなく暮らしていた。源氏はかつて宮中で、この女御の妹君（花散里《はなちるさと》）と逢瀬をかわしたことがあった。その深い仲は続かなかったが、すっかり忘れてしまうことはなく、今では麗景殿女御も花散里も、源氏の庇護《ひご》によって生活しているのである。

葵上や桐壺院の死、藤壺の出家など、思うにまかせないことが続いた源氏は、自らの心の痛みから二人のことを思い出し、五月雨《さみだれ》の晴れ間に訪ねて行った。

途中、中川のあたりで、やはりかつて一度逢瀬をかわした女の家の前を通りかかり、歌を詠みかけるが、つれない返事である。ながらく消息もしなかったのでそれも仕方ないと、源氏は通り過ぎたが、女は実は冷たい返事をしたのを後悔していた。

麗景殿女御の家では、橘《たちばな》の花が香り、ほととぎすが鳴いて、しみじみとする風情である。女御と昔の思い出を語り合った源氏は、夜がふけたころ、花散里の部屋に行く。中川の女と違って、久しく訪れなかったことを恨みもせず、過ぎた日々を語り合いながら心を通わせることができるひとであった。

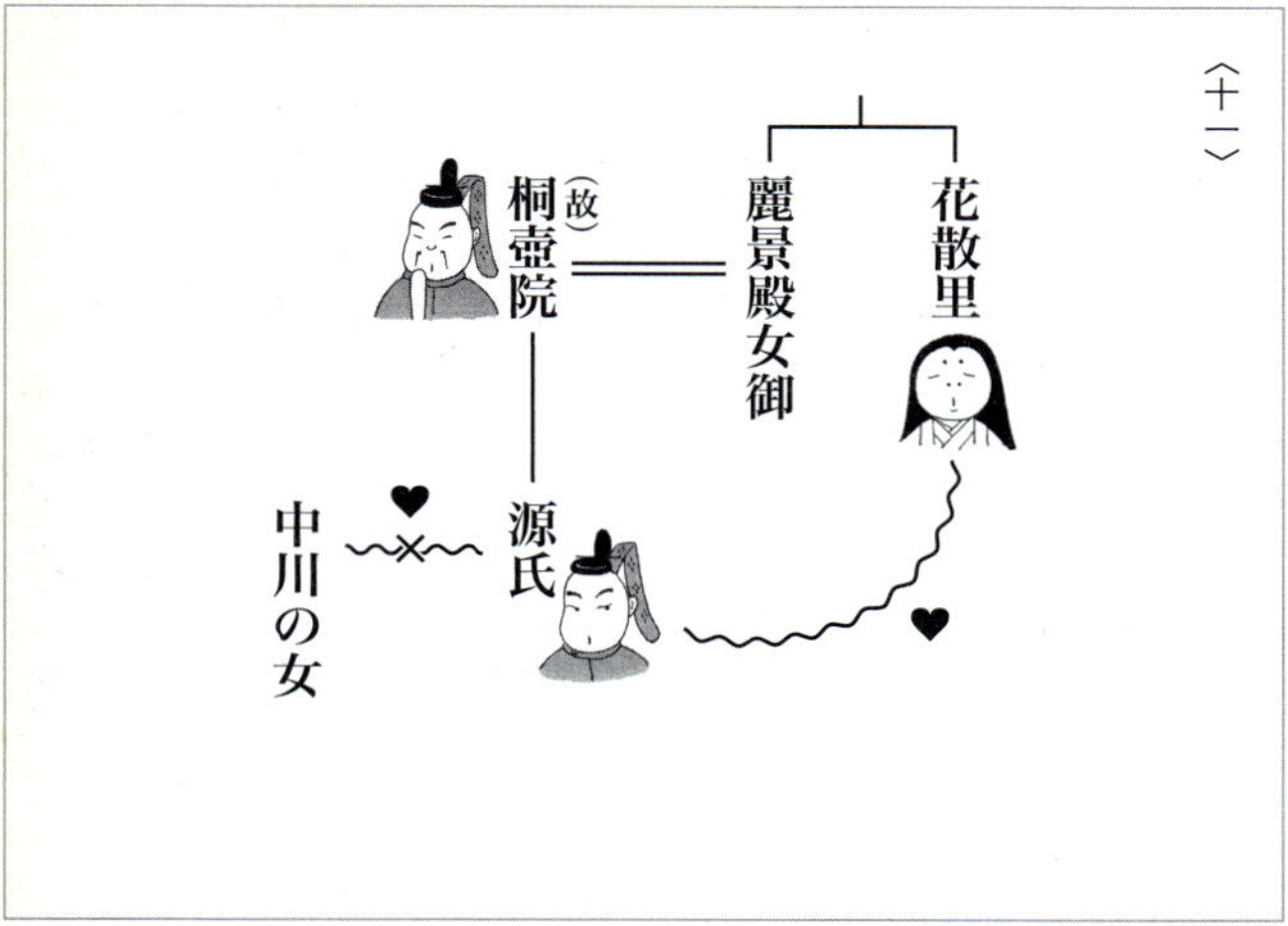

〈ちょっと読みどころ〉11花散里

古今集の有名な歌「さつきまつ花橘《はなたちばな》の香をかげば昔の人の袖の香ぞする」（昔の恋人は橘の花の香りがした。五月になってその花が咲くと、彼を思い出す）をモチーフとした巻である。

本歌は、初夏の夜に、華やかでツンと動物的な感じもする橘の花の香に、昔の逢瀬の思い出を重ねた、大変に官能的な歌だ。

けれども物語で描かれるのは、桐壺院亡き後に不遇をかこつ源氏と女御が、しみじみと過ぎ去った栄光の日々を懐かしむ「昔語り」であり、どんなに長いこと訪れなくても、いつも心から源氏を迎えてくれる花散里の「変わらぬ心」である。

「一度でも逢瀬のあった女性には、年月が過ぎても決して情けをお捨てにならないので、かえって多くのひとの物思いの種になる」源氏の、激しい恋とは異なる一面と、面倒見のよさがかいま見られる一巻だ。

「花散里」をたずねて

〈菓祖神社〉

橘といえば、『源氏物語』では「花の香」だが、さらに古代には田道間守《たじまもり》だ。垂仁《すいじん》天皇の命で非時香菓《ときじくのかくのこのみ》を探して常世《とこよ》の国に赴《おもむ》き、十年かかって持ち帰ったという神話の主人公で、非時香菓とは現在の橘といわれている。

古代の「菓」＝果物は、今の菓子の根源とされることから、田道間守は菓子の神として信仰されるようになった。

左京区の吉田神社内には、末社として田道間守命《たじまもりのみこと》が鎮祭されている。

花もよし実もよし、の橘は家庭的な「花散里」の人柄に合っていよう。

●左京区吉田神楽岡町30・吉田神社内。吉田神社は春日大社四座を勧請した神社。

☎075―771―3788（吉田神社）

〈左頁〉橘の花

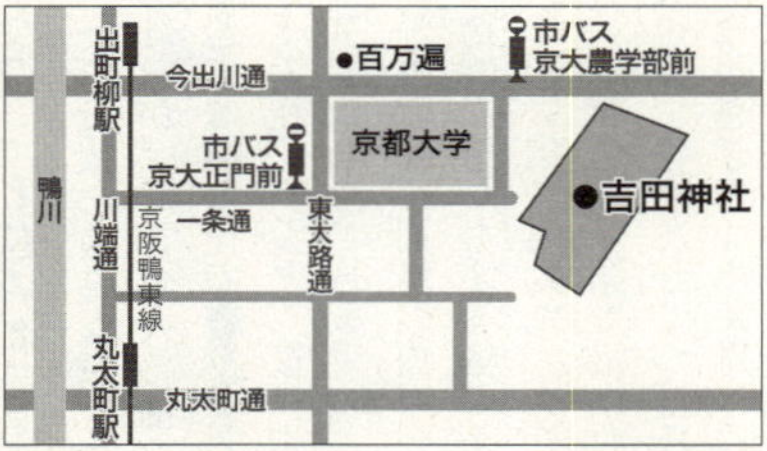

「夏柑糖」　老松

どんなに時がたっても源氏を忘れない花散里（＝橘の花）のように、一度味わったら忘れられない柑橘の香りととろける食感。

55　十一、花散里

❖十二、須磨❖

朧月夜との不義が弘徽殿女御に知れ、源氏は謀反《むほん》の罪を着せられて、官位を剝奪《はくだつ》されてしまった。ついには都にも居づらくなり、須磨に退去すると決めるが、まだいたいけない紫を一人で置いてゆくのが心配で、紫も心細く悲しんでいる。親しかった人々に別れを告げ、桐壺院の御陵《ごりょう》に詣《もう》でてから、三月末にひっそりと旅立つ。

須磨では人里も離れた物寂しい暮らしで、琴・絵・歌などに無聊《ぶりょう》をなぐさめ、都の人や伊勢の六条御息所と便りを交わすだけが心の支えである。冬には、大宰大弐《だざいのだいに》が上京の途中で須磨に寄り、年明けの春には、三位中将《さんみのちゅうじょう》（もとの頭中将）も弘徽殿女御の怒りも恐れず訪ねてきた。

一方、源氏の母・桐壺女御の従兄弟《いとこ》の入道（明石入道《あかしのにゅうどう》）は、須磨からほど近い明石に住んでいて、わが娘の栄達のために、源氏に娘を奉りたいと熱望する。

須磨に来て一年後の三月、源氏が海辺でお祓《はら》いをして、神々に自分の無実を訴える歌を詠むと、突然雷と暴風雨になり、その夜は海龍王《かいりゅうおう》が自分を海底に連れていこうとする夢を見た。不気味な出来事に、源氏は須磨を去りたくなるのであった。

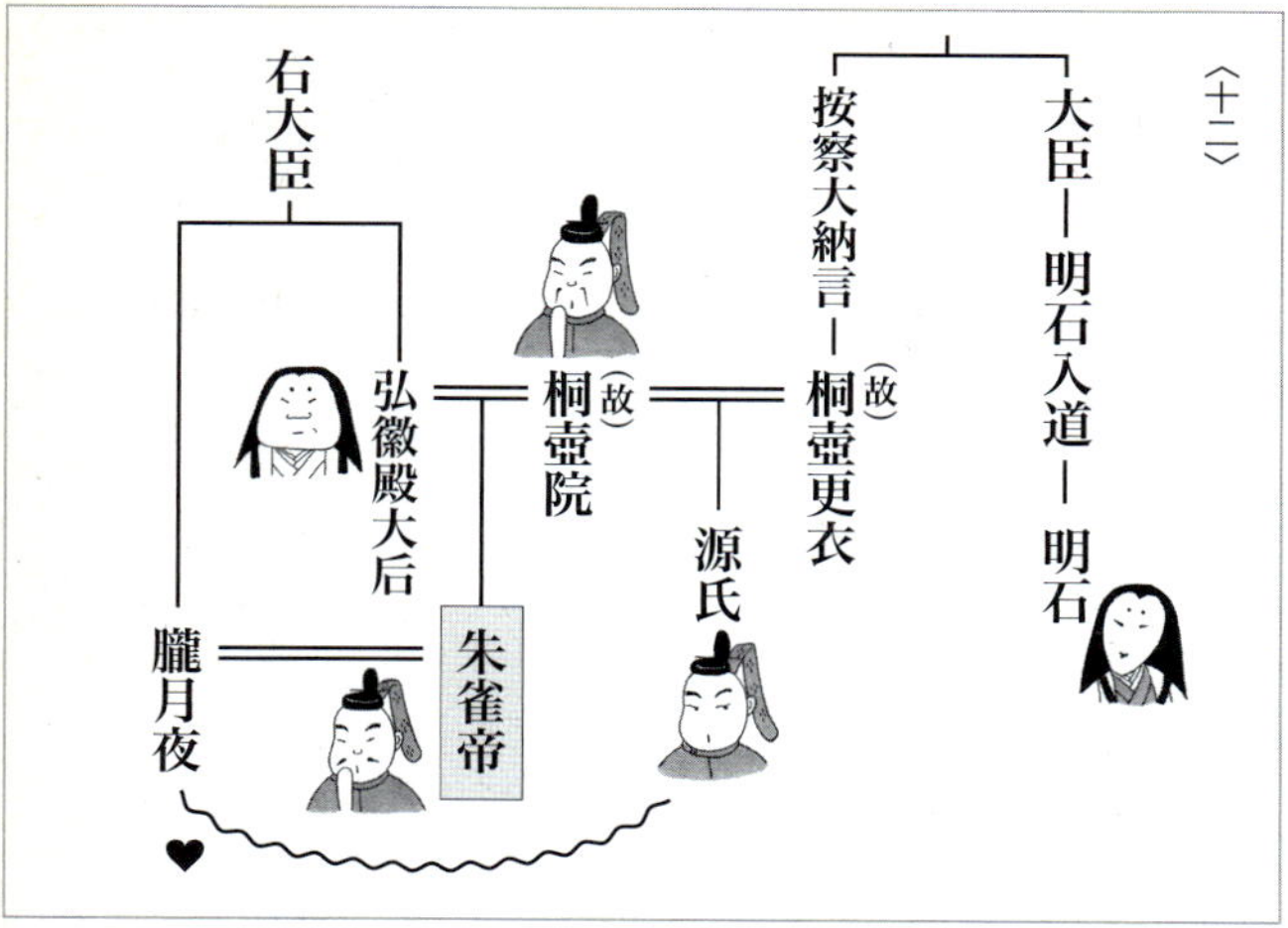

〈ちょっと読みどころ〉12須磨

「葵」の巻では、初夜の後、源氏を拒んだ紫も、次の「賢木」では妻の座に慣れ、二人はだんだんよい夫婦になっていく。彼女は父の兵部卿宮《ひょうぶきょうのみや》とも手紙を交わしていた。

そこへ突如、源氏の失脚《しっきゃく》である。父宮は「世間の噂を迷惑がって便りもよこさず、見舞いにも来ない」。北の方（継母）などは散々に悪口を言うので、紫はいたたまれない。

実の父にも見放された紫に、源氏は荘園や牧場の地券をはじめ資産をすべて任せる。一人とり残されると思いつめる彼女に、源氏は諄々《じゅんじゅん》と言い聞かせ「日が高くなるまでお寝《やす》みになった」（＝その夜は長々と愛し合った）。二人の愛は逆境で深まったのだ。

翌朝源氏は、涙をいっぱいに浮かべる紫に「いつもあなたの姿を映す鏡のように、私の心は常にあなたを離れはしない」と歌を詠む。紫は「柱の陰に隠れて、涙を見せまいとしているさまも比類ない」のだった。

「須磨」をたずねて

〔御香宮《ごこうのみや》神社と月桂冠《げっけいかん》大倉記念館〕

京都から須磨まで、源氏は船に乗っている。当時は伏見から乗船して淀川を下るのが一般ルートだった。

伏見の御香宮神社は神功《じんぐう》皇后を主祭神とした安産祈願で有名な神社。貞観四（八六二）年（紫式部の約一五〇年前）、香のよい水が湧き出たためこの名前になった。今も「名水百選」に認定されている。

月桂冠大倉記念館では、伏見の酒造りの歴史が分かりやすく紹介されている。見学後は各種お酒の試飲もできる。川面の波に、旅立つ源氏の心境を想像してみてはどうだろう。

●御香宮神社・伏見区御香宮門前町
☎075—611—0559
http://www.kyoto.zaq.ne.jp/gokounomiya/

●月桂冠大倉記念館・伏見区南浜町247
☎075—623—2056
http://www.gekkeikan.co.jp/enjoy/museum/

〈左頁〉伏見の酒蔵

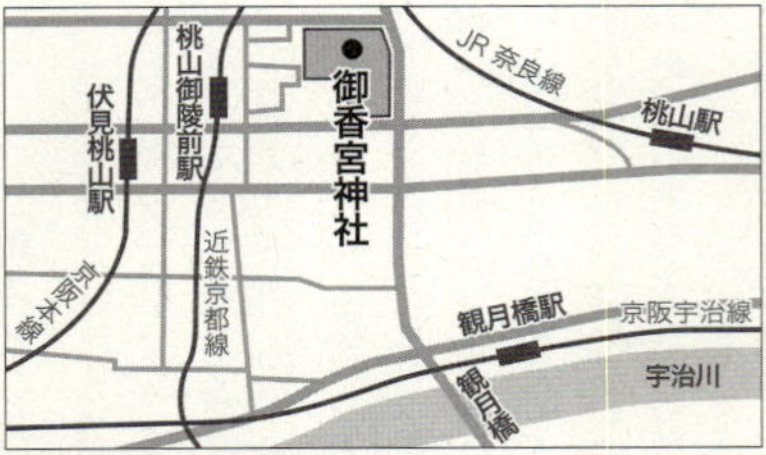

「如心松葉」
井筒屋重久
海辺の風景を見つつ、京での数々の別れを寂しく思い出す源氏には、繊細な松葉の形と玄妙な香が合う。

❖ 十三、明石 ❖

嵐はなかなか止まず、都でも風雨がひどく政務も滞《とどこお》るほどとなった。源氏やお供の人たちは住吉の神に祈るが、雷が建物に落ちて混乱はひどくなる一方である。

ようやく嵐がおさまると、源氏の夢に桐壺院が現れ、住吉の神の導きに従って須磨を去れ、と言う。その暁《あかつき》、明石入道の一行が須磨に到着した。入道も夢で、源氏を迎えよとのお告げを受け、嵐の中を船出すると、不思議と穏やかな順風になったのだという。

誘いに応じて、源氏は明石に行く。入道の邸宅は都にも劣らぬ風情である。娘を源氏のもとにいれたいとの入道の願いを聞いて、源氏は岡辺《おかべ》の宿に住む姫（明石）に消息を送るが、姫は「身分不相応な人と逢っても、後々辛い思いをするだけ」と慎重である。

都では朱雀帝が桐壺院に睨《にら》まれる夢を見て眼を患い、右大臣が亡くなり、弘徽殿女御の具合もよくない。帝は凶事《きょうじ》が続くのは源氏を失脚させたためか、と悩む。

八月十三日の夜、源氏は明石と契《ちぎ》る。明石は気品があって慎《つつし》み深いひとであるが、都の紫を気遣う源氏に早くも辛い思いをする。年明け、帝は弘徽殿女御の反対を押し切って源氏を赦免《しゃめん》・召還《しょうかん》した。源氏は懐妊した明石に琴《きん》を残して帰京し、大納言に昇進する。

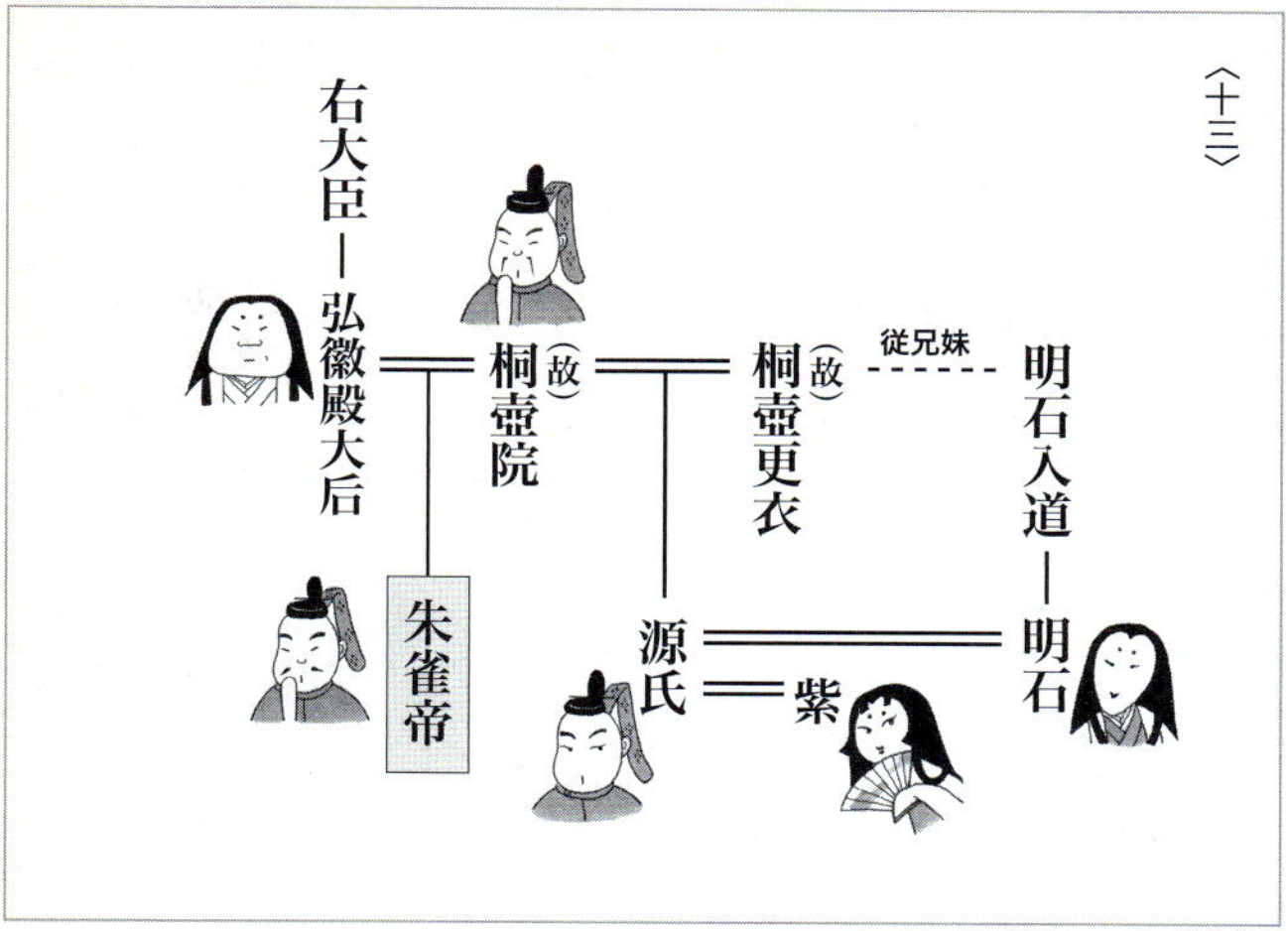

〈ちょっと読みどころ〉13明石

「須磨」の巻で、妻に「身分違いだし、源氏も今は罪人の身」と反対されながらも、源氏を迎えにいった「一癖ある」入道。「年は六十ほどながらさっぱりとして、勤《ごん》行《ぎょう》で痩せ細っているのがいい感じ。偏屈者《へんくつもの》で老い惚《ほう》けてはいるけれども、気品と教養がある」。箏《そう》の琴《こと》の名手という優雅の反面、娘のことをなりふり構わず源氏に頼む、「わずらわしく、愚かしい」野心家でもある。

　田舎にありながら、まばゆいまでの支度で娘を大事にし、「高貴な身分の人に嫁ぐのでなければ、父がいつまでも守り育てる。父の亡き後は海に身を投じよ」と教育してきた。明石君が「なまじ身分の高い者よりもかえってひどく気位が高い」という自意識と劣等感に苛《さいな》まれ、源氏からの見事な手紙に気後れして、返事も書けずに気分が悪くなってしまうと、父が代筆する。父と娘の関係は、お受験戦争の母子にも似ている。

錦・錦天満宮内
☎075—231—5732
〈左頁〉中澤弘光『新譯源氏物語』（与謝野晶子）挿絵より「明石」

「明石」をたずねて

〔下鴨神社〕

明石入道の邸宅で、源氏は琴を、入道は琵琶と箏を演奏する。女性の楽器とされる箏を入道は見事に弾じた。

下鴨神社の年中行事には、一般の人も伝統の器楽を聞くことができるものがある。六月の「蛍火の茶会」では王朝舞や箏曲の演奏があり、御手洗川《みたらしがわ》に蛍が放たれる。九月の「名月管絃祭」でも舞楽や平安貴族舞などが奉納される。また一月には平安雅楽会が神社の一室を借りて、雅楽の演奏を披露する。年によって日取りが変わるので、お問い合わせを。

●下鴨神社・左京区下鴨泉川町59
☎075—781—0010
http://www.shimogamo-jinja.or.jp
●平安雅楽会事務局・中京区新京極

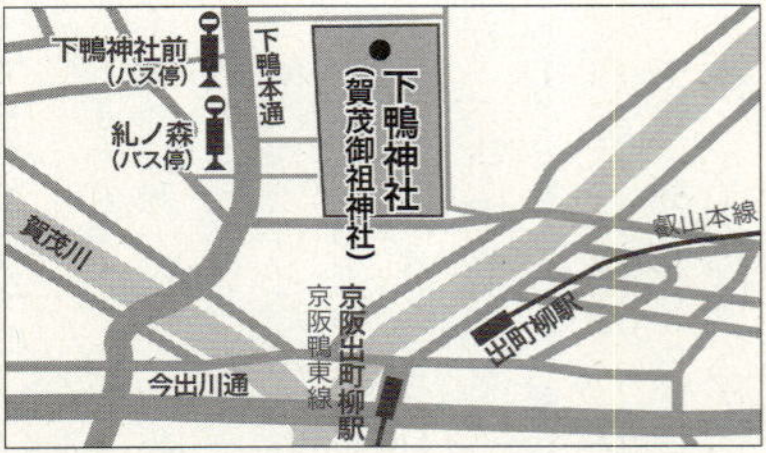

「浜土産《はまづと》」
亀屋則克
須磨から明石へ海路をゆく源氏。海にゆかりの京菓子の中でも、この面白さ・美しさは比類ない。

63　十三、明石

❖十四、澪標❖

朱雀帝《すざくてい》は譲位し、東宮（桐壺帝と藤壺の子・実は源氏との不義の子）が即位して、冷泉帝《れいぜいてい》となった。源氏は内大臣《ないだいじん》として政界に君臨する。源氏と左大臣家は、弘徽殿大后《おおきさき》側の右大臣家をおいて優勢になった。

明石では、明石君に女児が誕生する。源氏はその娘をゆくゆくは帝に入内させるべく念入りに養育を始める。これを知らされた紫は穏やかではいられない。

秋、源氏は栄達のお礼に住吉神社に詣でた。偶然に、明石君も住吉に参詣に来たが、源氏一行の華々しさに近づくこともできない。源氏はそれを知り明石に澪標《みおつくし》の歌を送る。

斎宮も代替わりし、六条御息所の母娘が伊勢から帰京した。病身の御息所は、娘の後見を源氏に託して他界する。源氏はこの娘（前斎宮《さきのさいくう》）の母親ゆずりの魅力にひかれ、また朱雀院も彼女を欲する。だが源氏は自分の養女として、冷泉帝に入内させることにする。

冷泉帝のもとには、権中納言《ごんのちゅうなごん》（かつての頭中将）の娘が、弘徽殿女御として入内しており、藤壺の兄・兵部卿宮《ひょうぶきょうのみや》もまた娘を入内させようとしている。藤壺は、兄と源氏が対立するのに困りつつも、前斎宮のことを帝に勧《すす》めるのだった。

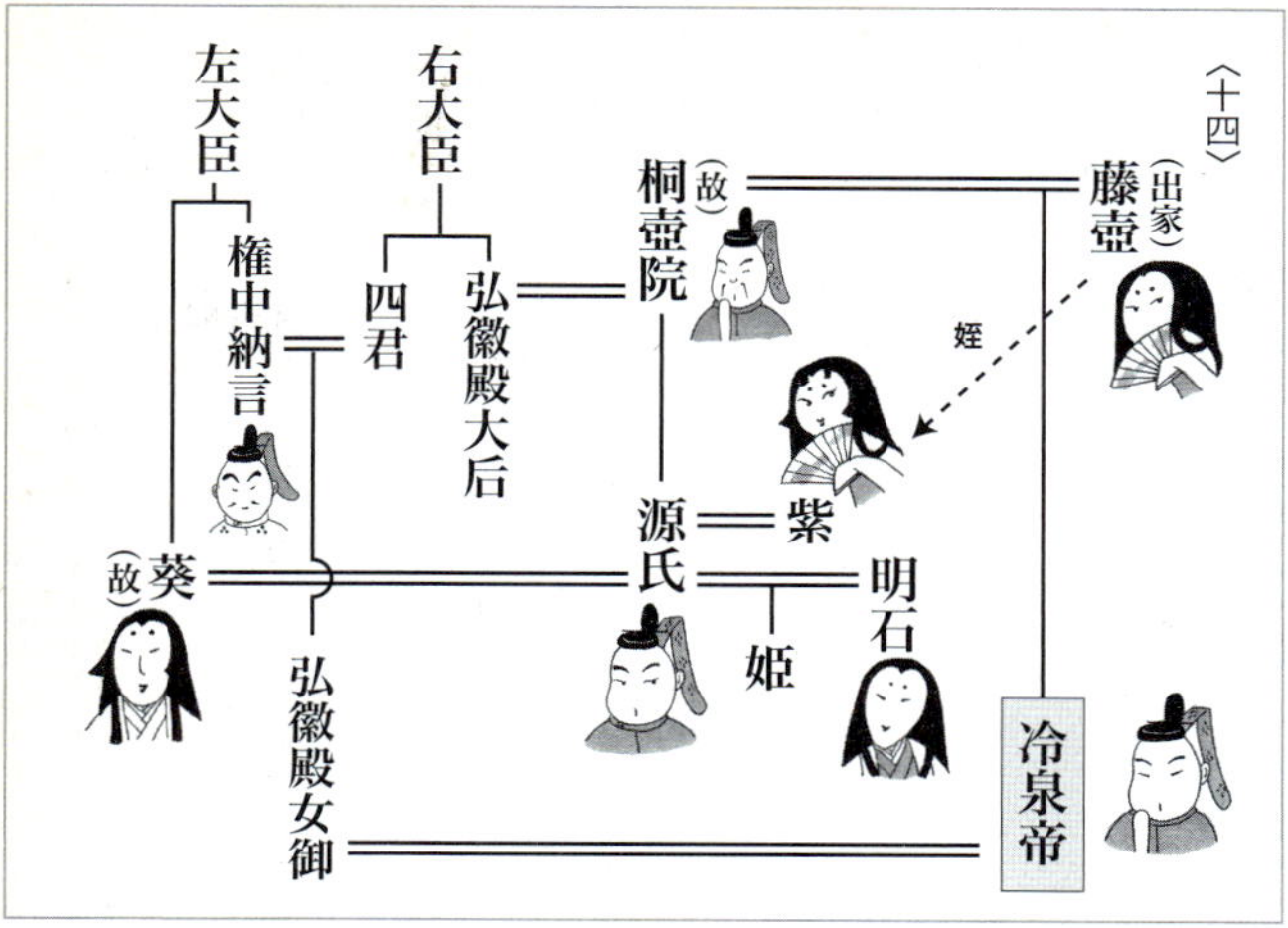

〈ちょっと読みどころ〉14澪標

右大臣家側の朱雀帝が退位し、左大臣家側の冷泉帝が即位すると、勢力が逆転した。

源氏は淑景舎《しげいしゃ》（桐壺・母のいた部屋）を住いとし、出家した藤壺も、天皇の母として宮中に出入りできるようになる。

一方、右大臣家の弘徽殿大后は、「情けないものは世の移り変わりではあった」と嘆くが、そこで注目されるのは、源氏の弘徽殿への態度だ。

母を死に追いやり、自分を須磨に蟄居《ちつきょ》させ、妨害の限りをつくした彼女に対し、「何かにつけ大后(弘徽殿)が恥じ入りたいほど丁重にお仕えして、ご親切をお見せになるのも、それが却って(大后に)お気の毒」。

一挙に粛清《しゅくせい》されて姿を消すのではない。今まで通り宮廷で顔を合わせ、かつて踏みつけにした者の世話を受けなければならない。その屈辱を思う時、一見穏やかな平安宮廷の、底知れぬ暗黒がかいま見える。

「澪標」をたずねて

〈住吉大社〉

帰京がかない、身分も取り戻した源氏は、住吉神社に願果たしのお礼に参詣する。京都ではないが、京都から日帰り可能範囲ということで、ここでは主要な舞台の住吉大社を紹介する。

全国に二千以上ある住吉神社の総本社で、祭神は底筒男命《そこつつをのみこと》、中筒男命《なかつつをのみこと》、表《うわ》筒男命《つつをのみこと》、神功《じんぐう》皇后の四柱。伊邪那岐《いざなぎ》命《みこと》が黄泉《よみ》の国から戻ったとき、黄泉の国の穢《けが》れを海に入って祓《はら》った。そこから生まれたのが前の三柱。また神功皇后は新羅《しらぎ》に遠征する際に、住吉大神の力をいただき、国の栄えを導いたため、ここに祀《まつ》られている。二十年ごとの式《しき》年遷宮《ねんせんぐう》でも知られ、今も信仰を集めている。

●大阪市住吉区住吉2―9―89

☎06―6672―0753

http://www.sumiyoshitaisha.net/

〈左頁〉俵屋宗達「関屋澪標図屏風」（澪標の一部分）静嘉堂文庫美術館所蔵

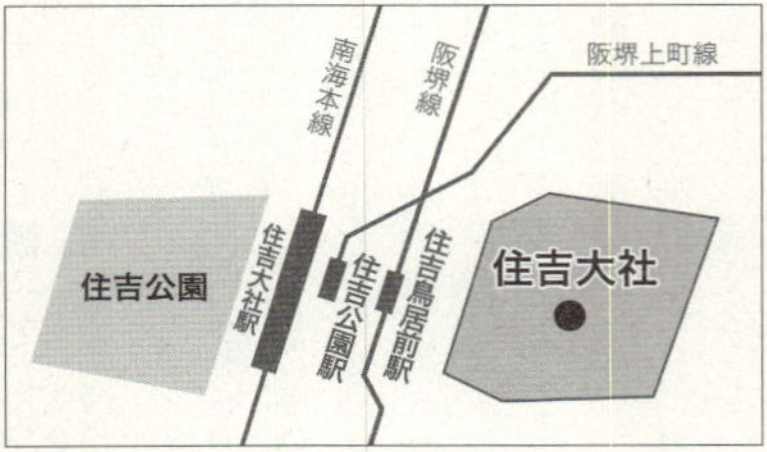

「いさり火」
京菓子司 末富
豪勢な源氏一行に近づけず、船で帰る明石君。闇に遠くの灯を見るような心境は、漁火のようだったか。

67　十四、澪標

❖ 十五、蓬生 ❖

末摘花《すえつむはな》は源氏の庇護《ひご》のもとに生活していたのであるが、源氏が須磨へ行ってからはすっかり忘れられ、生活は貧窮《ひんきゆう》の底に沈んでしまった。屋敷は荒れ果てて、蓬《よもぎ》や葎《むぐら》が山中のように生い茂り（蓬生《よもぎう》）、召《め》し使《つか》いも次々といなくなり、同じく世間離れした兄の禅《ぜん》師《じ》が時折訪ねてくるだけで、食べるにもこと欠くありさまである。

末摘花には、受領《ずりよう》の妻になった叔母がいた。末摘花の家は衰えてはいるが宮家なので、この叔母は親戚から、受領のような身分の低い者のところへ嫁いだと侮られ、それを恨んでいる。このたび夫が大宰大弐《だざいのだいに》になり、筑紫《つくし》に赴任《ふにん》することになったので、恨みの報復に、末摘花に随行《ずいこう》をせまるが、姫君はその屋敷を出ようとは夢にも思わない。

源氏は帰京しても、末摘花のことを思い出しもしなかった。帝が変わり、源氏が昔をしのぐ栄華を誇っているのを聞くにつけ、末摘花は絶望する。最後の頼みの綱だった侍《じ》従《じゆう》までも、叔母とともに大宰府へ行ってしまい、幽霊屋敷のような邸宅に一人残された。

翌年四月、偶然に屋敷の前を通った源氏は、その荒廃に驚き、末摘花を忘れていたことを悔《く》い、以後は末永く庇護を約束し、二年後には二条院の東の別邸に迎えたのだった。

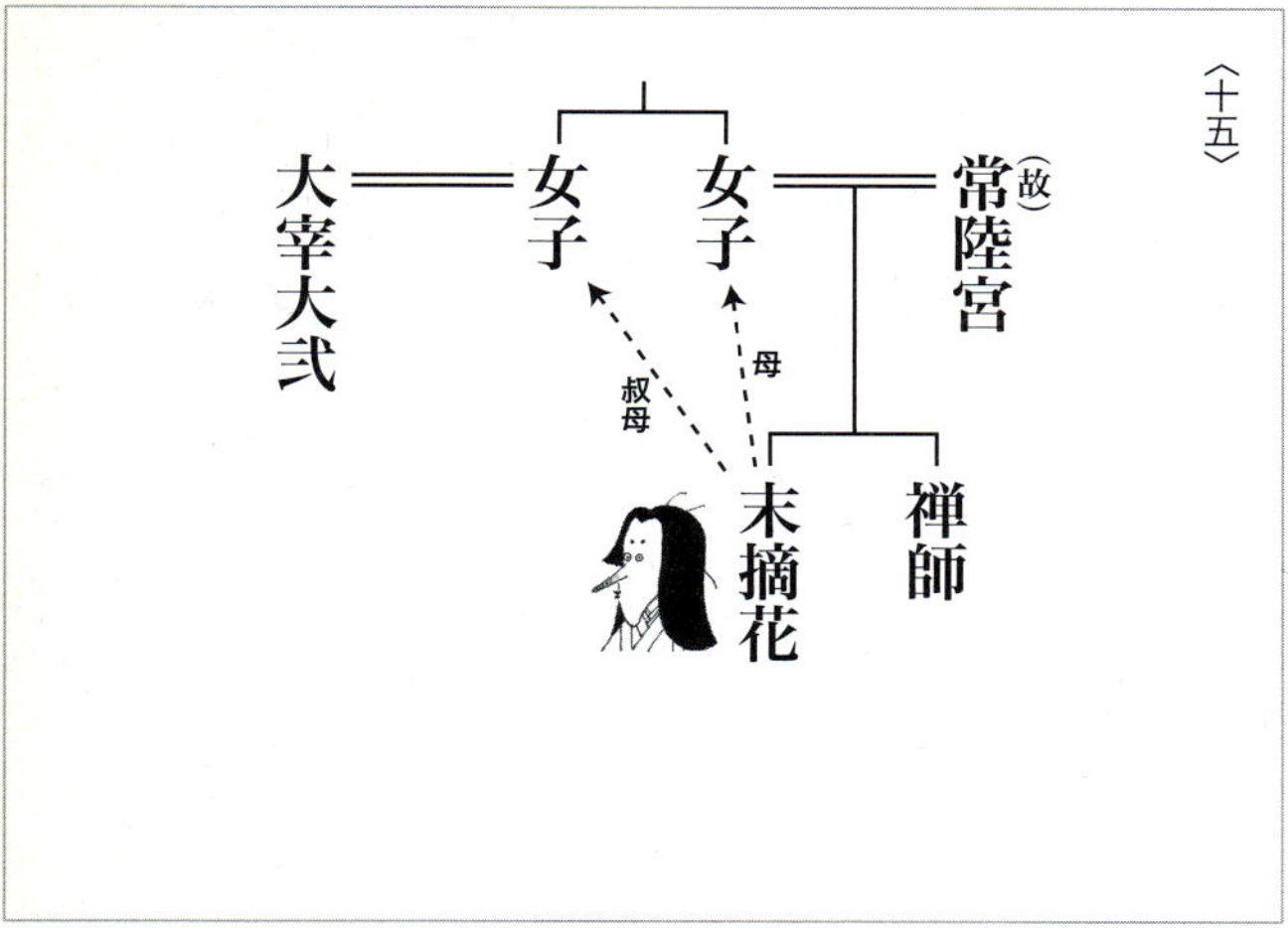

〈ちょっと読みどころ〉15蓬生

末摘花の「心根がいやしい叔母」は、身分の高い親戚から蔑《さげす》まれた恨みをはらすべく、末摘花に自分の夫の昇進をひけらかし、自分の娘の侍女にしてしまおうと甘言《かんげん》を弄《ろう》する。劣等感を持つ叔母には、末摘花が、「これほど落ちぶれながら、自分達が活動する世間を見下し、昔のままの生き方を変えようとしない高慢な」姫に見えるのだ。

「あなたが不憫《ふびん》で」と、一緒に筑紫へ行こうと誘うが、末摘花は毅然《きぜん》と断った。

「世間並でもない私のような者は、このままここで朽ち果てるつもりです」——醜女《しこめ》で笑われ役の末摘花が、ただ一度、誇り高きヒロインに見える一瞬だ。

「森のように木や雑草が茂り、狐や梟《ふくろう》が住み、人気もなく物《もの》の怪《け》が跋扈《ばっこ》する」荒れ果てた邸宅で、「大きな松に藤がまつわり咲いていていて、月光の中で揺れて香っている」姿が、末摘花その人の象徴のようである。

「蓬生」をたずねて

〈紙司　柿本〉

末摘花がわびしい暮らしのなぐさめに眺めていたのは「古歌などを書いた紙」。当時の貴族たちは、様々な色や模様の豪華な紙に、美しい筆跡で歌などを書いたものを、贈り物にしたり、眺めて楽しんだりしていた。けれども末摘花の家にあったのは、漉返《すきかえ》しの粗《あら》紙《がみ》のような紙屋紙《かんやがみ》や、古くてけばだった陸奥国紙《みちのくにがみ》（かな用の紙）だったのだ。

平安時代から発達した和紙の歴史と伝統を踏襲しつつ、現代の用途に合う和紙をそろえているのが「紙司柿本」。民芸紙、型染紙などの手漉き和紙からプリント対応のもの、京都らしいデザインのレターセットまで多彩な品揃えがある。

●中京区寺町通二条上ル常盤木町54

☎075—211—3481

〈左頁〉「古今和歌集巻第十二残巻」（部分）・京都国立博物館所蔵。末摘花のものとは対極に、美しい料紙に平安時代の最高の手で書かれた「古今集」の写本

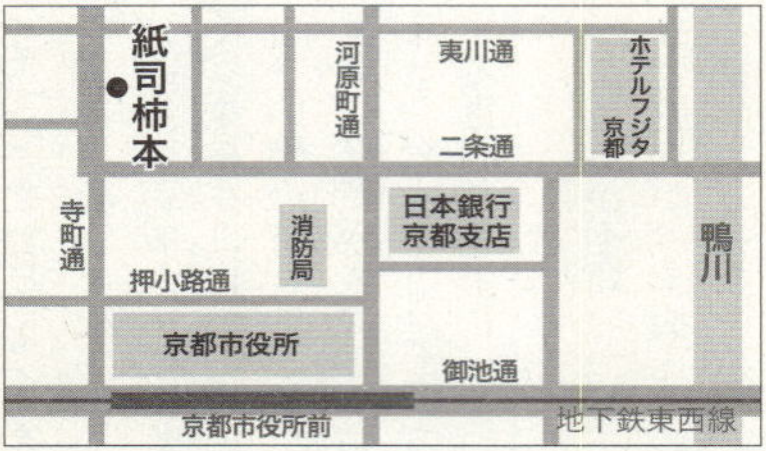

「奥嵯峨」　松楽

荒れた邸宅の庭を覆う蓬。その蓬も、お菓子になれば素晴らしい香りで人を喜ばす。蓬と黄粉の香りに、餅の食感が見事な一品。

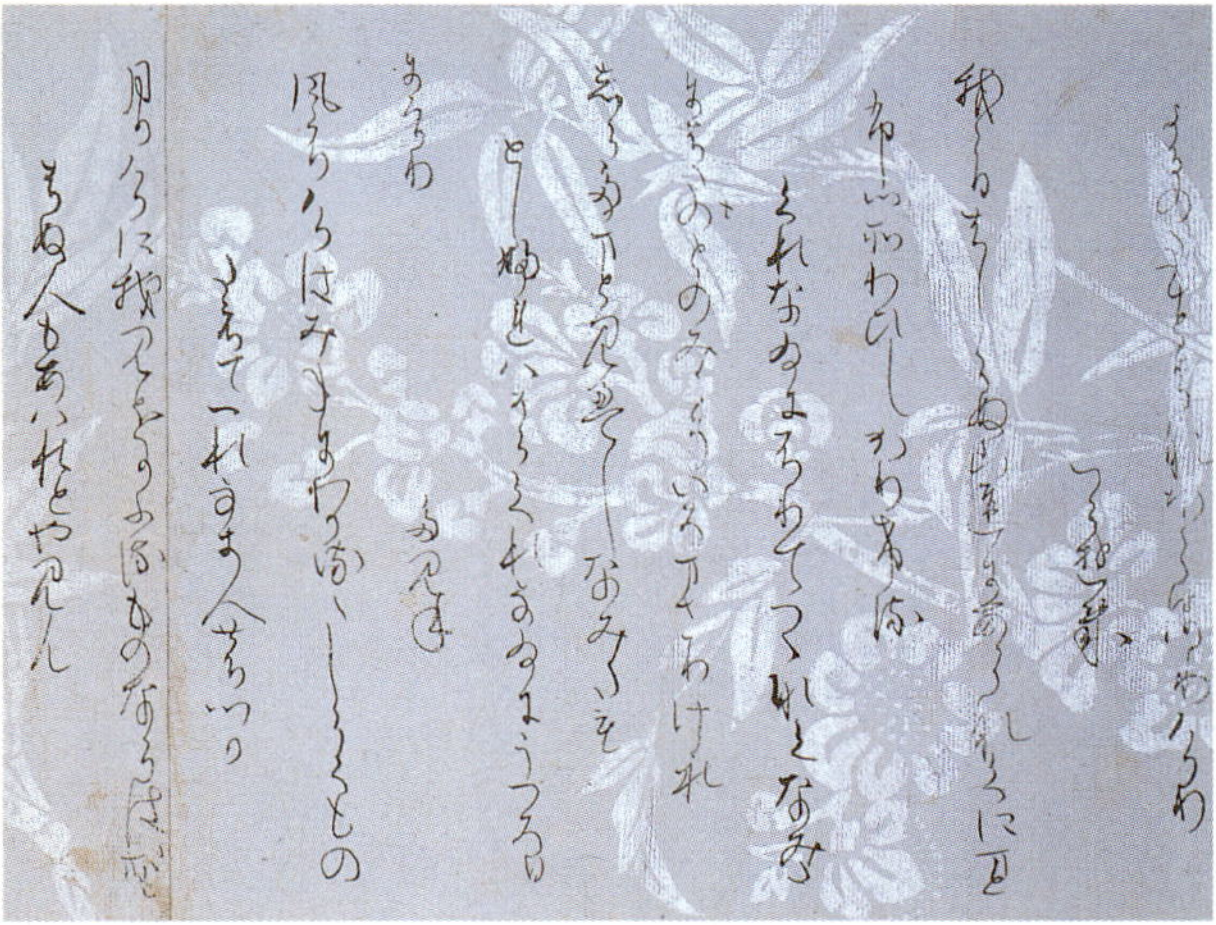

❖ 十六、関屋 ❖

空蟬《うつせみ》の夫の伊予介《いよのすけ》は、後に常陸介《ひたちのすけ》になって東国に下っていたが、このたび任期を終えたので、空蟬ともども帰京の道をたどっていた。

一方源氏は大津の石山寺に参詣に出かけ、偶然にも逢坂関《おうさか》で、空蟬の一行と出会う。常陸介一行は、源氏の行列を先に通すため、それぞれ車から降りて、車も人も木陰にけてかしこまっている。人目が多いところでは声もかけられず、源氏は右衛門佐《うえもんのすけ》（空蟬の弟・かつての小君）をつかわして挨拶の伝言をさせる。源氏も空蟬も、昔のことを感慨深く思い出す。

石山寺から戻って、源氏は改めて右衛門佐を介して空蟬に便りをする。空蟬もこらえられずに返事をする。源氏はこの後にも折々に消息するようになった。

やがて空蟬の夫は老衰で亡くなってしまう。遺言で「何事も空蟬の心に従って、私の生前と同じに仕えよ」と言い残したが、昔から若い継母《ままはは》に気があった河内守《かわちのかみ》（かつての紀伊守《きのかみ》）は、未亡人となった空蟬に言い寄る。だが彼女は「生き長らえて、このように憂《う》き目をみるよりは」と出家してしまったのであった。

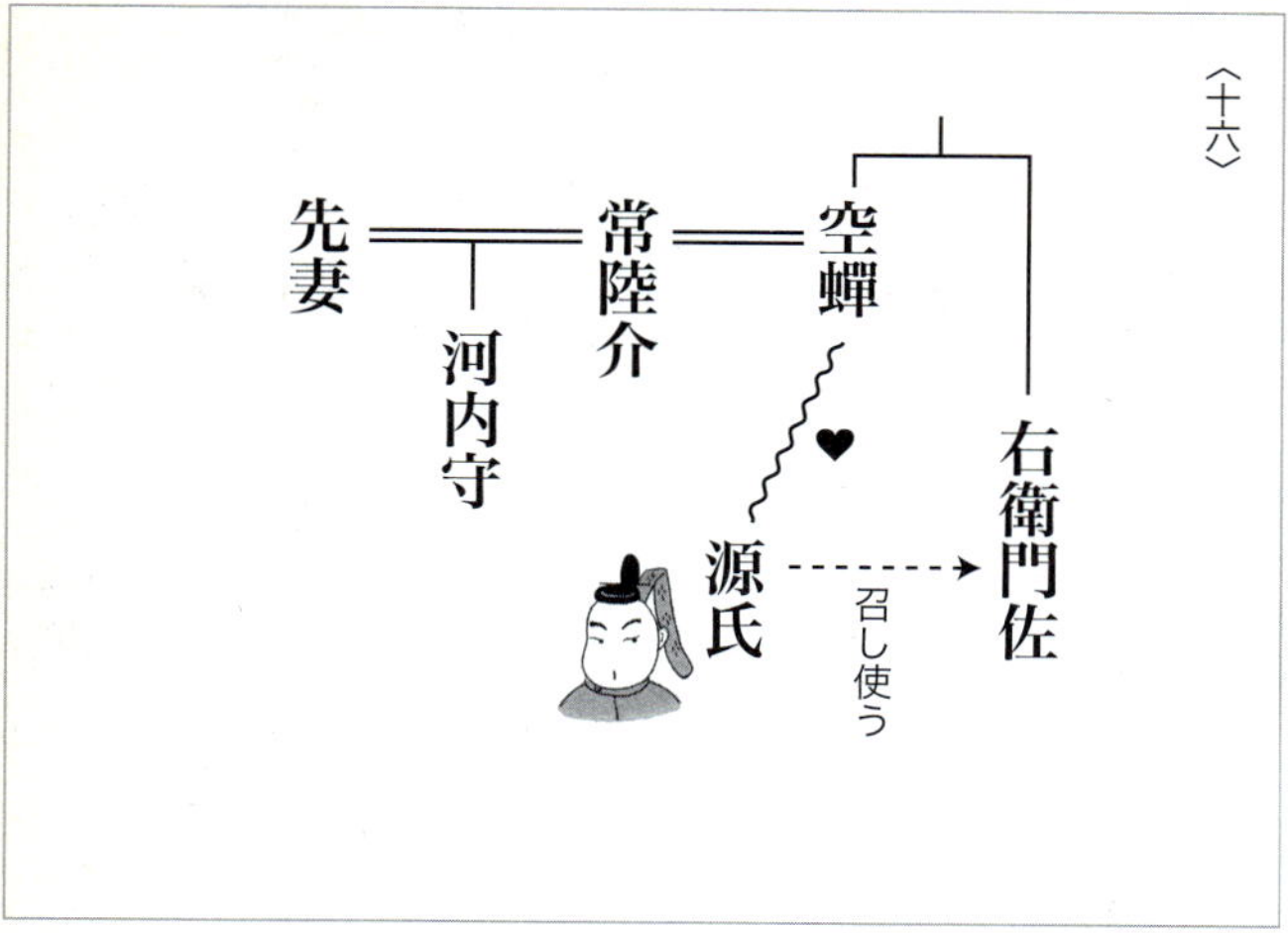

〈ちょっと読みどころ〉16関屋

空蝉の弟・右衛門佐はその昔、源氏にかわいがられて仕《つか》えていたが、源氏が須磨に退去した折には世間を憚《はばか》って、父のもとへ帰っていた。源氏はそれを恨みに思っていたが、帰京後は「それを顔にも出さず、昔通りとはいかないものの、また親しい家人《けにん》のうちに数えている」。

右衛門佐というからには公職についてはいるのだが、源氏の家人であることは、それとは別に両立し、利のあることでもあったのだ。

同じく源氏に仕えていた右近将監《うこんのぞう》は、その折には共に職を解任され、須磨へお供をし、帰京後は一層ひきたてられたので、右衛門佐はわが身と比べて後悔したのである。

それで再び源氏の手紙を姉にとりついだ時「こんな私を疎んじもせず、今も変わらぬお心の優しい、世にもまれ」な人だと言い添えて返事を書くように勧めたのだ。

「関屋」をたずねて

●滋賀県大津市石山寺1―1―1
☎077―537―0013
http://www.ishiyamadera.or.jp/
〈左頁〉紅葉の石山寺

〔石山寺〕

源氏が都帰還の願ほどきに詣でたという石山寺は、天平十九（七四七）年に聖武《しょうむ》天皇の勅願《ちょくがん》により建立《こんりゅう》された古《こ》刹《さつ》である。平安時代には朝廷や藤原氏をはじめ、宮廷の女人たちの信仰も盛んだった。本尊は如意輪観音。

紫式部はこの寺に参籠しているとき、琵琶湖に映った仲秋の名月に感銘を受けて「須磨」「明石」を書き、それが『源氏物語』誕生のはじまりとなったという。本当は石山寺から琵琶湖は見えないが、ゆかしい伝説として語り伝えられている。他に「蜻蛉」「浮舟」の巻にも石山寺が登場する。

その名の通り、天然記念物の珪灰石《けいかいせき》の巨岩が連なる奇観をはじめ、境内には見所も多い。

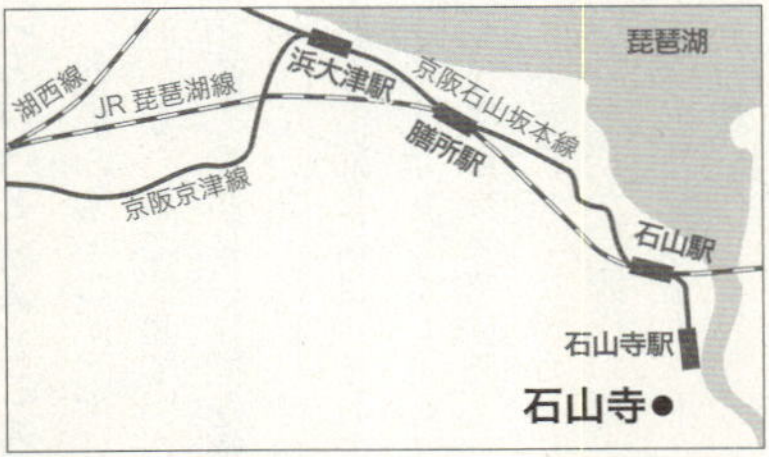

「錦繍」
鶴屋吉信
逢坂関で源氏と空蝉の一行がすれ違う。秋の山中での場面には、こんもりとした紅葉色のきんとんが似合う。

❖ 十七、絵合 ❖

六条御息所の娘・前斎宮《さきのさいくう》の後見をする源氏は、藤壺の協力を得て彼女を冷泉帝《れいぜいてい》に入内《じゅだい》させた（斎宮女御）。冷泉帝のもとには、すでに権中納言《ごんちゅうなごん》（もと頭中将）の娘が、新しい弘徽殿女御《こきでんのにょうご》として入内している。帝とは年も近く、子供同士のように慣れ親しんで寵愛《ちょうあい》が深い。斎宮女御は帝より年上で落ち着いていて、帝は気恥ずかしく感じるが、源氏の後見がある人なので、軽々しい扱いもできず、夜は二人のところに平等に泊る。

斎宮女御は絵を描くのが上手で、やはり絵を描くのが大好きだった帝は、だんだんこちらへの寵愛も深めたので、権中納言はそれに競って、名人たちに華やかな絵をたくさん描かせて、帝の気をむけさせようとする。源氏も秘蔵の絵をとりそろえて対抗し、双方の競争は宮廷全体を巻き込んで白熱化した。

そこで藤壺の所で絵合《えあ》わせが行われるが、勝敗決しがたく、後日改めて帝の御前《ごぜん》で競われることとなった。宮中挙《あ》げての盛大な催しとなり、名品の数々に判定は難航したが、最後に、源氏が須磨で描いた日記絵が全員の心を奪い、斎宮女御方《かた》の勝利となった。その後は酒宴・管絃が催され、後の世までも語り伝えられることとなったのであった。

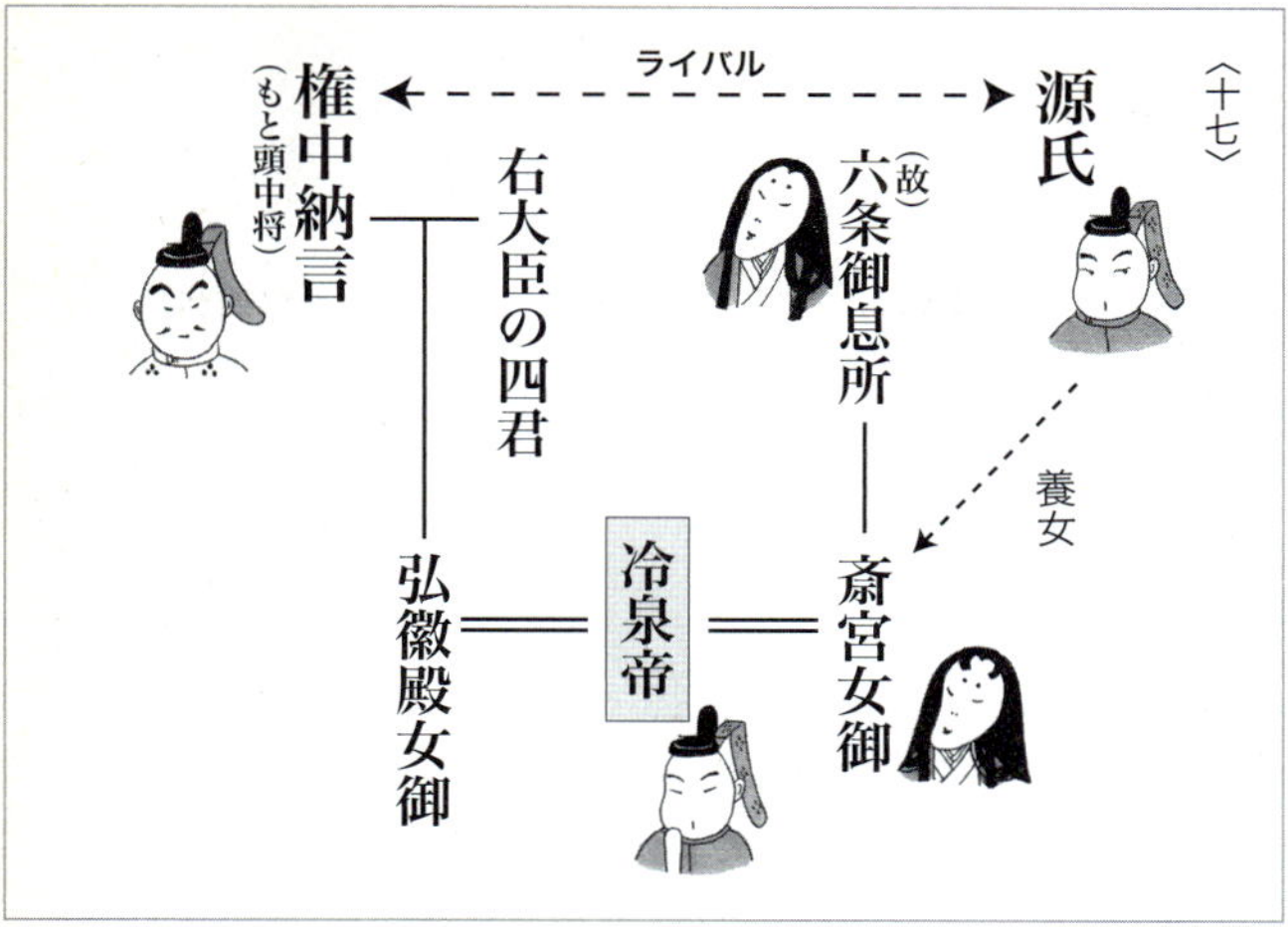

〈ちょっと読みどころ〉17絵合

帝のもとに娘を入内させ、生まれた男子を天皇に即位させて、自分は天皇の祖父として実権をにぎるのが当時の頂点である。「絵合」では、源氏と権中納言がそれぞれ入内させた女御を介して、帝の寵愛を絵で競っている。どちらが未来の天皇の外祖父になるのか。だが技巧を尽した絵の応酬の最後に、源氏が須磨退去の折の日記絵を広げると「権中納言は動揺した」。

あの時、「罪になっても構うものか」と馬を駆って須磨まで源氏に会いにいったのは、自分だけであった。源氏とはそれほど仲が良かったのだ。それが今、二人は政権争いの両雄として対峙《たいじ》している。

宮廷を真っ二つにする闘いの渦中で、権中納言が、過ぎた青春を痛烈に感じた瞬間であろう。そしてこの絵は他の人々にも、切なかった当時の別れを喚起《かんき》させるものだったのだ。勝負はここに決したのである。

「絵合」をたずねて

〔京都国立博物館〕

名画が上流の貴族だけのものだった当時と違い、現在では美術館や博物館に行けば、誰でも最高級の美術を見ることができる。

京都で古典の美術を見るとなれば、まず京都国立博物館だ。現存する唯一の平安時代の屏風「山水屏風」のほか、平安時代のものでは、仏画や多数の書の名品などを所蔵している。

平安時代以外でも、雪舟に長谷川等《とう》伯《はく》、俵屋宗達から伊藤若冲《じゃくちゅう》まで、様々な時代の日本の絵、陶磁器や染色・漆などの工芸品を堪能できる。

平常展・特別展があり、出品が替わるので、お出かけ前にお問い合わせを。

●連絡先は「末摘花」の項目（三四頁）と同じ。

〈左頁〉『源氏物語絵色紙帖』（土佐光吉）のうち「絵合」・京都国立博物館所蔵

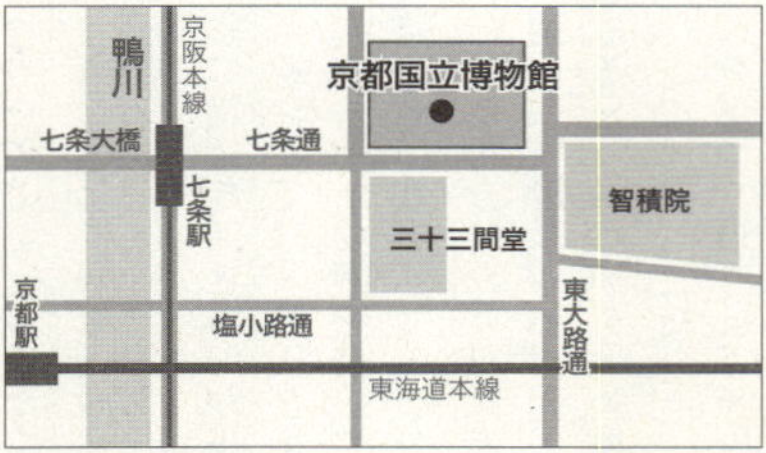

「豆菓子」　豆政

様々な絵を競うように、色々な種類の豆を比べて楽しんでは。写真はカシューホワイト・万才豆・小判豆・黒糖ピーナッツ。

79　十七、絵合

❖十八、松風❖

源氏の住まいである二条院の増築が完成し、その東の対《たい》に花散里《はなちるさと》を迎えた。西の対にと招かれた明石は、わが身のほどを思い、都の上流貴族の中になど入っていけないと思うが、いつまでも田舎にいては生まれた子の将来にもよくないと悩む。明石入道はその悩みをきいて、嵯峨の大堰《おおい》川《がわ》のほとりにあった、明石の母の祖父の山荘を修理して住まわせることにする。源氏も惟光《これみつ》を遣わして面倒を見る。明石と、明石の母の尼君、源氏との間に生まれた姫君の三人は、入道と辛い別れをして嵯峨野に移り住む。都をはずれ、松風の音の寂しい場所である。

源氏はちょうど、嵯峨に念仏堂を建立し、そこから近い桂《かつら》にも別荘(桂の院)を造っていたので、嫉妬《しっと》する紫に、それらを言《い》い訳《わけ》にしてなだめつつ明石を訪れる。三歳の姫君はかわいらしく成長している。以後、明石のもとには月に二度ほどの訪れとなった。二晩を大堰川で明石と過ごし、翌日は源氏を追って嵯峨に集ってきた人々を桂の院でもてなし、二条院へ帰る。紫の複雑な心を気にかけつつ、源氏が明石の姫君をひきとりたいと相談すると、子供好きの紫は、自分の手で育てたいと思うのだった。

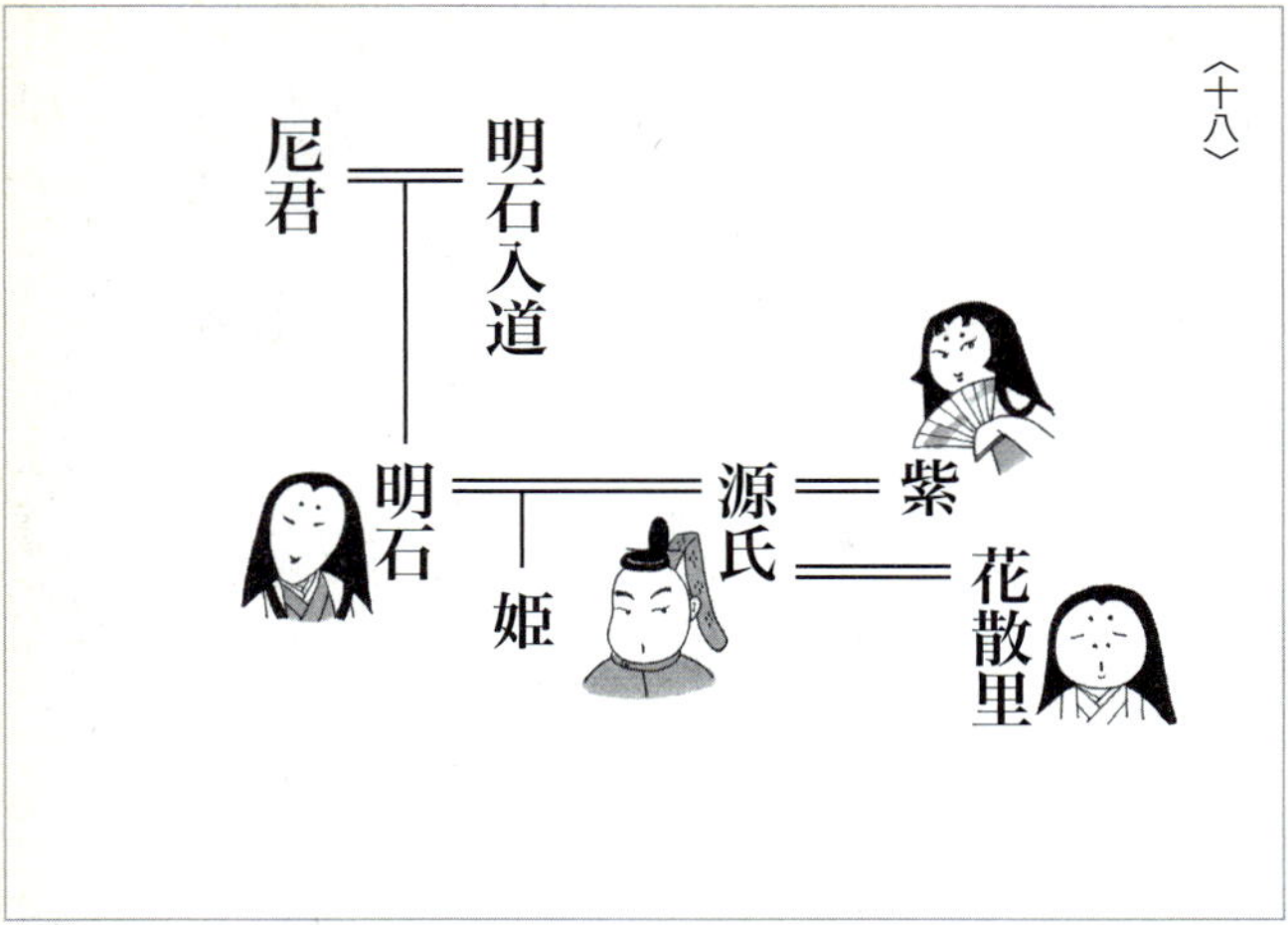

〈ちょっと読みどころ〉18松風

三年ぶりの明石と源氏の対面で、明石にも積もる思いはあるものの、ここでは姫君が注目のまとである。

源氏は「葵との子は、世間が初めから贔屓して見るから、かわいいと言われるが、この姫君はそんなことが無くても抜きん出て美しい」と思う。「源氏が姫君を抱いている様子は、眼を奪われるような美しさ」だ。

二条院にもどった源氏は、紫の機嫌をとるために、明石からきた返信を「私ももう女からの文が似合う年でもないので、あなたの手で破り捨てて下さい」と、わざと紫の前に広げるが、彼女は強《し》いて見ない。

すると源氏は紫にすり寄って、「娘をここに引き取ってあなたが育ててくれるといいんだが……」と打ち明ける。子供好きの紫は「どんなに可愛いことでしょう」と、つい不機嫌を半分忘れてほほえんでしまう。拗《す》ねた妻の扱いも実に見事な源氏である。

「松風」をたずねて

〔大堰《おおい》川《がわ》と渡《と》月橋《げつきょう》〕

急流で有名な保津川《ほづがわ》は、下ってきて嵐山付近で大堰川と名前を変え、さらに渡月橋から下流は桂川と呼ばれる。

平安時代から、貴族が花や紅葉をめでる郊外の地で、藤原道長や忠通《ただみち》の別荘もあり、それが源氏の桂の院のモデルとなった。明石の邸は渡月橋の左岸上流と想定されている。

橋の始まりは、「源氏」より約七十五年前の承和三（八三六）年、空海の弟子の道昌僧正が、現在より二百メートル上流にかけたものという。

その後、鎌倉時代の亀山上皇が、曇りのない夜に、月が橋の上空を、時間とともに移動するのを「明月が橋を渡っていくようだ」（くまなき月の渡るに似る）と言ったことから渡月橋と呼ばれるようになった。嵯峨・嵐山観光の最大のスポットとして賑わっている。

〈左頁〉春の渡月橋

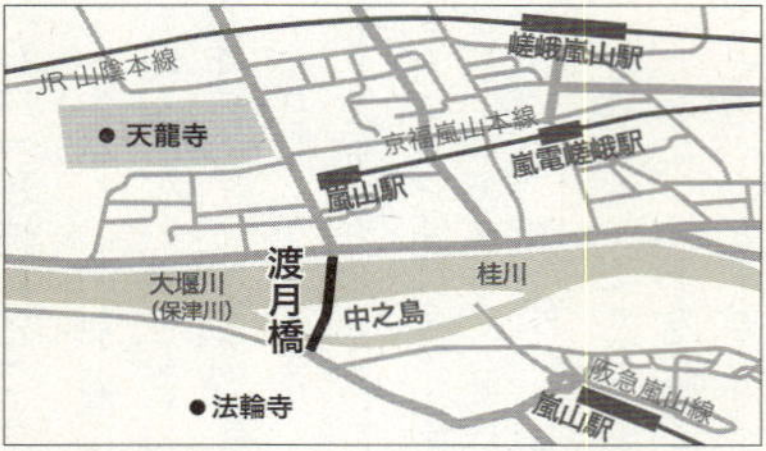

「濤々《とうとう》」
京華堂利保
茶席の釜の松風に、海の波の音を想像したというお菓子。海辺に育ち、大堰川のほとりに住む明石君に相応しい。

83　十八、松風

❖ 十九、薄雲 ❖

大堰川《おおいがわ》の山荘に住む明石は、いつまでも都へ入ろうとはしなかった。源氏は明石の心情を思いやりつつも、姫君の将来を思い、姫を二条院に引きとることを切り出す。明石は胸も引き裂かれる思いながら、姫を手放した。二条院で紫に迎えられ、袴着《はかまぎ》の儀《ぎ》もませた姫はますますかわいらしく、紫は明石への嫉妬もゆるむ。

この年は天変地異が頻発《ひんぱつ》し、太政大臣（葵の父）の薨去《こうきょ》に続いて、藤壺が病で崩御《ほうぎょ》した。源氏は悲嘆にくれ、喪服の色を薄雲に喩《たと》える歌を詠む。その中陰《ちゅういん》過ぎ、長らく藤壺の祈禱《きとう》を務めた僧が、冷泉帝に、実は冷泉帝は藤壺と源氏の密通の子であると教えてしまう。

出生の秘密を知った帝の苦しみは大きく、自分が退位して源氏に帝位を譲《ゆず》ろうとするが、源氏はこれを止め、強く諫《いさ》める。また源氏は太政大臣の位も固辞したが、帝の態度の変化から、藤壺と自分のことを知ったらしいと気づき、動揺するのだった。

秋には斎宮女御が二条院に里下がりした。源氏は女御へ恋の言葉をかけるが拒絶され、自分の恋の季節の終焉《しゅうえん》を知る。春を愛する紫に対して、斎宮女御は秋が好きだということから、源氏は春夏秋冬それぞれの棟《むね》をもつ壮大な邸宅をたてる計画を思いつく。

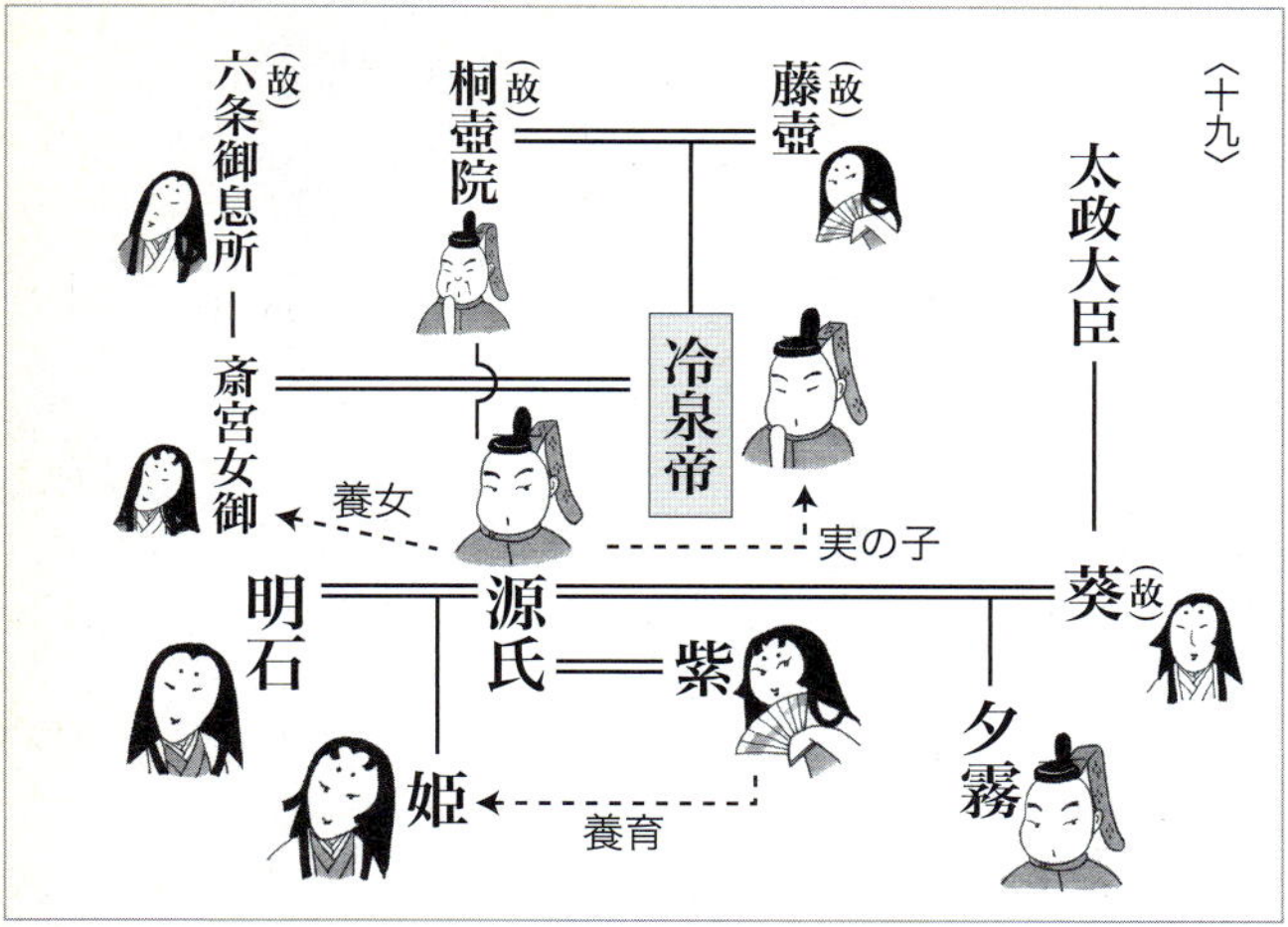

〈ちょっと読みどころ〉19薄雲

桐壺帝に愛されていた藤壺が、若き源氏の理性を失った情熱によって不義の子を宿し、その子がついに天皇に——。万世一系の建前を貫く日本の天皇制に、これ以上はない恐ろしい話だが、藤壺はついに墓の下まで秘密を抱いていった。

だが、政治的都合よりも人の罪に対して潔癖な僧侶が「帝が幼い時こそ何事もなかったが、成人された今、天はこの罪をとがめて天変地異を起こし、世の中が不穏になるのです」と帝に秘密を打ち明ける。

帝は煩悶《はんもん》し「改めて源氏の顔を見ると、自分と瓜二つなので胸が熱くなって、ついこの話をしそうになるが、源氏がきまり悪いだろうと配慮して、言いだせない」。

そして「さまざまな本を見て、唐土には帝王の血筋の乱れていることが多いのに、日本ではそのような前例はない」と知り、罪の出生にますます苦しむのである。

「薄雲」をたずねて

〈中宮彰子の陵墓〉

紫式部が仕えていた中宮彰子は、藤原道長の長女で、一条天皇に入内し、二人の親王を生み、「かがやく藤壺」と讃えられたひとである。

『源氏物語』の藤壺は、もちろん架空のヒロインだが、その設定や性格の一部は、彰子がモデルと推察できる。

彰子のもとには紫式部のほか、和泉式部・赤染衛門・伊勢大輔など当代最高の文人たちが女房として仕えていた。

二人の親王は後に天皇となり、その孫もまた天皇に即位した。彰子は天皇の母・祖母として、また道長の家の繁栄の要として活躍した。

●宇治陵（一七陵三墓のある領域をまとめて指定してあり、代表として一号陵を遥拝所としている）・宇治市木幡中村。JR奈良線木幡駅より南へ約三〇〇メートル。陵墓には木立と鳥居があり、柵の内部には入れない。

〈左頁〉宇治陵の木立と鳥居

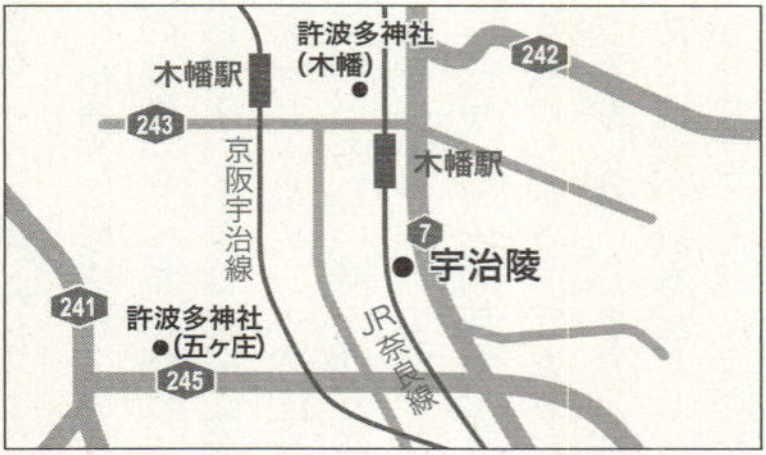

「東の山」笹屋湖月
「春山の薄雲」のような色あいのお菓子。羊羹の黒と緑に、薄紅の微塵羹（みじんかん）の微妙な食感の差が心地よい。

❖二十、朝顔❖

桐壺院の弟であった式部卿宮《しきぶきようのみや》が亡くなり、その娘で賀茂斎院《かものさいいん》だった女性（朝顔）は、斎院を退《しりぞ》いて、父宮の住まいだった桃園邸《ももぞのてい》にいる。源氏はかねてより従兄妹にあたる朝顔に憧れていたので、桃園邸に同居している朝顔の叔母の見舞いにかこつけて訪れるが、朝顔は打ち解けない。源氏の執心を知った紫は、驚きと嫉妬で一杯になり、朝顔のような高貴な身分の女性には自分などはとてもかなわず捨てられてしまうだろうと悩む。

再び桃園邸を訪れた源氏は、そこで尼になって同居している源典侍《げんのないし》に会う。老いてなおお色めかしく言い寄る源典侍を見ると、藤壺の短命が改めて悔やまれた。朝顔は、今はもう勤行一筋《ごんぎようひとすじ》に生きようと決心し、最後まで源氏を拒む。

二条院で紫が涙にくれて過ごしているのを、源氏があれこれなだめていた夜、雪が降ったので、庭で女童《めのわらわ》たちに雪ころがしをさせる。源氏はその様子を眺めながら、藤壺がかつて同じように雪ころがしを童たちにさせた話をし、またこれまでの恋人たちの評などをして寝《やす》むと、夢に藤壺が現れ、噂《うわさ》をされたことを恨む。紫に起こされた源氏は、藤壺の救われない魂を思って、寺で誦経《ずきよう》などをさせるのだった。

〈二十〉

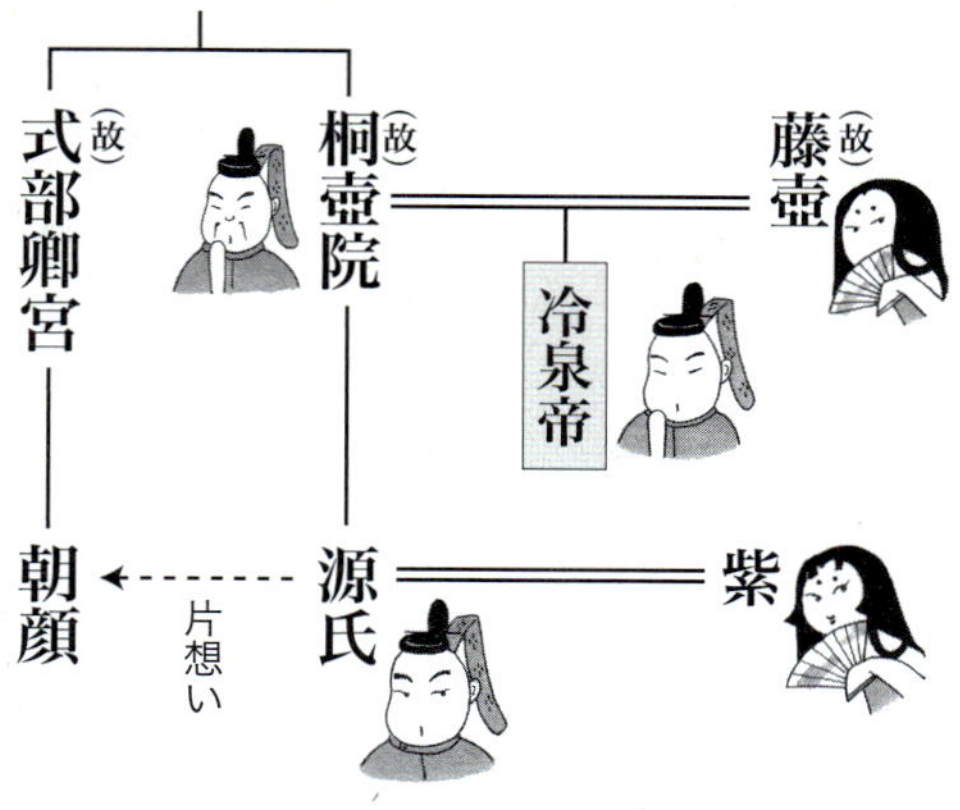

〈ちょっと読みどころ〉20朝顔

明石のことが一段落したと思ったら、また次の恋。紫の嫉妬と不安は休む暇もない。

明石のときは、「他から耳に入るのはお気の毒だから」と、源氏は進んで打ち明けてくれたし、明石からの文も見せてくれた。だが、今度は違う。紫は世間の噂で朝顔のことを知るが、源氏は紫の前ではそ知らぬふりを貫くのだ。これはさらに辛い。

「自分に隠し立てなどしないはず」と思ってはみるが、観察していると「平素と違って落ち着き無くそわそわしているのも情けない」。「うつろな面持ちでいることが多く、手紙ばかり書いている」。浮気もバレバレの無警戒さである。

紫の機嫌が悪くても、「女五の宮に約束したので」などといって出かけてしまう。そして一人取り残された紫は、「気をゆるめていた私が無用心だった」と口惜しく悲しく思うのである。

●櫟谷七野神社・上京区大宮通芦山寺上ル西入社横町
〈左頁〉梶田半古『源氏物語図屏風』より「朝顔」・横浜美術館所蔵

「朝顔」をたずねて

〔紫野《むらさきの》の斎院の碑〕（七野《ななの》神社内）

「葵」でも見た通り、賀茂神社に仕える未婚の皇室女性が斎院である。朝顔は桐壺帝の姪で、斎院として俗世間から離れた潔斎《けっさい》の日々を送ってきたため、恋には全く慣れていない。

当時の賀茂神社の領地は広大だったが、その中でも斎院が普段住んでいた御所は、今の七野社（櫟谷《いちいだに》七野神社）の付近にあったという国文学の権威・角田《つのだ》文衛《ぶんえい》氏の説に従い、境内に賀茂斎院の顕彰碑《けんしょうひ》が建てられた。

七野社は『源氏物語』より一五〇年ほども前、清和天皇の勅願で左京の櫟谷に春日大神を祀ったのが始まりという由緒ある神社。他に六柱の神、または六社を合祀したので七野社と呼ばれるようになったといわれている。

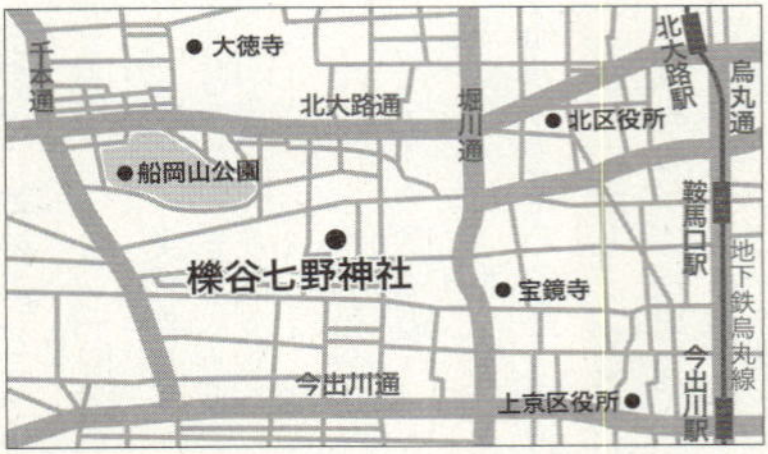

「紫野」本家玉壽軒《たまじゆけん》

和三盆の落雁に大徳寺納豆の入ったお菓子。朝顔君が斎院として住んでいた紫野の印象に、清楚な色合いがよく似合う。

91　二十、朝顔

❖ 二十一、乙女 ❖

源氏と葵の息子・夕霧は、葵の母である大宮のもとで育てられた。十二歳で元服するが、源氏の教育方針により、夕霧は六位に叙せられ、大学寮で勉学に専念することとなる。厳しい父を恨みつつも、夕霧は精進し、寮試《りょうし》に合格する。

宮中では斎宮女御が后（中宮《ちゅうぐう》）となり、源氏は太政大臣に、右大将（もと頭中将）は内大臣に昇進した。内大臣は、娘の弘徽殿女御が中宮になれなかったので、次女の雲居《くもいの》雁《かり》を東宮に入内《じゅだい》させようと思う。だが雲居雁も祖母・大宮のもとで育っていて、幼馴染《おさななじみ》で従兄妹の夕霧と相愛になっていた。それを知った内大臣は激怒し、大宮の所から雲居雁を自邸に連れ戻す。幼い二人は引き裂かれた。雲居雁は東宮妃《とうぐうひ》になれなくなった。

冬、五節《ごせち》の舞姫を奉《たてまつ》ることになった源氏は、惟光《これみつ》の娘を選ぶ。その美しさは評判となり、夕霧も歌を送るが、彼女は宮中に出仕《しゅつし》してしまう。翌春には朱雀院《すざくいん》に行幸《ぎょうこう》があり、その折に立派な詩文を作った夕霧は進士に昇進し、秋には五位の侍従に叙せられる。

翌年八月、かねてより構想していた源氏の邸宅・六条院が完成し、春の御殿《ごてん》には紫が、夏の御殿には花散里が、秋の御殿には中宮、冬の御殿には明石が住むことになった。

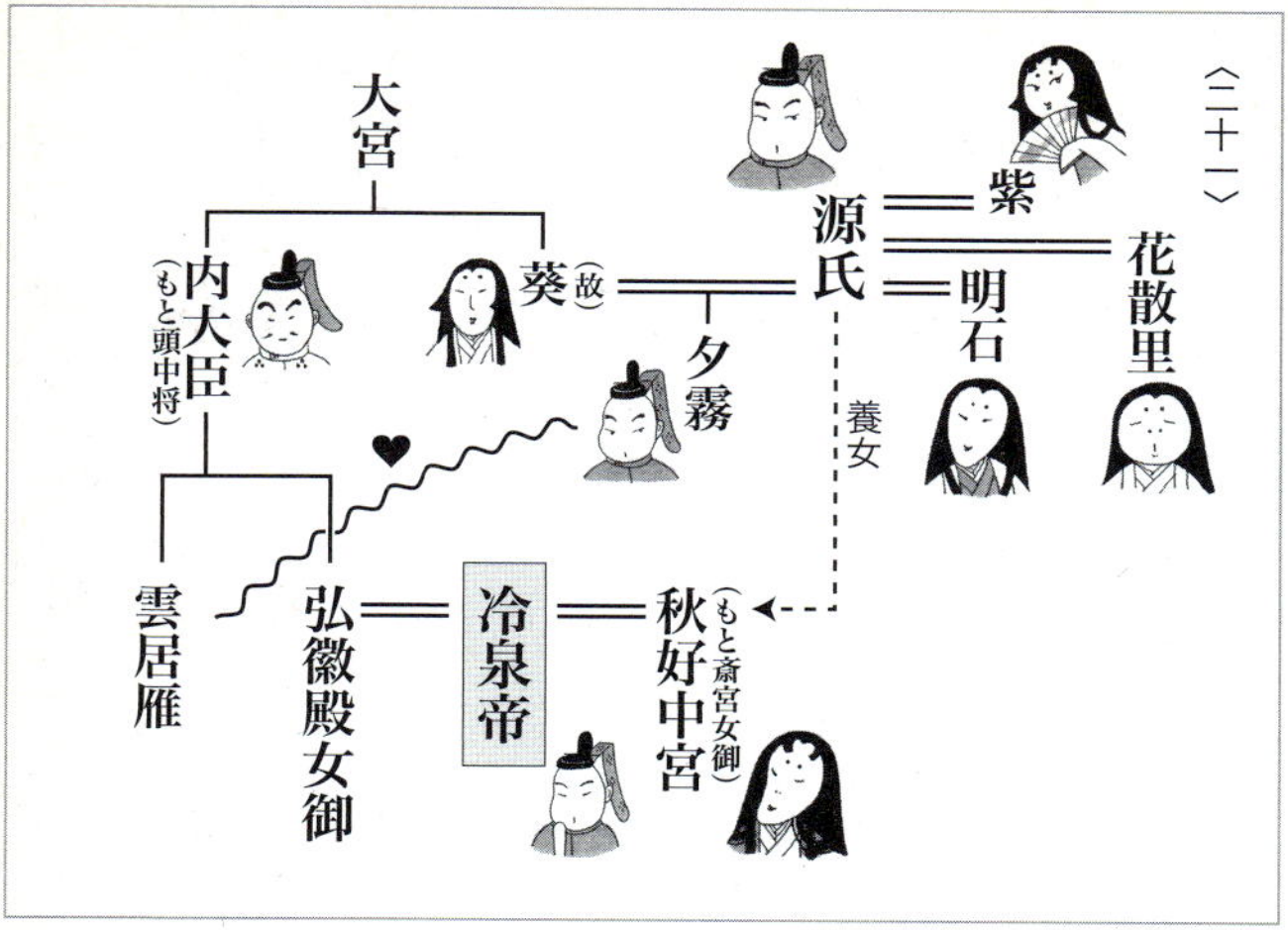

〈ちょっと読みどころ〉21乙女

有力貴族の子は初めから高い位につき、大学になどいかないものだったが、夕霧は不良にもならず、真面目に勉学に励む。その姿は父の源氏と正反対である。

恋愛についても好対照で、同じ祖母の家で育った従兄妹の雲居雁と幼馴染の相愛のところを引き裂かれて途方に暮れるばかり。

この巻で印象的なのは夕霧の幼さ・頼りなさである。雲居雁に会えずに「大宮のそばに寝にもどった」り、会えば「二人は何となく気恥ずかしく、胸も波打って、何も言わずに泣」き、「私を恋しく思ってくれますか」と愚直な質問をする。「六位の浅《あさ》葱《ぎ》色《いろ》が面白くないので参内もしていなかったが、五節の折に、違う色の直衣《のうし》を許され、あちこち浮かれ歩き」、五節の舞姫の美しさに文を書く。それを託された舞姫の弟も「迷惑には思うが、夕霧が気の毒」で頼まれてあげるのだ。

「乙女」をたずねて

渉成園《しょうせいえん》（枳殻邸《きこくてい》）

六条院は、源融《みなもとのとおる》の六条河原院をモデルとして描かれたという。源融は嵯峨天皇の第八皇子で、彼が造った邸宅と庭園は、後の世まで語られるほど壮麗なものだった。

江戸時代、本願寺の宣如上人が河原院跡地とされていた所に、河原院を模した隠居所を建てたのが、現在東本願寺の別邸となっている渉成園（別名枳殻邸）。池泉回遊式の広い庭園で、六条院を想像しながら散策を楽しめる。

今ではここから三〇〇メートルほど北の五条通南側が河原院跡とする説が有力で、木屋町通五条下ルには石碑もある。

●下京区下珠数屋町通間之町東入東玉水町

☎075—371—9210
http://www.tomo-net.or.jp/guide/syoseien.html

〈左頁〉渉成園内の桜

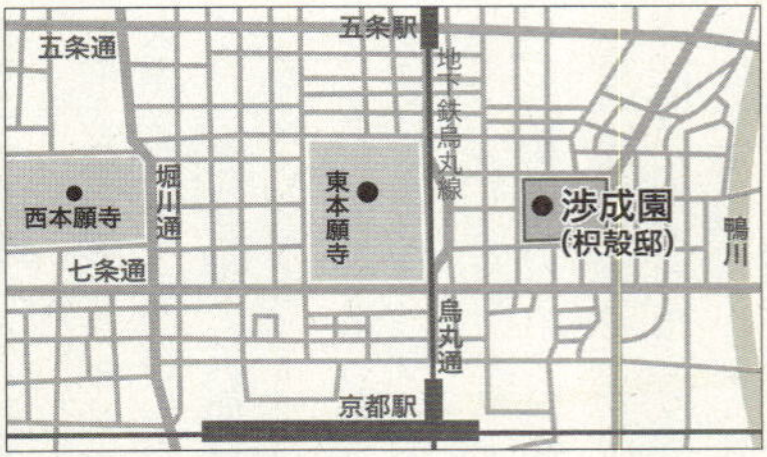

「菓懐石」
緑寿庵清水
五節の舞を勤める乙女の、華やかな衣装の色彩に合わせて。季節や月によって様々な種類の金平糖がある。

❖二十二、玉鬘❖

夕顔が急死した時にただ一人お供をしていた侍女《じじょ》の右近《うこん》は、そのまま源氏のもとで紫づきの女房となった。だが夕顔の家では、夕顔の突然の失踪《しっそう》の事情も知らず、夕顔の娘(玉鬘《たまかづら》)は一人取り残される。玉鬘が四歳のとき、乳母《めのと》の夫が大宰少弐《だざいのしように》となって筑紫《つくし》へ下るのに伴われ、玉鬘はそこで成人した。やがて大宰少弐はかの地で病没してしまう。

玉鬘の美しさは評判となり、求婚者がひきもきらない。中でも大夫監《たいふのげん》という男はひときわ無骨《ぶこつ》で強引で、無理矢理連れて行きそうな有様《ありさま》だったので、乳母と、その長男の豊後介《ぶごのすけ》と、乳母の妹娘は、決死の覚悟で筑紫を脱出して帰京した。

内大臣(もと頭中将)の娘とはいえ、今は頼る人もない玉鬘一行は、初瀬《はつせ》の観音に開運を祈りに行く。すると、玉鬘との再会を祈って初瀬詣《はつせもうで》に来た右近にめぐり合い、夕顔の死を初めて知る。右近からこれを聞いた源氏は、内大臣にも知らせずに、直ちに玉鬘を六条院に引き取り、花散里に後見《こうけん》を託した。

年の暮れ、源氏は女性たちにそれぞれ正月の晴れ着を用意する。末摘花からのお礼の歌が例によって決まり文句(唐衣《からころも》)なので源氏は皮肉を言い、紫に和歌の講釈をする。

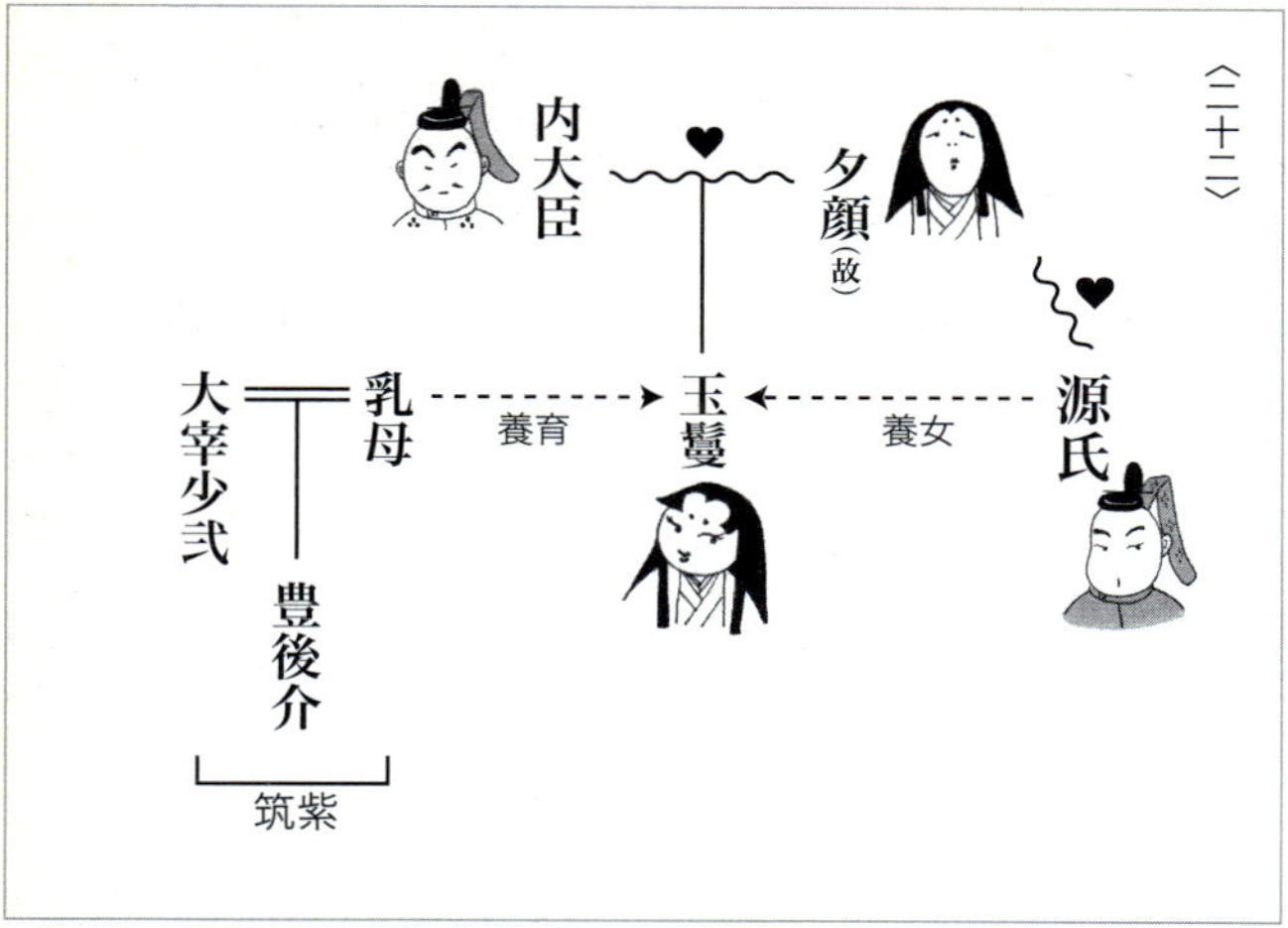

〈ちょっと読みどころ〉22玉鬘

都から遠く離れた筑紫の地で、美しく成長した玉鬘に言い寄る九州男児たち。中でも大夫監《たいふのげん》は肥後国《ひごのくに》の実力者で、「器量のよい女を妻として集めたい」と思っている。「三十歳ほどで背が高く、でっぷりと太っていて、動作が荒っぽ」く、「声がたいそうしわがれて、田舎言葉をしゃべりたてる」。訪問時刻のルールも知らない。下手な歌を詠んで、「野暮《やぼ》に見えても歌のことは何でも知っています」などと自慢する。

大夫監にだきこまれた者は「あの人を怒らせると何をするか分からない」などと脅すので、乳母たちも生きた心地がしない。

ただ懸想文《けそうぶみ》の紙は「唐《から》の色紙に匂いのよい香を十分にたきしめて」あり、外国交流と貿易の中心地である筑紫をしのばせる。けれども「その言葉づかいはひどく訛《なま》りをおびて」いて、所詮《しょせん》は無理な高望みである。

「玉鬘」をたずねて

〈長谷寺〉

都へは来たものの、なすすべもない玉鬘一行は、開運を祈って初瀬に参詣し、右近に会うことができた。まさに観音様のご霊験である。

初瀬とは長谷寺のこと。奈良時代、聖武天皇の勅によって十一面観音菩薩をまつったので、平安時代には女性の観音信仰が盛んとなった。『蜻蛉日記』『更級日記』にも登場する。

現在は真言宗豊山派の総本山として、また西国三十三観音霊場の札所として信仰を集めている。

仁王門から本堂までの長く美しい回廊と、その両脇に植えられた七千株にもなる牡丹《ぼたん》で有名だが、広大な境内には五重塔や四季の花々など見所が多い。

●奈良県桜井市初瀬731―1
☎0744―47―7001
http://www.hasedera.or.jp/

〈左頁〉長谷寺の回廊

「撫子《なでしこ》の干菓子」
老松
玉鬘を象徴する撫子を、和三盆と琥珀糖それぞれの形に。色々な種類の撫子が咲いていた庭を思いつつ。

❖ 二十三、初音 ❖

六条院は初めての春を迎えた。ことに紫のいる春の御殿は、梅の香が御簾内《みすうち》の薫物《たきもの》の香りと調和して、この世の極楽浄土《ごくらくじょうど》のようである。朝のうちは年賀の客がたて込んで騒がしかったので、夕方になって源氏はそれぞれの女君のところへ新年の挨拶にまわる。

紫とは、幾久《いくひさ》しく共に暮らそうという歌を交した。紫が育てている明石の姫のところには、明石から新年の食べ物や歌が届いている。姫から一言でも便りがほしい、と歌う明石を不憫《ふびん》に思い、源氏は姫自《みずか》らに返歌を書かせた。

花散里は、今では源氏と床を共にすることもなくひっそりと暮らしているが、その変わらぬ心と気安さに源氏は満足する。玉鬘も新居になじんでいて、美しい盛りである。

明石のところに行くと、姫からの返歌をしみじみ喜んでいるさまが心深く、ひときわ上品で優美なので、その夜はここに泊まった。

翌朝紫のもとへ帰ると機嫌を悪くしているが、源氏はそ知らぬふりで、年賀の客の応対に出てしまう。さらに何日かして、二条東院にいる、末摘花と、出家した空蟬を訪ねる。また正月の男踏歌《おとことうか》（宮中行事）では、中将になった夕霧の歌いぶりをいとしく聞いたのであった。

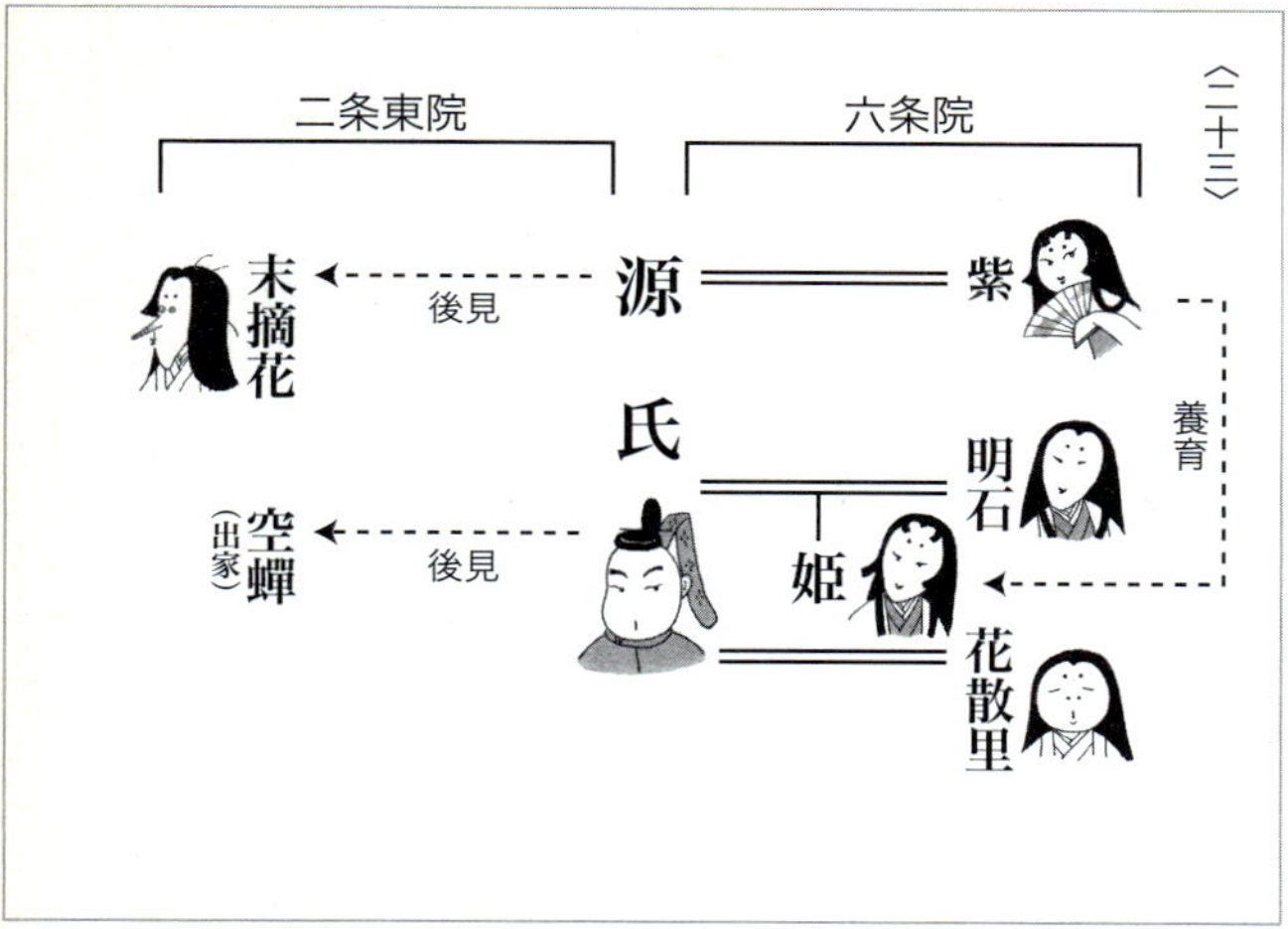

〈ちょっと読みどころ〉23初音

源氏が新年の挨拶にまわり、女性たちが描かれる場面では、髪の描写が印象的だ。

花散里の髪は「ひどく盛りをすぎて」いて薄くなっているので、源氏は「つけ毛を足してお手入れすればよいのに」と思う。

玉鬘は美しいが「長い間のご心労のためか、髪のすそが多少細くなって、さらりと着物にかかっているのが却《かえ》って清らか」。田舎での苦労が毛先の傷みに出ているらしい。

明石は「白い着物に鮮やかな黒髪がかかって、さわやかに先細りしているのがしっとりと優美で」源氏は夜を共にする。平安時代も、重厚なワンレンより、毛先が軽くレイヤーになっているのがよかったらしい。

末摘花は「昔は見事だった黒髪も年と共に薄くなって、滝のよどみも顔負けするような白髪がまじる横顔」で「源氏はまともに顔を合わせられない」が、あまりのひどさについ色々世話をやいてしまうのだった。

「初音」をたずねて

〔風俗博物館〕

源氏物語に関する私立博物館で、六条院の春の御殿の模型が有名。「この世の極楽浄土」と喩えられ、源氏が紫と新春の歌を交わした邸宅が実感できる。

他にも様々な行事・調度・衣装・建築などが、美しく造られた模型と人形で楽しめ、当時の貴族の生活と宮中の構造がビジュアルで理解できる。

また模型とは別に実物大の部屋もあり、そこに入って備えの袿《うちき》をまとうことなども可能。

展示を入れ替えるときは休館になるので、出かけるまえにご確認を。

●下京区新花屋町通堀川東入る（井筒南店ビル五階）

☎075―342―5345

http://www.iz2.or.jp/

〈左頁〉三代将軍徳川家光の娘・千代姫の嫁入り道具の中でも有名な「初音の調度」のうち硯蓋《すずりぶた》（部分）。源氏物語「初音」の歌にちなんだ、蒔絵の最高峰の一つ。徳川美術館所蔵

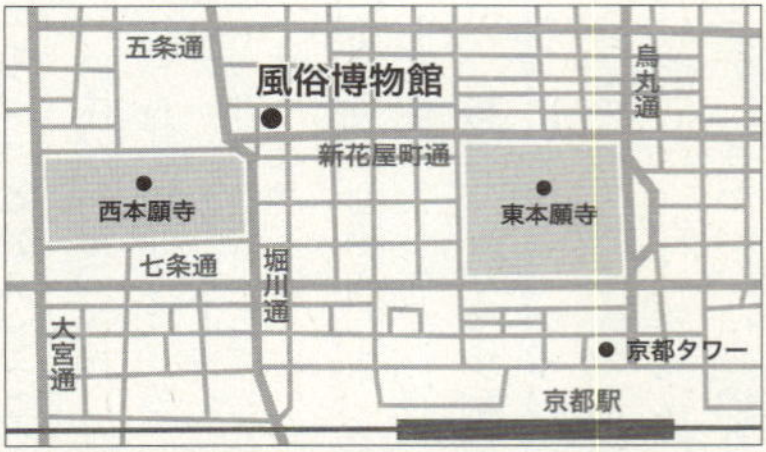

「花びら餅」
とらや
宮中の正月行事に食べられていた菱葩（ひしはなびら）を原型とする菓子。六条院の新年のお祝いに合せて。

103　二十三、初音

❖ 二十四、胡蝶 ❖

三月の二十日あまり、六条院の春の御殿《ごてん》で、源氏は船楽《ふながく》を催した。飾りをつけた船に、着飾った女童《めのわらわ》を乗せ、夜を徹した華麗・盛大な遊宴である。秋好中宮《あきこのむちゅうぐう》（斎宮女御が中宮になったのでこう呼ぶ）が里下りしているので、そちらの女房なども招かれた。

列席の貴公子たちの関心は玉鬘である。源氏の弟の兵部卿宮《ひょうぶきょうのみや》（蛍宮）や、玉鬘の実の弟にあたる柏木《かしわぎ》（内大臣の息子）も、それとは知らず玉鬘に想いをよせている。

翌日は中宮の「季《き》の御読経《みどきょう》」の初日なので、公卿《くぎょう》たちはそちらへ伺候《しこう》する。紫は鳥と蝶に扮装《ふんそう》した女童たちにお供《そな》えの花をもたせ、歌を詠む。紫と中宮は、春と秋のどちらがよいかを歌で競っていた。

初夏のころ、玉鬘は都の水に磨かれてますます美しくなり、多くの懸想文《けそうぶみ》が届く。源氏はそれを見つつ、玉鬘に人物評や恋文の書き方を教えているうちに、自分もだんだん玉鬘に恋するようになる。それに気づいた紫は気に病むが、源氏はある雨上がりの夜、ついに玉鬘に想いを告げる。父とも頼っていた人に言い寄られて、玉鬘は困惑するのだった。

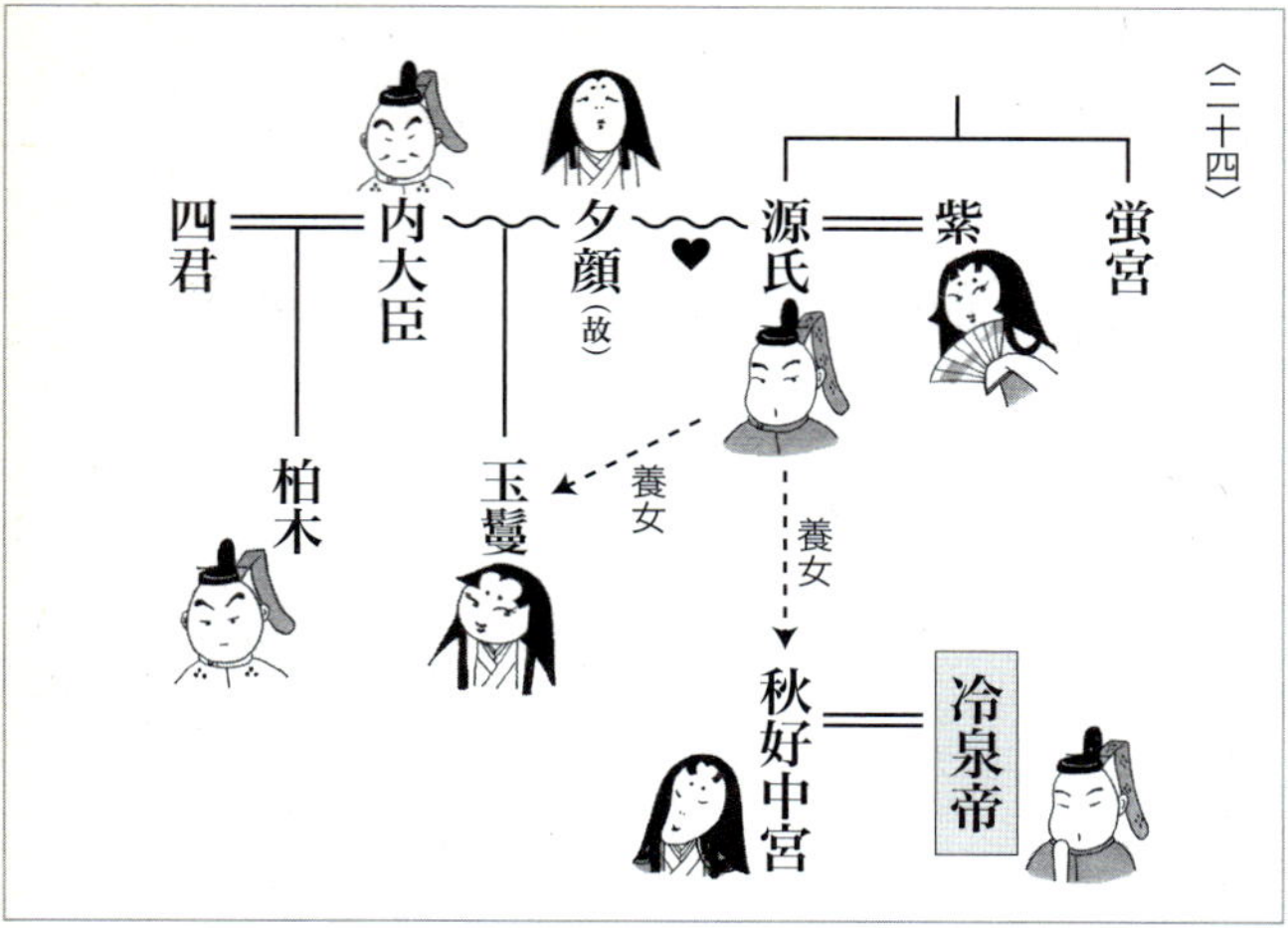

〈ちょっと読みどころ〉24胡蝶

　秋好中宮は六条御息所の娘である。母が源氏との恋で苦しむ様を誰より知っていた。

　母亡き後、帝の第一の后（中宮）になれたのは源氏の後見のお蔭ではあるが、今の六条院の住まい「西南の町」も、もともと母・御息所の所領である。

　「乙女」の巻で、御殿の紅葉が美しかったので、中宮が招待の歌を紫に送ると、紫は春の方がよいと返歌した。「胡蝶」の園遊が華やかなのは、源氏が紫を中宮より勝たせようという催しだからだ。中宮は「翌朝の鳥のさえずりを妬ましく聞いている」。中宮の女房たちも「魂を奪われて」「あの華やかさにはとても勝てません」等と報告する。

　だが、昔は斎宮の厳しい仕事をこなし、今は皇后として公務につく中宮は大人である。源氏の庇護より外の世界を知らない紫に「私の負けで、泣きたいほどでした」と手紙を送ってやるのである。

「胡蝶」をたずねて

〔車折《くるまざき》神社と三船祭《みふねまつり》〕

毎年五月の第三日曜日に、嵯峨野の大堰川では車折神社の三船祭が催される。御座船や龍頭鷁首《りょうとうげきす》の船など二十隻以上の華麗な船に、平安時代そのままに衣装を着けた人々が乗り集い、当時の船遊びを再現する。「胡蝶」の春の園遊を体感できる祭だ。

車折神社は平安時代後期の儒学者・清原頼業を祭神として祀っている。鎌倉時代、後嵯峨天皇が嵐山に行幸の折、社前で牛車の轅《ながえ》が折れたのでこの名を賜った。「約束を違えないこと」がご利益で、経営でも恋愛・結婚でも、約束が守られるという。

●右京区嵯峨朝日町23
☎075―861―0039
http://www.kurumazakijinja.or.jp/

〈左頁〉『源氏物語絵色紙帖』（土佐光吉）のうち「胡蝶」・京都国立博物館所蔵

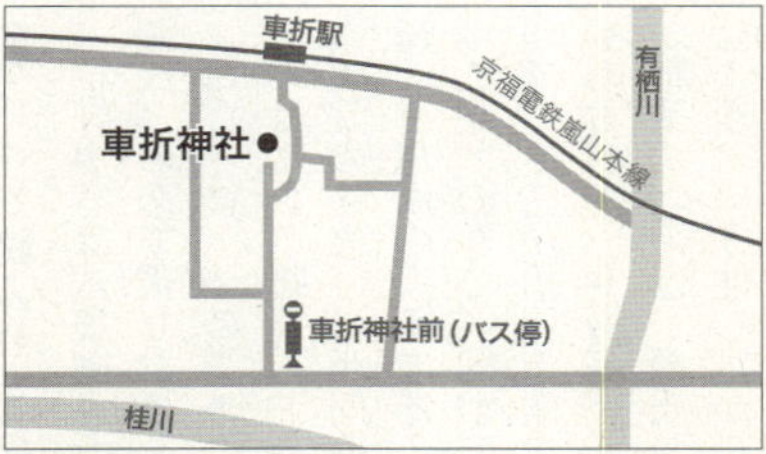

「珠玉織姫《たまおりひめ》」
松屋藤兵衛
胡蝶に扮した女童の華やかさ、可愛らしさに相応しい五色の砂糖菓子。梅・生姜・胡麻・柚子・肉桂の香。

107　二十四、胡蝶

❖二十五、蛍❖

玉鬘《たまかづら》に恋心を打ち明けた源氏は、彼女が拒《こば》んでもあきらめない。一方では弟の蛍宮との交際を玉鬘に勧め、宮からの文には女房に代作を出させたりする。

五月雨《さみだれ》の晩、宮が忍んでやってくると、逃げる玉鬘を追った源氏は、彼女が隠れた几《き》帳《ちよう》の帷子《かたびら》を一枚めくり上げて、隠してあったたくさんの蛍を放った。蛍の光に照らされた彼女の姿に、蛍宮はますます恋心をかきたてられる。

五月五日には花散里の夏の御殿《ごてん》の馬場で競射《きようしや》が行われ、その夜は源氏もそこに泊まったが、共寝《ともね》をすることはなく、几帳を隔《へだ》ててただしんみりと話をして夜を明かした。

五月雨の続くころ、玉鬘が物語を好んで集めているのを見て、源氏は物語論をしつつまた言い寄る。玉鬘は、物語の中にさえこのようなことはないと辛く思うのだった。

紫も物語が好きで、明石の姫の注文にかこつけて眺めているので、源氏は紫にも物語論を聞かせる。源氏は夕霧に、妹にあたる幼い明石の姫の遊び相手をさせているが、夕霧は雲居雁《くもいのかり》のことばかり考えている。内大臣の家では玉鬘のことを知りもせず、夕顔の遺児がいるはずだと、まだ見ぬ娘を探していた。

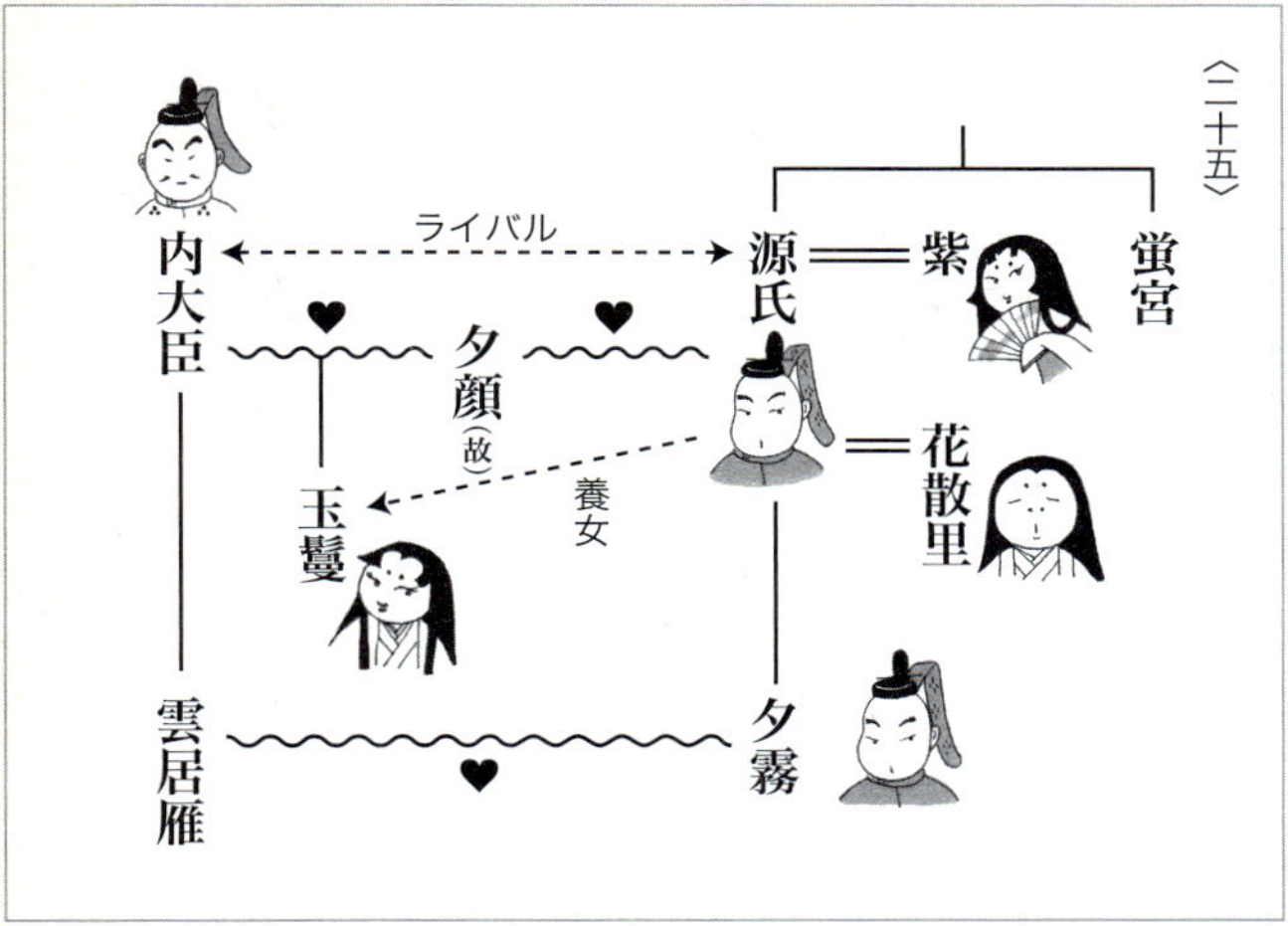

〈ちょっと読みどころ〉25蛍

たくさんの蛍が放たれると、玉鬘は「まるで紙燭《しそく》を差し出されたように」驚いて、「扇でかくした横顔が、いかにも美しい」。

源氏は自分が玉鬘に言い寄っているのに、弟の蛍宮が彼女への恋に煩悶《はんもん》するのが楽しくて、わざと彼女の姿を見せるのだ。

玉鬘が恋文の返事を出さないので女房に代筆させるのも、色よい返事を信じた宮が忍んで来るのを誘い出すためだった。

彼は妻を亡くしていて、「胡蝶」では玉鬘の噂《うわさ》に興奮してつい醜態《しゅうたい》を見せてしまい、源氏に「この年になって気の毒に」と言われるが、「蛍」では花散里に「年とともに本当にご立派になった」と褒《ほ》められている。

部屋から逃げる玉鬘。追う源氏。追う蛍宮。群がる男たちに照される玉鬘。蛍の光に浮かんだ玉鬘を「すぐに女房たちがとり隠してしまう」が、源氏の思惑通り、宮は一瞬で心を奪われてしまうのだった。

「蛍」をたずねて

（貴《き》船《ふね》神社と蛍岩）

京都の蛍の名所には哲学の道や鴨川公園などがあるが、山中の貴船では、市中より一月ほど遅く、六月下旬から七月上旬にかけて、源氏蛍が飛びかう。

貴船神社は神武《じんむ》天皇の母・玉依姫《たまよりひめ》が黄色い船に乗って貴船川を遡り、この地に水神を祀ったことに始まるという。

紫式部と同じく中宮彰子に仕えていた歌人・和泉式部は貴船神社に詣でて、

もの思《も》へば沢の蛍もわが身より
あくがれいづる魂《たま》かとぞ見る

という蛍の歌を詠んだ。それを記念した蛍岩が、叡山鉄道「貴船口」駅より一〇〇メートルほど上流の参道にあり、蛍見物の起点にもなっている。

●左京区鞍馬貴船町180
☎075―741―2016
http://www.kibune.or.jp/

〈左頁〉中澤弘光『新譯源氏物語』（与謝野晶子）挿絵より「蛍」

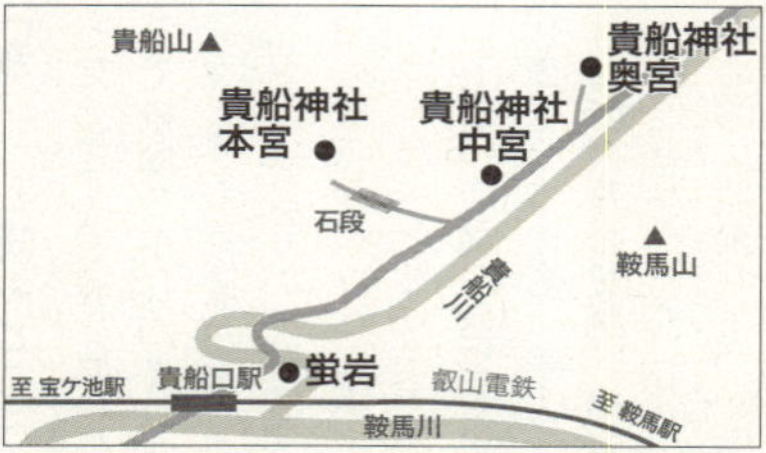

「水の面」　嘯月
蛍がひそんでいる夏のせせらぎのような、大徳寺納豆と琥珀羹。通常は琥珀色だが、注文個数によっては色の変更も可能。

❖二十六、常夏❖

夏の盛り、釣殿《つりどの》(池に面した建物)で涼んでいる源氏と夕霧を、内大臣家の若者たちが訪ねてきた。半分は玉鬘目当てである。源氏と内大臣は勢力争いのライバルでもあり、夕霧と雲居雁の仲をさかれたこともあり、源氏はつい内大臣への皮肉が鋭くなる。

夕暮れに源氏は玉鬘を訪ねた。ここの庭には撫子《なでしこ》(常夏《とこなつ》)の花だけをたくさん植えてある。玉鬘は上京以来、実の父に会いたいと思っていたが、源氏から内大臣との不和を聞き、かなわないかと悲観する。源氏は玉鬘に和琴《わごん》を教えつつ、いずれは内大臣にも会わせようと言うが、玉鬘が美しいので、自分のものにしたいという恋情は深まるばかり。

源氏に言い寄られることに初めは恐ろしく嫌悪を感じていた玉鬘も、だんだん源氏を慕《した》うようになり、二人の関係は怪しいものになってゆく。

娘を中宮や東宮妃にすることができなかった内大臣は、他に人知れず育っていた自分の娘(近江《おうみ》)を捜し出して引き取るが、あまりにも教育がなく粗野《そや》で早口で、人前に出すどころか自分の家でももてあましてしまう。仕方なく弘徽殿女御の女房にしようとすると、近江は礼儀知らずにも早速《さつそく》女御に下手な歌を送って、わらいものになるのだった。

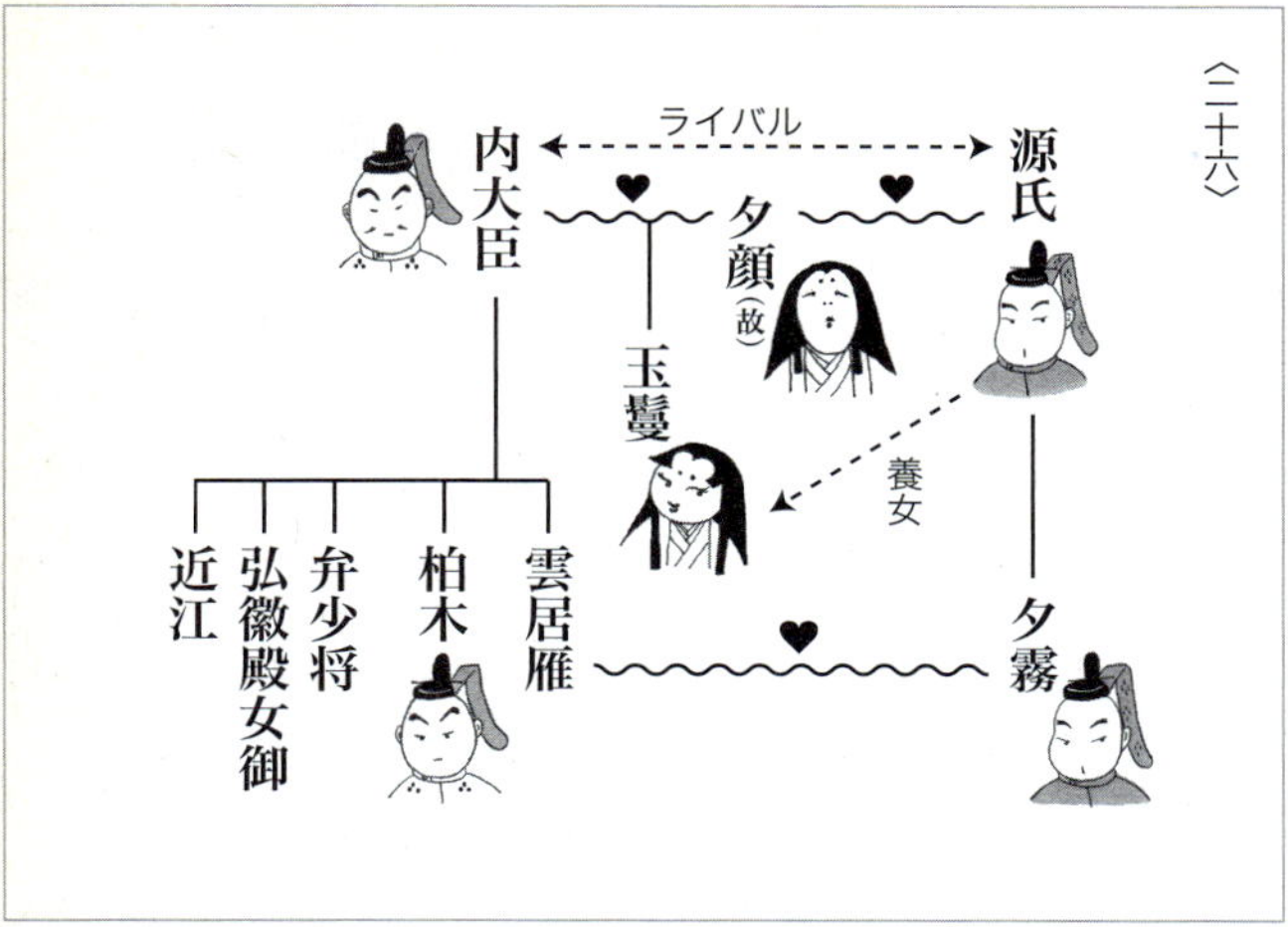

〈ちょっと読みどころ〉26常夏

源氏に言い寄られた玉鬘は、「実の父だったら、たとえ大事にされなくとも、言い寄られたりはしないのに」と嘆く。実の父に会いたいと願い続ける玉鬘は、源氏と内大臣の不和を「身にしみてせつなく」感じる。

源氏は内大臣を「万事に折り目正しく、善悪のけじめもしっかりつけ、他人への評価や好き嫌いもはっきりした人」と評した。

確かに内大臣は、長女の弘徽殿女御には「梅の花が咲きかかった明け方の風情で、物問いたげな笑顔が格別」と思い、次女の雲居雁が東宮妃をのがしたのは「不満で残念」だが、うたた寝からさめた姫を「心底かわいいと思う」。だが田舎から連れてきた粗野で下品な三女の近江には「送り返すわけにもいかないが、まともな娘として家にもおけず」「女御の女房にして、わらいものにしてしまおう」と冷たい。玉鬘の夢見る父と、現実の父とは違ったのだ。

「常夏」をたずねて

〔城南宮《じょうなんぐう》・源氏物語の庭〕

国土守護の国常立尊《くにのとこたちのみこと》、大国主命《おおくにぬしのみこと》、神功《じんぐう》皇后の三柱を祭神とした、日本の国と都の守護の神社。

神社のある鳥羽は、平安時代には貴族の別荘地となり、白河上皇の離宮や熊野詣の出立地として賑わってきた。今も春秋の「曲水の宴」をはじめ数々の行事に当時をしのぶことができる。

境内には「源氏物語花の庭」があり、環境の変化により失われていく平安当時の植物を守り育てている。大和撫子と唐撫子（石竹）、夕顔・末摘花をはじめ百種類以上の花で四季を彩る。

●伏見区中島鳥羽離宮町7
☎075—623—0846
http://www.jonangu.com/

〈左頁〉大正時代の絽縮緬の留袖の一部。撫子の地紋を織り出した上に、鯉と撫子が手描友禅で染められている。弓岡勝美コレクションより。

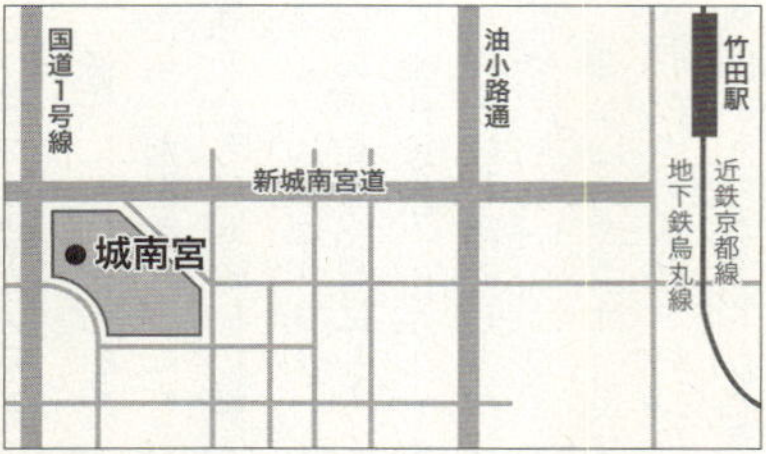

「京あゆ」
京華堂利保
薄い煎餅種の中に柚餡と錦玉。水上に張り出した釣殿で、源氏たちが涼みながら食べた鮎を思いつつ。

❖ 二十七、篝火 ❖

内大臣の近江の姫のことがさかんに言いふらされているのを聞いた源氏は、「これまで人目に隠れていた人を、よく調べもせずに連れ出して、気に入らなければ体裁《ていさい》悪くあしらうとは」と気の毒がる。それを聞いた玉鬘は、内大臣（実の父）のもとに行っていたら、自分もどのような目にあっていたか分からない、身を寄せたのが源氏でよかった、と改めて思う。源氏の恋を本当には受け容れないが、源氏が無体《むたい》なこともせずに思いやりが深まるばかりなので、折々の振る舞いにも玉鬘は心をゆるしていく。

このごろでは源氏は玉鬘のもとに入り浸りである。初秋の夕、教えていた琴を枕にして添《そ》い寝《ね》しつつ、一線を越えないのをもどかしがり、源氏は庭の篝火《かがりび》にたとえて恋の歌を詠む。玉鬘も篝火で歌を返す。

夕霧のもとへ柏木《かしわぎ》と弟の弁少将《べんのしょうしょう》が来ていたので、源氏は玉鬘の部屋に招いて管絃を奏する。源氏は琴を、夕霧は笛を、弁少将は歌をうたう。玉鬘は御簾内《みすうち》から異母兄たちを感慨深く見るが、妹とは知らない柏木は、彼女がいることを源氏に知らされると、それまでは見事だった琴の腕も、緊張でにぶるのだった。

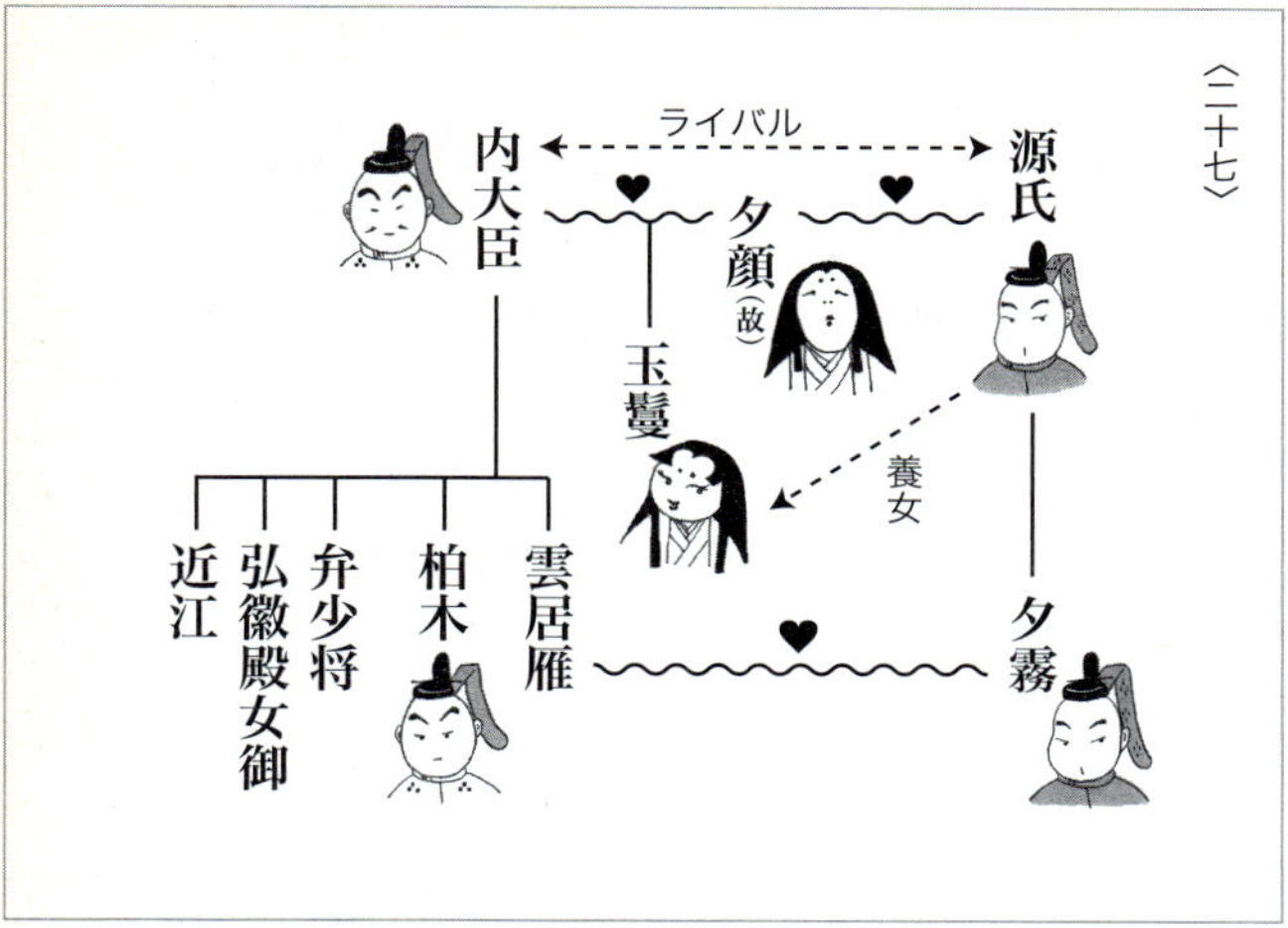

〈ちょっと読みどころ〉27篝火

紫を無理矢理に妻にしてしまった源氏だが、玉鬘にはそれができない。「紫と同等にはとてもできないから、自分の女にして世間に顔向けできなくするよりは、よいところへ嫁に」という思いと「恋しい。抱きたい」という想いと、「玉鬘に魅かれて大勢の男が集い、様々な恋の演舞を繰り広げるのを眺める楽しみ」の三つの間でいつまでも揺れている。

玉鬘も、都へ来た当初は二十歳にもなって「男女の仲を知らず、経験者の様子すら知らな」かったので、源氏の恋を「不快」「疎《うと》ましい」「いやらしい」「胸のつぶれる思い」と拒絶していたが、手を握られ、髪をなでられ、抱き寄せられ、琴を教えられているうちに、時の最高権力者にして華麗な三十六歳の男に魅かれてゆく。そして一つ琴を枕に「添い伏す」秋の夕べ——。王朝絵巻の退廃的・耽美的な一場である。

「篝火」をたずねて

〔嵐山の鵜飼《うかい》〕

篝火を見るには、夏の風物詩・鵜飼がお薦《すす》め。『日本書紀』にも記述があるほど古くからある漁法で、舟を浮かべ篝火をたき、鵜匠《うしょう》の綱に操られた鵜は魚を捕らえてきては、鵜匠の手にもどす。

渡月橋付近の大堰川では、平安時代から夜の舟遊びが行われていて、在原業平は

大井河うかべる舟のかがり火に
　をぐらの山も名のみなりけり

という歌を詠んでいる。

今は観光で七月一日から九月十五日まで鵜飼見物ができる。七〜八月は夜七時から九時、九月は六時半から八時半。渡月橋の上からなら自由に眺められるが、舟に乗って川面から見るのが風情がある。乗合・貸切など色々あるので、お問い合わせを。

●嵐山通船(株) ☎075—861—0302
http://www.16.plala.or.jp/kyoto-yakatabune/

〈左頁〉新井勝利『源氏物語』挿絵より「篝火」

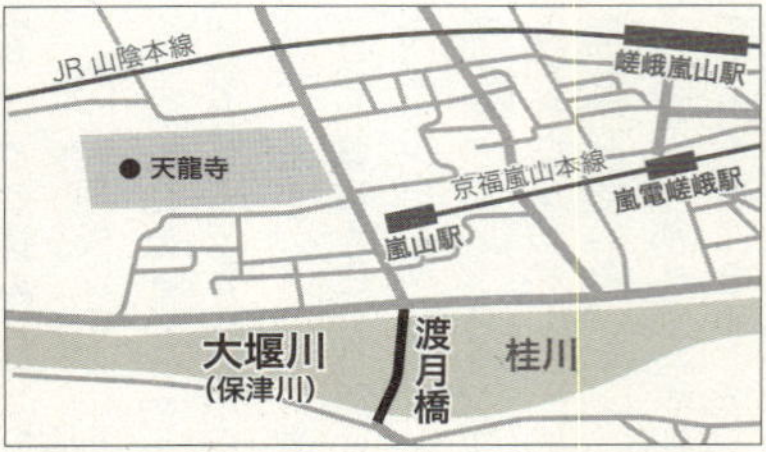

「唐板」
水田玉雲堂
「篝火とともに立ち昇る恋の煙」と源氏と玉鬘が歌を交す、その煙のような面白い模様。香ばしく、パリパリの食感が後を引く。

❖二十八、野分❖

秋が深まり、六条院の秋の御殿は春をもしのぐみごとさである。その庭を愛する中宮は里下がりをしているが、例年になく激しい野分《のわき》（台風）が襲来《しゅうらい》し、強風が吹き荒れた。夕霧が南（春）の御殿を訪問すると、強風のために戸が開いていて、紫がかいま見え、「春の曙の霞の間から、樺桜《かばざくら》が咲き乱れているような」美しさに目が離せなくなる。

その夜夕霧は祖母・大宮の三条宮で過ごす。翌朝は再び六条院に来て、源氏の使いで中宮を訪ねるが、夕霧の虚《うつ》けた様子に、源氏は彼が紫をかいま見たことを察する。

源氏は夕霧を連れて女君たちの見舞いに回る。中宮の次には明石のところへ行くが、形ばかりで冷たい源氏に明石の嘆きは深い。玉鬘のところでは、源氏は例によってぴったりと抱き寄せて恋心を訴えているので、夕霧は、玉鬘は美しいが二人の関係は厭《いと》わしいと思う。花散里は、急激に冷えたので冬物の衣の準備に忙しくしていた。

紫の面影が忘れられない夕霧は、明石の姫のところへ行き、姫の姿も見てみると、藤の花のような美少女に成長している。夜になって再び大宮の三条宮へ戻ると、内大臣が来ていて、娘を持つ気苦労の繰《く》り言《ごと》を、大宮にしているのであった。

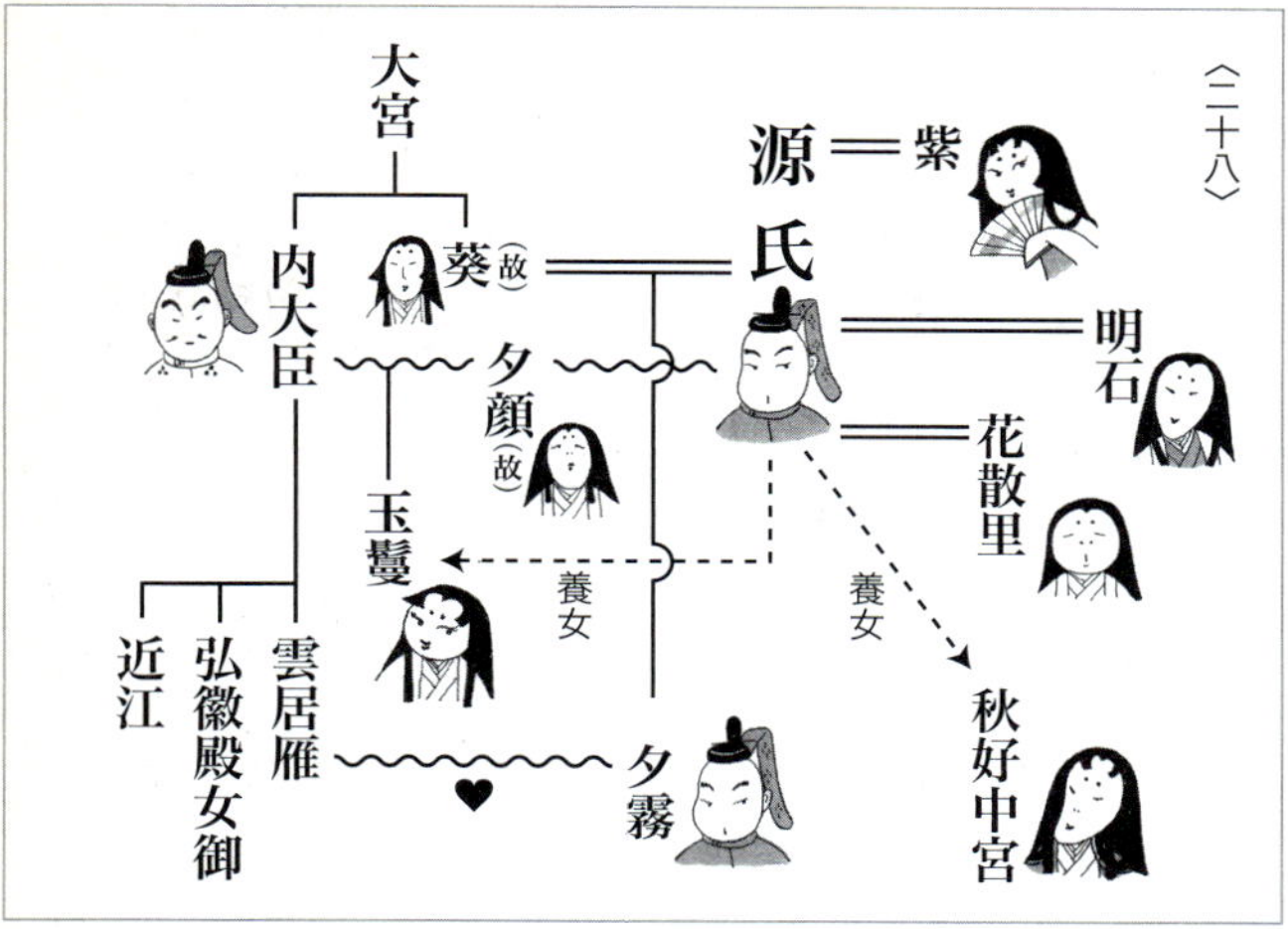

〈ちょっと読みどころ〉28野分

夕霧は「几帳面で礼儀正しく」、「毎日かならず三条宮(祖母の大宮)と、六条院(父・源氏)へご挨拶にうかがう」ので、台風のときなどは両方を心配して見舞うのである。

源氏が夕霧に大宮の様子を尋ね、夕霧が「風の音をも、幼子のように怖がっていて、いたわしいので、また三条宮にもどります」と答えると、「誰でもみな、年をとるにつれて子供にかえるものですから」と応じる。

その大宮は「ただもうわなわなとふるえて」怖がっているが、夕霧が来ると「木の枝や瓦などが飛ぶような危ない中を、よくぞ来てくれました」と、孫へのいたわりを忘れない。葵の父だった前の太政大臣亡き後は三条宮もさびれ、「夕霧一人を頼りにしている」。大宮の長男・内大臣は「頭がよくて奥深いが人情味にかける」人で、母をいたわるどころか自分の娘のグチ――だがそれも、母と子の親しさなのかも知れない。

680
☎075—211—0885
〈左頁〉梨木神社の萩

「野分」をたずねて

〔梨木神社〕

秋好中宮の庭には「あらゆる種類の秋の花が見事に咲き誇って」いるが、具体的な花の名は書かれていない。

だが紫のいる南の御殿には「もとあらの小萩」（根もとが細く疎らな、小さい萩の木）があるので、中宮の庭にも萩は咲いていたに違いない。

萩の名所の中でも有名なのが梨木神社だ。祭神は明治維新の功労者三條実《さね》萬《つむ》・実美《さねとみ》の父子。もともと三条邸の敷地だった境内の「染井《そめい》の水」は、京都三名水の一つで、いつも大勢の人が汲みに来ている。

参道の両側には紅白の萩が並木のように植えられ、九月第三日曜日には「萩まつり」が開かれる。

●上京区寺町通広小路上ル染殿町

「初秋」　とらや

かすかな秋の気配を色彩だけで見事に表現した傑作。台風で庭の草花が倒れるのを惜しんだ、秋好中宮の心を思いつつ。

❖ 二十九、行幸 ❖

玉鬘の将来について悩んだ源氏は、尚侍《ないしのかみ》として宮中に出仕《しゆつし》させることを思いつく。

十二月、冷泉帝《れいぜいてい》が大原野《おおはらの》に、鷹狩《たかが》りの行幸《みゆき》をした。親王や高位の貴族たちもそろってお供をする。六条院の女君たちもみな素晴らしい帝の行列を見物に行った。

玉鬘は、行列の中にいた内大臣（実の父）、蛍宮、右大将（鬚黒《ひげくろ》）などを見るが、何といっても冷泉帝の美しさに圧倒され、宮仕《みやづか》えもいいかと思う。だが日々の仕事だけでなく、帝のお手がつけば、中宮や弘徽殿女御（実の姉）とも不和になると悩む。

玉鬘はまだ裳着《もぎ》の儀をしていなかったので、源氏は裳着の腰結役《こしゆいやく》を内大臣に頼むが、断られてしまう。そこで源氏は大宮のもとへ行き、玉鬘の本当の素性《すじよう》を話す。驚いた大宮はすぐに内大臣を呼び、そこで玉鬘のことを打ち明けられた内大臣は、腰結役を承知する。二人はこれまでの不和も忘れて打ちとける。裳着の儀は二月に盛大に行われた。

源氏と玉鬘の関係に憶測《おくそく》が飛び交い、内大臣も疑念をもつが、何気なく振舞《ふるま》うことにする。自分も尚侍になりたいと分不相応を言う近江を内大臣たちは嘲弄《ちようろう》するが、人は「自分たちが（玉鬘の件で）恥ずかしいので、照れ隠しに近江に恥をかかせている」と言う。

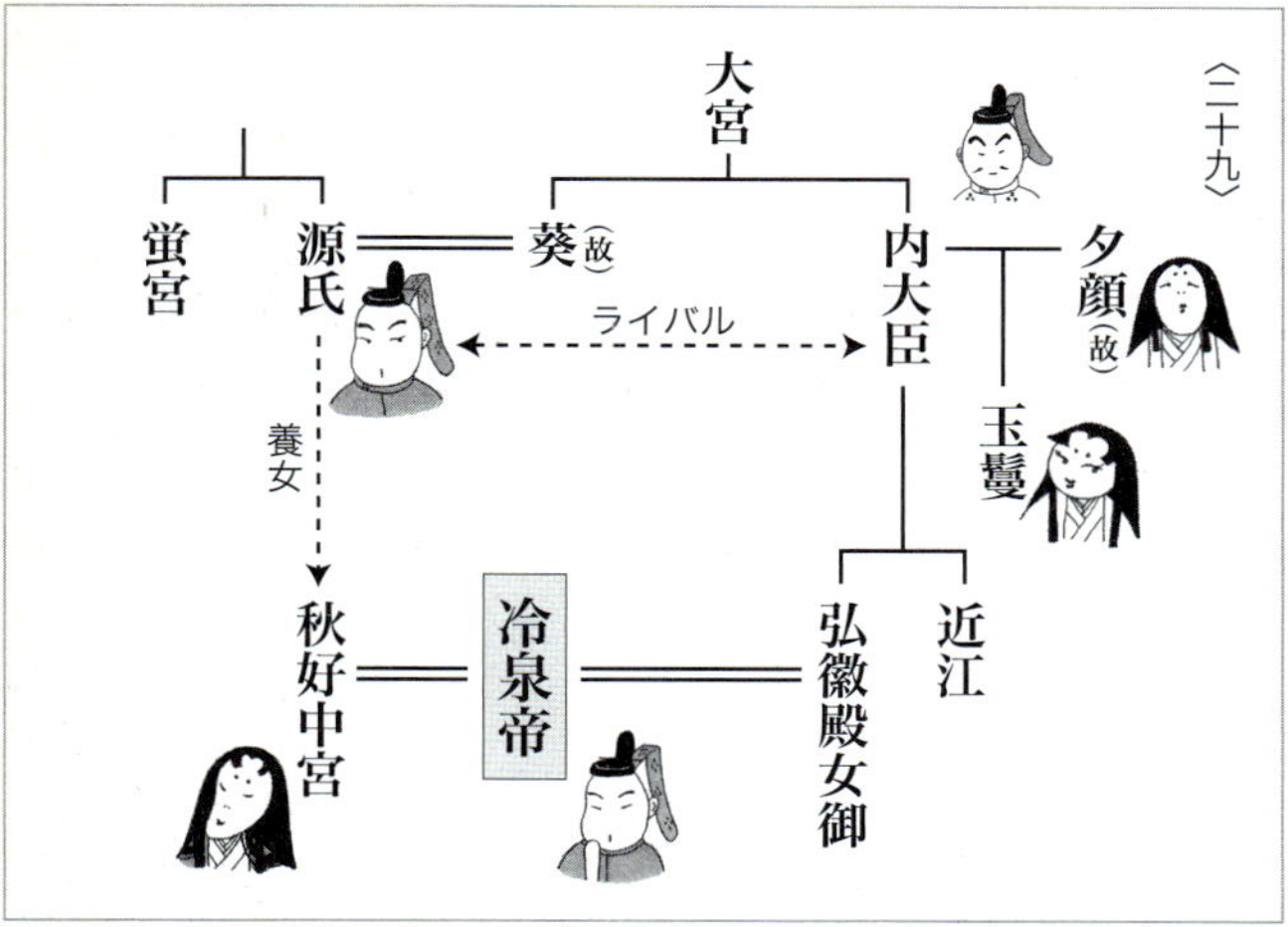

〈ちょっと読みどころ〉29行幸

内大臣は、源氏とは政界のライバルの上、夕霧と雲居雁の事件で意固地《いこじ》になっている。三条宮に行くのも「特別念入りに装束を整えて、でもお供は大げさにせず」という自意識の高さだ。けれども久しぶりに差し向かいで会えば、やはり懐かしい。

源氏が「昔は二人が双翼《そうよく》となって朝廷の補佐をしようと思っていました。年月とともに二人も変わり、互いの立場も難しくなりましたが、本心では今も変わりません」と言えば、内大臣も「昇進し、年をとってついわがままが出て失礼しました」と謝る。

内大臣は玉鬘の話に感激し、夕顔のことや、雨夜の品定めを懐かしみ、「泣いたり笑ったり、二人ともすっかりうちとけ」、源氏は「珍しく酔い泣き」してしまう。

翌日にはまた冷静に戦局を判断する二人だが、一晩の懐旧《かいきゅう》も決して嘘ではない。大人の人間関係を見事に描いた一場である。

「行幸」をたずねて

〔大原野神社〕

冷泉帝が鷹狩りに出かけた大原野の見所といえば大原野神社だ。桓武天皇は長岡京時代に、この地でよく鷹狩りをした。そこで皇后の藤原乙牟《おとむ》漏《ろ》が、藤原氏の氏神である春日大社を勧請《かんじょう》して大原野に祀ったのが始まり。

平安時代、藤原氏の興隆とともに神社も大きくなり、天皇もたびたび行幸した。寛弘二（一〇〇五）年には中宮彰子が行啓、藤原道長・紫式部も従っている。まさに「行幸」のモデルである。

境内には奈良の猿沢池に対して鯉沢池があり、美しい景色が平安時代をしのばせる。

●西京区大原野南春日町１１５２
☎０７５―３３１―００１４
http://www.kyoto-web.com/oharano/

〈左頁〉錦秋の大原野神社

「大枝《おおえ》の実《み》」
洛西　松屋
大原野は洛西で、竹と柿が多い。干柿の種を出し、柚子入り白餡をつめた、秋の山辺らしい一品。

大原野天神

❖ 三十、藤袴 ❖

玉鬘が内大臣の娘だと明かしたことで、源氏の恋情は遠慮がなくなり、玉鬘はいたたまれなくなる。尚侍《ないしのかみ》として宮中に入内しても、そこで帝の寵愛《ちょうあい》を受ければ、中宮や弘徽殿女御の敵になってしまう。実の父の内大臣は、源氏の意向に従うばかりなので頼れない。本当に玉鬘の味方になって相談にのってくれる人は、一人もいないのだった。

夕霧が玉鬘を訪れる。大宮が亡くなったので、夕霧も玉鬘も（二人は従姉弟同士）鈍《にび》色《いろ》の喪服である。姉弟の禁忌《きんき》が解けたので、藤袴《ふじばかま》の花にそえて夕霧は恋心を告白するが、拒絶されてしまい、後悔する。夕霧は源氏のもとへ立ち寄り、「玉鬘を形式的には内大臣のもとにおしつけ、形ばかりの宮中出仕で、実際は自分の囲いものにしようとしている」という世評を伝える。自分の悪巧《わるだく》みを見すかされて、源氏はひやりとした。

かつては求婚者だった柏木は、実の弟としてやってくるが、玉鬘に親しい扱いをしてもらえないので不満だった。鬚黒大将《ひげくろのたいしょう》の奥方は紫の姉なのだが、大将は奥方と別れて玉鬘を妻としたいと思っている。十月の出仕を目前に、九月、玉鬘のもとへ最後のお願いの恋文が山ほど届く。彼女は蛍宮にだけ返歌をした。

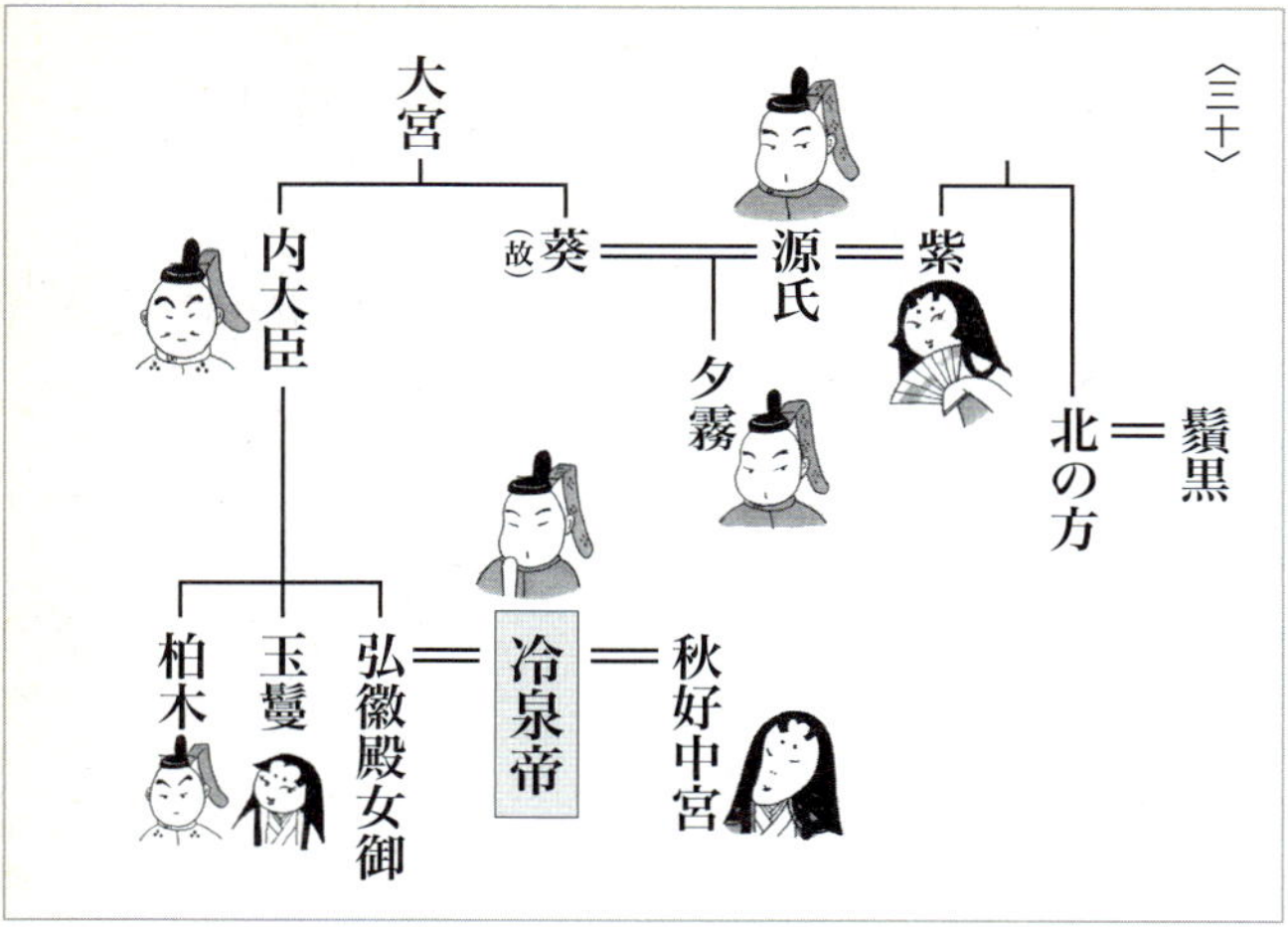

〈ちょっと読みどころ〉30藤袴

玉鬘が実は源氏の娘ではなく内大臣の娘と分かり、夕霧と柏木の立場は逆転する。

これまで弟として実直に接してきた夕霧には「他人(従姉弟)となったからといって急によそよそしくせず」「今まで通り御簾に几帳を添えて、取次ぎなしで直に言葉を交わす」。玉鬘が恋の告白に不快になると、夕霧は後悔し「ご機嫌とりに精を出して、それ以上言い寄らずおとなしくしている」。

求婚者の時には全く相手にしなかった柏木には「正客として南の御簾の前に通すが、直接に言葉はかけず、女房を取次ぎにして応対する」。それが不満で「せめて几帳のそばまで」などと近づこうとする柏木は、あっさりかわされ、すごすご帰った。

「しつこく言い寄る男はもうたくさん!」という玉鬘の悲鳴が聞こえてきそうだ。蛍兵部卿宮にだけ返歌を送ったのも、実直で遠慮がちな文だったからだろうか。

「藤袴」をたずねて

〔賀茂川の河原〕

大宮の喪が明けて、喪服を脱ぐお祓《はら》いに「河原へ出るように」と源氏に言われた夕霧。玉鬘も一緒にと言うが、「同じ服喪明けで、内大臣の娘であることが派手に世間に分かってしまうのはよくない」と玉鬘は配慮した。

お祓いをする河原がどこかは書かれていないが、賀茂川であろうかと推察される。

北西から流れる賀茂川と、北東から来る高野《たかの》川《がわ》が出町《でまち》で合流して、洛中を流れる鴨川となる。延々と続くその河原は、四季折々の風情があふれ、散歩やデートに絶好だ。鴨川を見ると、京都に着いたという実感が湧く。鷺《さぎ》や翡《かわ》翠《せみ》を見ることもできる。

〈左頁〉鴨川の鷺

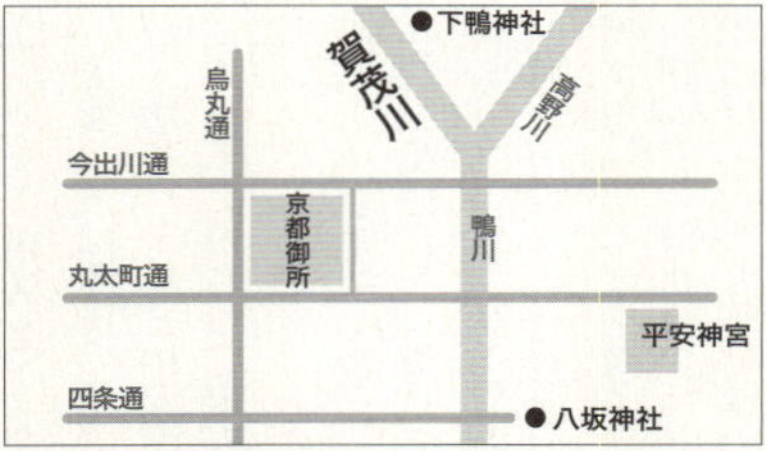

「雲水」　紫竹庵

玉鬘と夕霧は同じ祖母の喪に服す。枯れた色の皮と餡の香の絶妙の取り合わせが、喪中にも恋の噂が絶えない玉鬘に似合う。

❖三十一、真木柱❖

玉鬘づきの女房の弁《べん》のおもとが、鬚黒《ひげくろの》大将の手助けをし、玉鬘は鬚黒のものになった。内大臣は前から鬚黒を婿《むこ》とするのもよいと思っていたが、帝も源氏も、まして玉鬘本人も、不意を突《つ》かれて意に染《そ》まぬことになったのである。

鬚黒の北の方は式部卿宮《しきぶきょうのみや》の娘で美しい人だったが、物《もの》の怪《け》につかれた病で見る影もない。鬚黒は玉鬘に夢中になり、北の方をかえりみることもないので、病は重くなった。ある冬の一夕、北の方は突然病の発作《ほっさ》が起き、玉鬘のもとへ出かけようとしていた鬚黒に火取《ひと》り香炉《こうろ》の灰を浴びせかけた。鬚黒は驚き恐れ、以来北の方に近寄ろうともしない。式部卿宮は鬚黒の仕打ちに激怒し、北の方とその娘を実家へ引き取った。

鬚黒と北の方には、幼い娘一人と息子二人がいた。娘(真木柱《まきばしら》)は住み慣れた家を出るのが辛くて、いつも自分が寄りかかっていた柱のひび割れに、別れの歌を挿《さ》して泣いた。

翌春、玉鬘は予定通り尚侍《ないしのかみ》として出仕するが、鬚黒は彼女が帝に愛されるのを恐れ、早々に彼女を自邸へ連れ帰る。家に残った鬚黒の息子たちは玉鬘になつき、十一月には彼女も男児を生んだ。一方、近江の君は不躾《ぶしつけ》に夕霧に恋歌を読みかけ、辟易《へきえき》されていた。

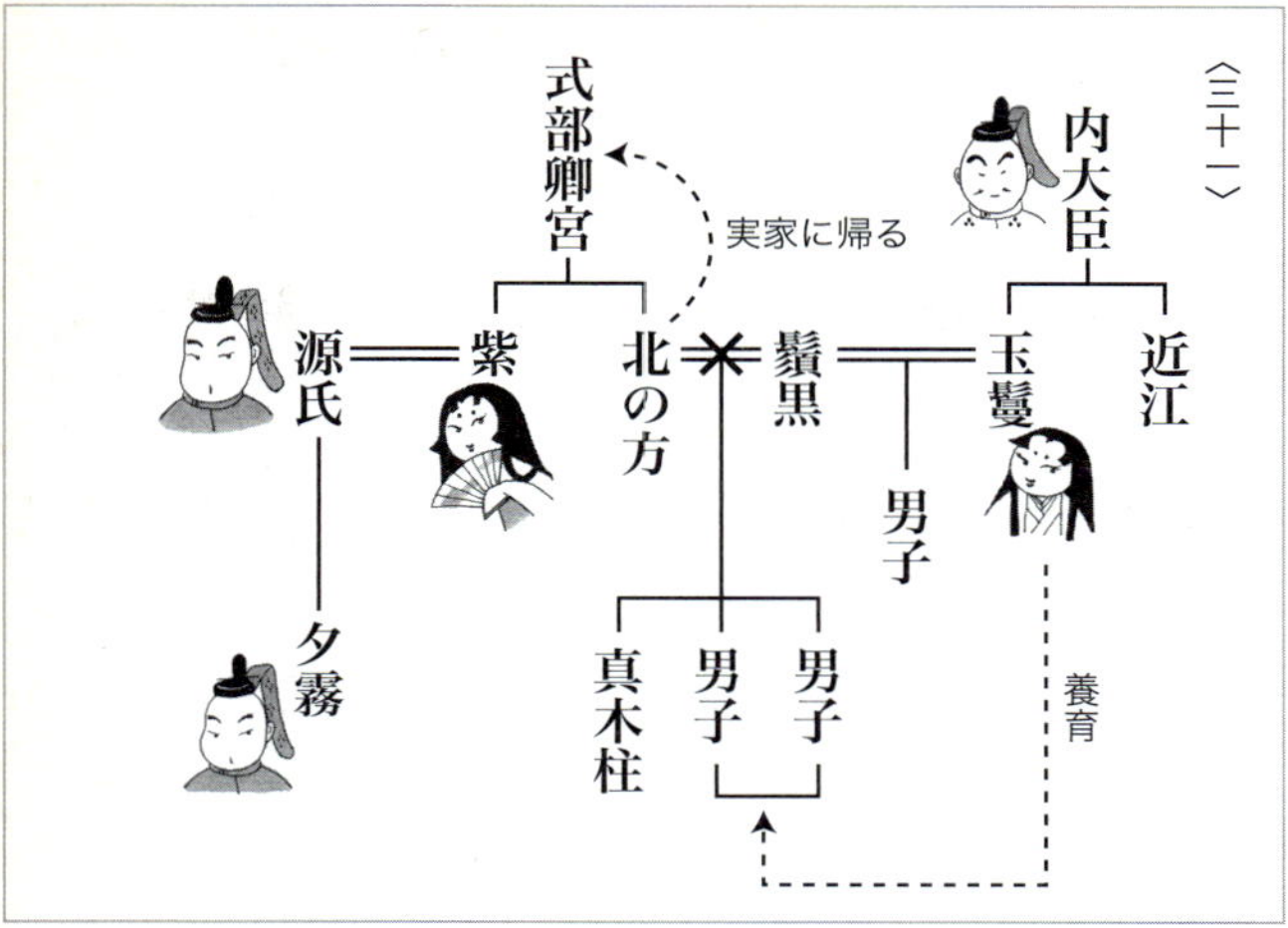

〈ちょっと読みどころ〉31真木柱

鬚黒大将は三十二、三歳。朱雀院の女御（東宮の母）の兄弟で、帝の信任も厚いのだが「一徹な性分で、何かに夢中になると、他人を傷つけることが多い」。

北の方が物の怪にとりつかれて正気をなくし、この夫婦は何年も冷え切っていたので、玉鬘を手に入れた有頂天《うちょうてん》ぶりも「無理からぬことである」。

北の方の父は、娘がひどい扱いを受けて「実家に引き取る」と怒る。北の方は「今さら実家に戻るのは面子《めんつ》が立たない」と思い、鬚黒も、露骨《ろこつ》に北の方を追い出しては「世間の笑いもの」だと、三者のプライドと意地と世間体が幾重にも錯綜《さくそう》するのだ。

香炉の灰事件の後、家を出る時の真木柱の悲しみを、北の方は（あのひどい父をそんなに慕うとは）「情けない」と、いたわろうともしない。鬚黒の心が離れていったのは、この辺の性格にあるようにも思われる。

「真木柱」をたずねて

〈京都御所・承香殿《しょうきょうでん》〉

玉鬘は尚侍として参内し、承香殿の東面に局を賜った。宮廷では中宮や弘徽殿女御など、高貴な女君がそれぞれに妍を競っているが、「身分が高い方々より、玉鬘の局の女房たちの袖口は現代的でしゃれていて」一段と華やかだ。

だから鬚黒が「早く退出して家へ」とせかしても「返事もしない」。

承香殿は清涼殿の東、紫宸殿《ししんでん》・仁寿《じんじゅ》殿《でん》の北にあたり、帝の近くで用を勤める重要な女官にふさわしい場所である。

御所内部の見学は、春秋の一般公開の他は申し込み制で、グループになって引率されるので、あまりゆっくり立ち止まることはできないが、当時をしのびつつ見学すれば一段と楽しめる。

●申し込みなどの連絡先は一四頁「『桐壺』をたずねて」の項と同じ。

〈左頁〉御所内部の扉と回廊

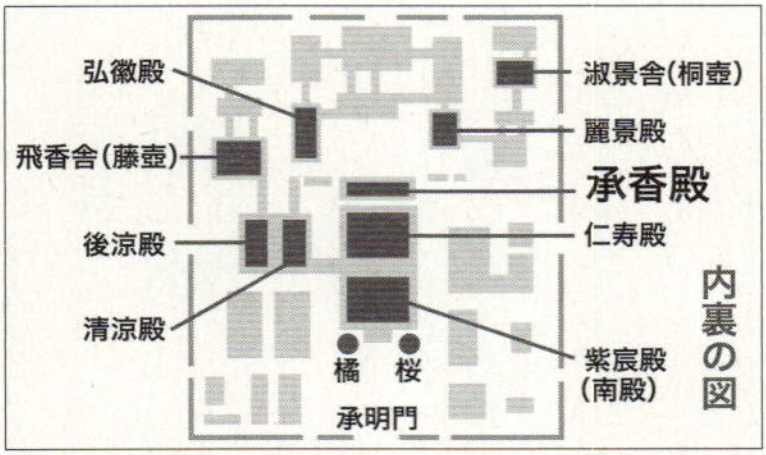

「祇園豆平糖」
するがや祇園下里
いつも寄りかかっていた柱にさえ、別れを惜しむ少女の心を喩えて、柱のような形と美しさの飴を。

❖ 三十二、梅枝 ❖

東宮が二月に元服《げんぷく》をするので、源氏は十一歳になった明石姫《あかしのひめ》の裳着《もぎ》の儀を、同じ月に行った。東宮の元服に続いて姫の入内《じゅだい》という予定である。源氏は儀式の準備と入内の支《し》度《たく》に力を入れていた。

薫物《たきもの》も最高のものをと、原料の香木を明石姫に縁《ゆかり》の女性たちに配り、秘伝の調合をさせて競わせる。朝顔の君にも依頼すると、梅の枝に結ばれた文と共に届いた。判者は蛍宮。その後は管絃の遊びとなり、弁少将《べんのしょうしょう》(柏木の弟)が催馬楽《さいばら》の「梅枝《うめがえ》」を歌った。

翌日の裳着は、秋好中宮が腰結《こしゆい》を務めるという豪華なもので、身分の低い実の母・明石を呼ぶことはできなかった。姫の入内は四月と決まり、源氏は調度《ちょうど》や草子《そうし》を入念に集め、仮名談義《かなだんぎ》に花を咲かせた。

かつて東宮妃の候補だった内大臣の娘・雲居雁《くもいのかり》は、夕霧との恋愛が発覚し、機会を逃したまま実家に引き取られていた。夕霧はまだ彼女を諦《あきら》めてはいないが、二人の恋は内大臣に引き裂かれたまま進展できずにいる。夕霧には他からの縁談があれこれとあり、源氏は身を固めるように夕霧を諭《さと》すが、夕霧は雲居雁を諦めず歌を送った。だが夕霧の縁談話を聞いた彼女は非難の返歌をするので、夕霧はなぜ責められるのか困惑する。

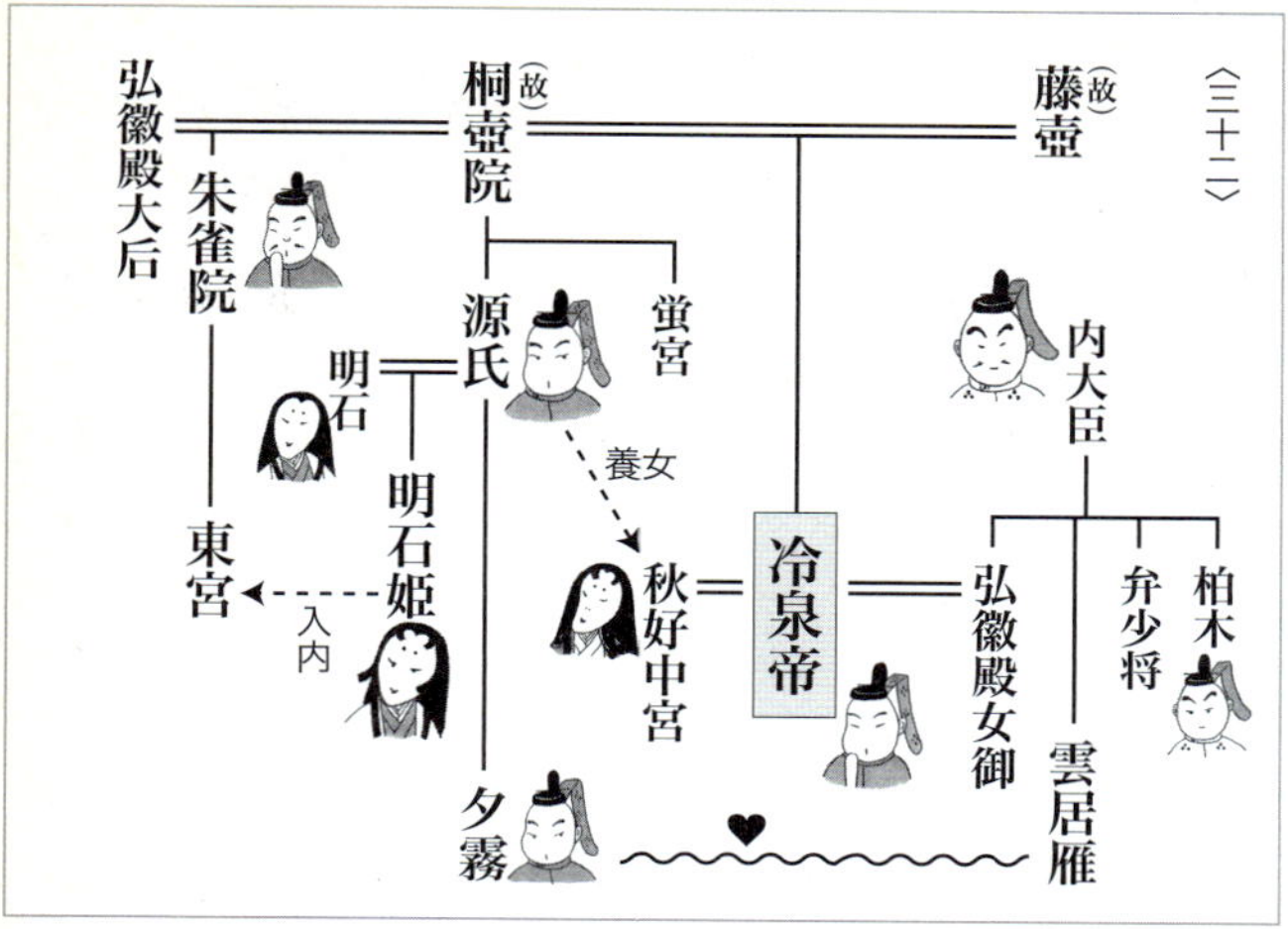

〈ちょっと読みどころ〉32梅枝

東宮（皇太子）がようやく元服の年齢となったので、明石姫をはじめ、入内の話で周囲は華やいでいる。内大臣は自分の娘・雲居雁がそうした華やかなことに無縁になってしまったのを「寂しく思う」。

娘のためには自分が頭を下げたいところだが、それでは「体裁が悪い」。「夕霧が熱心だった時に、二人の仲を認めてやればよかった」と後悔しているが、夕霧の方は「たいした位でもないくせに」と言われた屈辱が忘れられず、「納言《なごん》に出世して見返してやる」と意地になっている。

そんな時、夕霧の縁談の噂を内大臣が聞きつけ娘に話すと、「恥ずかしいと思いつつ、わけもなく涙が流れるのを、どうしてよいか分からず顔をそむけている」。そのいじらしさに、父はやはり自分が折れて出る決心をするのだ。夕霧に他の姫との結婚を勧める源氏とは対照的な、父と娘の風景である。

「梅枝」をたずねて

明石姫君入内の準備に、源氏が六条院の女性たちに調合させたという練香。前斎院朝顔の「黒方《くろぼう》」、源氏の「侍従《じじゅう》」、紫の「梅花《ばいか》」、花散里の「荷葉《かよう》」などは、どれもその香の名前である。

山田松香木店は江戸・寛政年間創業の香木の老舗で、店内には原産地より輸入した様々な香の材料があり、壮麗な雰囲気だ。お買い物だけでなく、お香の体験もできる。〈匂い袋作り体験〉〈練香作り体験〉〈聞香ミニ体験〉〈源氏香体験〉の四コースがあり、落ち着いた雰囲気で源氏物語を思い浮かべながら香を楽しめる。コースによって日時・人数などに決まりがあり、要予約。

〈山田松香木店〉

●上京区室町通下立売上る勘解由小路町164

☎075—441—1123

http://www.yamadamatsu.co.jp/

〈左頁〉「紋散蒔絵阿古陀小香炉」・京都国立博物館所蔵

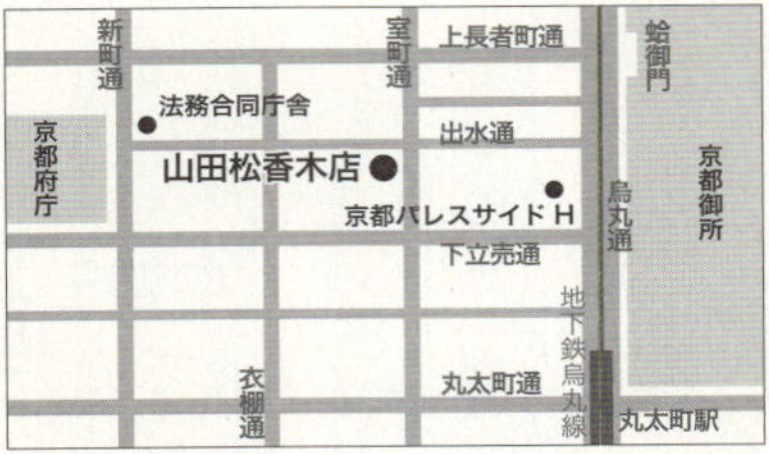

「夜の梅」
とらや

梅の香は夜になると特に強く感じる。羊羹の小豆粒を、夜の闇に浮かぶ白梅の蕊に喩えた、日本が誇る一品。

 三十二、梅枝

❖ 三十三、藤裏葉 ❖

三月二十日、大宮の三回忌が極楽寺《ごくらくじ》で催された。内大臣はその折に夕霧に言葉をかけ、これまでの対立に折れて出る姿勢を見せる。ついで四月初め、自邸での藤の花の宴に夕霧を招き、ここに夕霧と雲居雁との結婚は晴れて許されたのだった。

紫は上賀茂神社の御阿礼《みあれ》（降臨祭《こうりんさい》）に詣《もう》で、翌日明け方の参拝の帰途に、葵祭《あおいまつり》の行列を見物する。夕霧は、かつて五節舞姫《ごせちのまいひめ》を務めた惟光《これみつ》の娘（藤典侍《とうのないしのすけ》）と歌を交わし、雲居雁と結婚したことを恨まれる。これまで二人は深い仲であった。

明石姫君の入内にあたり、源氏と紫は相談して、実の母の明石を後見役《こうけんやく》にする。母と娘は共に暮らせることになり、明石は嬉《うれ》し涙した。後見交替で紫と明石は初めて対面し、互いの素晴らしさを認めるが、明石はやはり身分の大きな隔《へだ》たりを痛感させられる。

子供たちの身が固まり、源氏は後顧《こうこ》の憂《うれ》いがなくなったので出家を思っていたが、四十の賀を前に、準太上天皇《じゅんだじょうてんのう》となる。内大臣は太政大臣に、夕霧も中納言に昇進し、夕霧は雲居雁との新居を、かつて二人が大宮に育てられた三条殿に構えた。

十月二十日、冷泉帝と朱雀院がそろって六条院に行幸し、源氏の栄華は極まる。

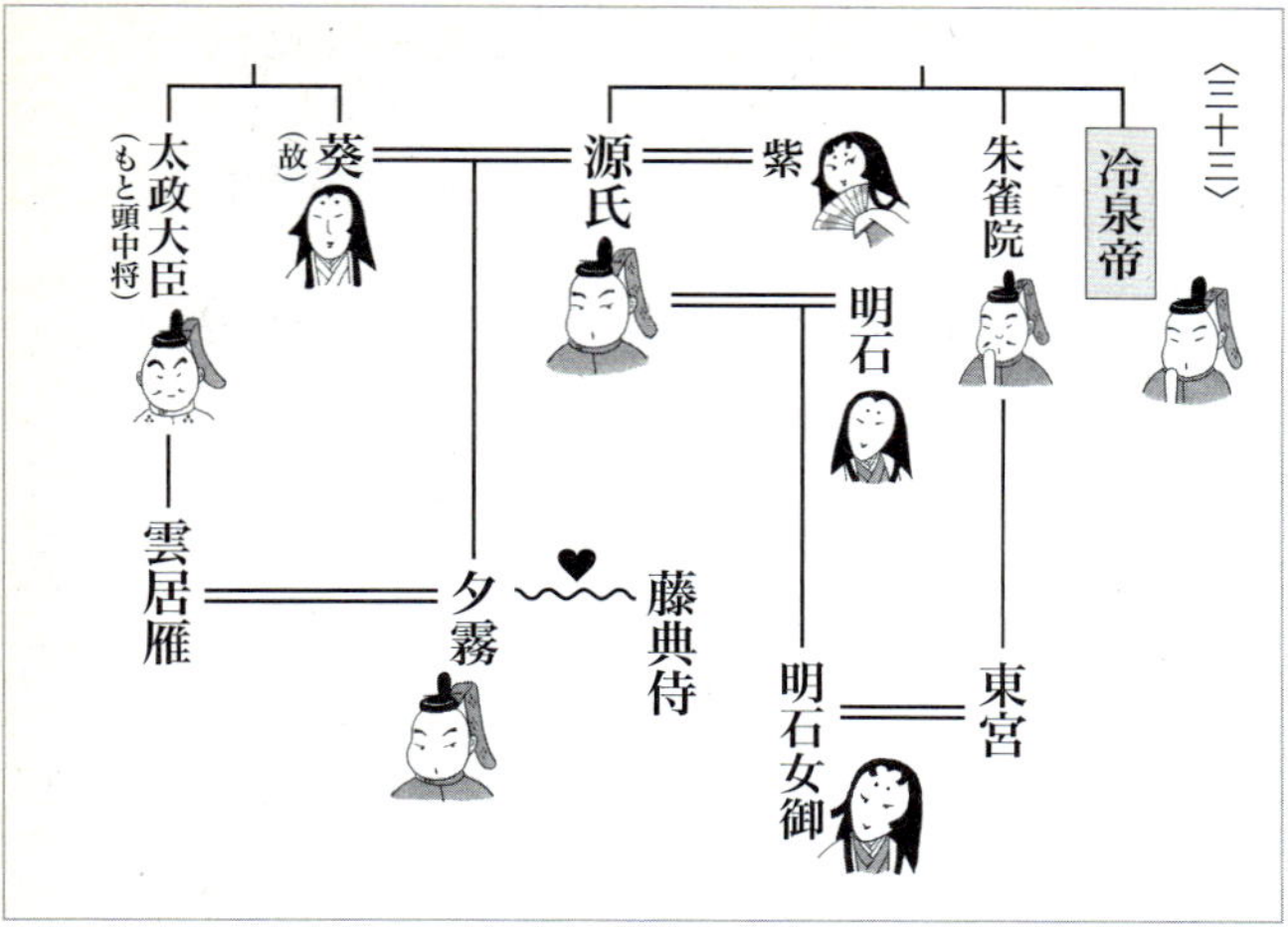

〈ちょっと読みどころ〉33藤裏葉

源氏と敵対して、若い二人の仲を裂いた内大臣も、ついに夕霧に頭を下げた。

藤の花の宴に夕霧が来ると、内大臣は「年とともに立派になり、父(源氏)よりも学問があって心がけも男らしく申し分ない」と、長年の態度をコロリと変えて絶賛する。

杯が回り、結婚話が和《なご》やかに決まるが、夕霧が今夜は雲居雁のところへ泊まることになると「ひどく酔ってしまったので失礼する」と「言い捨てて」奥へ入る。

翌朝、夕霧が新妻のもとからなかなか起きてこないのを、「いい気になって朝寝して」と文句を言い、娘のところに来た後朝《きぬぎぬ》の文まで観察し、「字が大層上手だ」などと感心する。「花嫁の父」は複雑なのだ。

だが源氏は夕霧に「内大臣は度量大きく見えて、実は男らしくなく素直でもないから、慢心して浮気などせぬように」と訓戒する。内大臣はやはり源氏に勝てない。

「藤裏葉」をたずねて

〈左頁〉『源氏物語絵色紙帖』（土佐光吉）より「藤裏葉」・京都国立博物館所蔵

〔宝塔寺（極楽寺）〕

内大臣が夕霧に声をかけるよい機会となったのが、大宮の三回忌だ。思えば夕霧と雲居雁を幼い時から育て、二人の幸せを誰よりも願う大宮だった。

法要が行われた極楽寺とは、平安時代の初め、藤原基経が創建し、藤原氏の菩提寺として栄えた真言宗の寺。鎌倉時代に日蓮宗に改宗し、以後は宝塔寺と改称している。

広い境内には重要文化財の総門や多宝塔、京都の日蓮宗では最古の本堂など、見ごたえのある建築があり、由緒を感じさせる。

●伏見区深草宝塔山町３２

☎０７５―６４１―１８５９

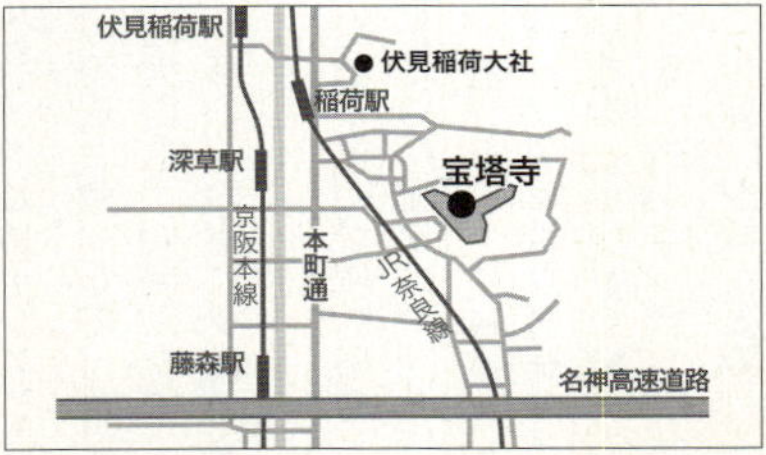

「千代結」
紫野源水
長い年月隔てられていた夕霧と雲居雁が、晴れて結婚を許された。お目出度い場面に相応しい有平糖。

❖三十四、若菜上❖

朱雀院《すざくいん》は重い病にかかり出家を志すが、母を亡くした女三宮《おんなさんのみや》の行く末を案じ、源氏に降嫁《こうか》させることを決める。初めは辞退するつもりだった源氏も、女三宮の裳着《もぎ》の後に出家した朱雀院を見舞った折、その熱意を断れず、ついに承諾した。

葵の死後、事実上は源氏の第一の妻であり、寵愛《ちょうあい》も処遇《しょぐう》も最高でありつづけた紫は、これまでの地位を失い、嘆きは深い。子供も頼れる実家もない身の将来を不安に思うが、朱雀院のたっての望みを源氏が断れないことも知って、冷静に対応する。

源氏四十歳の年が明け、正月に玉鬘がお祝いの若菜を献上する。また朱雀院出家の後に実家に戻っていた朧月夜《おぼろづきよ》のところにも、源氏は忍んで通うようになる。

翌年三月、明石女御《あかしのにょうご》が皇子を出産した。それを聞いた明石入道は、念願を果したと手紙を書き、山奥に姿を消した。明石と尼君は、自分達の数奇《すうき》な運命を感慨深く振り返る。

同じ三月末、六条院で蹴鞠《けまり》の会があり、柏木《かしわぎ》も参加した。女三宮は蹴鞠を御簾内《みすうち》から見ていたが、飼い猫が走り出して、猫に結んであった紐《ひも》にからんで御簾が開いてしまう。その瞬間をかいま見てしまった柏木は女三宮に心を奪われ、危険な恋文を出す。

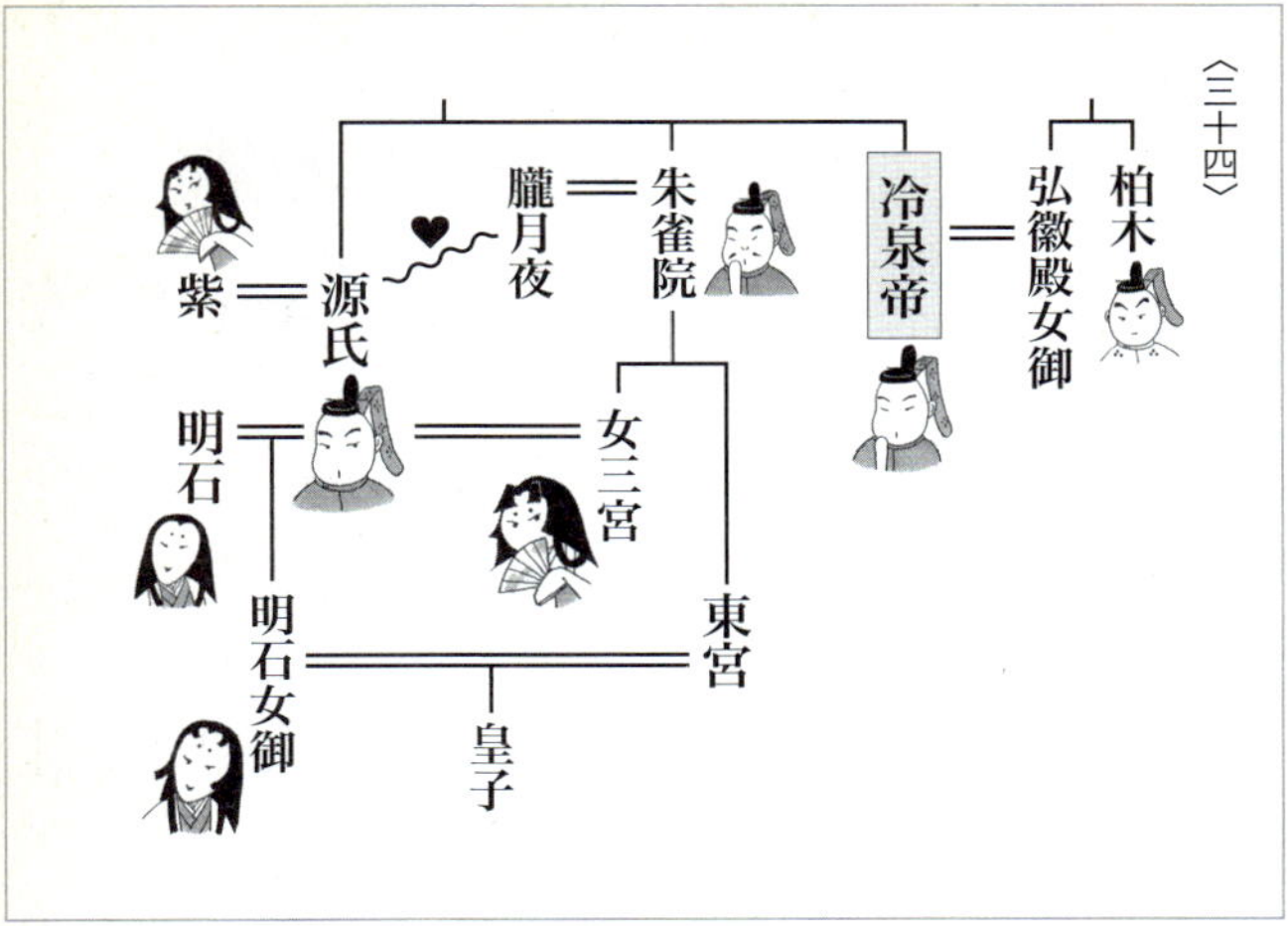

〈ちょっと読みどころ〉34若菜　上

明石女御に皇子が生まれたと聞いて、明石入道は娘に長い手紙を書く。明石が生まれてから、必死で祈ってきたこと。宿願を果した上は、自分は俗世を捨てること。「私が死んでも喪に服さず、ただあなた自身が仏の化身《けしん》として功徳《くどく》をつんで下さい」。

明石はその手紙を読み、これまでの人生に涙を流す。父は自分のことをこの世で最高だと信じている。だが父は知らないのだ。

都へ上ってからずっと、自分がひたすらへりくだってきたこと。低い身分や田舎出身ゆえに実の娘を手放し、名のることもできなかったこと。紫にはとても敵わないこと。

一方紫は、内親王が源氏の正妻となり、地位をなくしてしまう。源氏の寵愛だけが頼りの浮き草の身だ。子供さえ生まれていれば、明石のようになれたのに。明石女御の皇子を可愛がりながら、紫もまたそんなことを考えたのではないだろうか。

「若菜 上」をたずねて

●右京区嵯峨釈迦堂藤ノ木町46
☎075―861―0343
〈左頁〉新井勝利『源氏物語』挿絵より「若菜 上」

〔清涼寺〕

「絵合」に、「源氏は山里に御堂を建てさせる」という記述があり、「松風」では「造らせたのは大覚寺の南のあたり」と追って説明されている。

「若菜 上」で源氏の四十のお祝いに、紫が盛大な供養をするのもこの寺だ。

モデルとなったのは「嵯峨の釈迦堂」の名をもつ清涼寺と想定されている。

この近くには、源氏のモデルの一人と言われる、嵯峨天皇の皇子・源《みなもとの》融《とおる》の別荘があった。別荘は融の没後に棲霞寺《せいかじ》となり、その後、奈良東大寺の僧・奝然《ちょうねん》が一〇一六年に宋から持ち帰った釈迦如来像を安置したのが清涼寺の始まりという。境内には源融の墓もある。

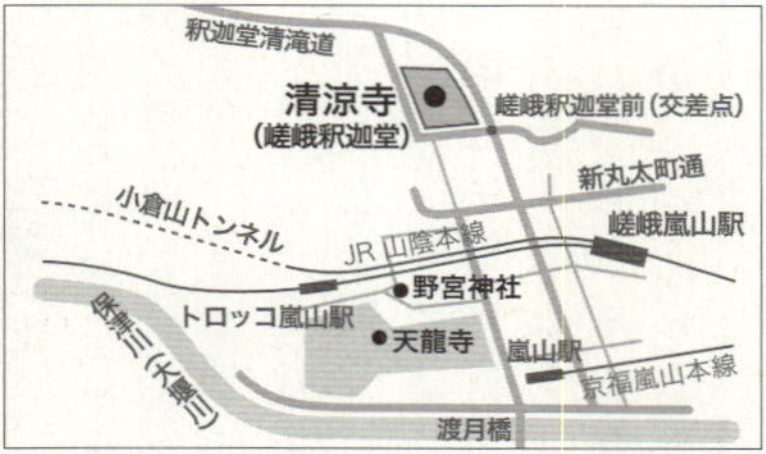

「椿餅」　とらや
物語に登場する数少ない食べ物の一つ。若者たちが蹴鞠の後に食べる。とらやの椿餅は、炒った道明寺粉と肉桂の香りが絶妙。

147　三十四、若菜　上

❖ 三十五、若菜下 ❖

女三宮《おんなさんのみや》に心を奪われた柏木《かしわぎ》は、あの時の猫を借り出して、宮を思って愛玩《あいがん》している。

四年の年月がたち、冷泉帝《れいぜいてい》は東宮に譲位《じょうい》し、住吉の神に祈った通りに明石女御《あかしのにょうご》が生んだ皇子が次の東宮となったので、源氏は紫や明石とともに盛大なお礼参りをする。

また新帝が、異母妹の女三宮を二品《にほん》に叙《じょ》したので、六条院では益々大切にした。紫は明石や女三宮とひきくらべ、頼るものが何もないわが身を悲しみ、出家したいと思う。

翌年が朱雀院の五十の賀なので、源氏は正月に若菜献上の計画をする。女三宮には、父との対面の席で披露させようと琴《きん》を教授し、六条院では女君たちの演奏会を開いた。だがその直後に紫が病に倒れ、療養のため二条院に移り、源氏はつききりで看病する。

柏木は女三宮の姉の女二宮(落葉宮《おちばのみや》)を妻にしたが、やはり女三宮が忘れられず、源氏の留守に彼女のもとに忍び入り、無理矢理一夜を共にした。一方紫は六条御息所《ろくじょうのみやすどころ》の霊につかれて危篤《きとく》になるが、ようやく危機を脱する。それを見て源氏が六条院へもどると、女三宮が懐妊《かいにん》したという。翌朝、源氏は彼女のもとで柏木の文を発見し、不義の懐妊が明らかになり、源氏・女三宮・柏木は悩み苦しむ。柏木は源氏を恐れ、病の床に伏す。

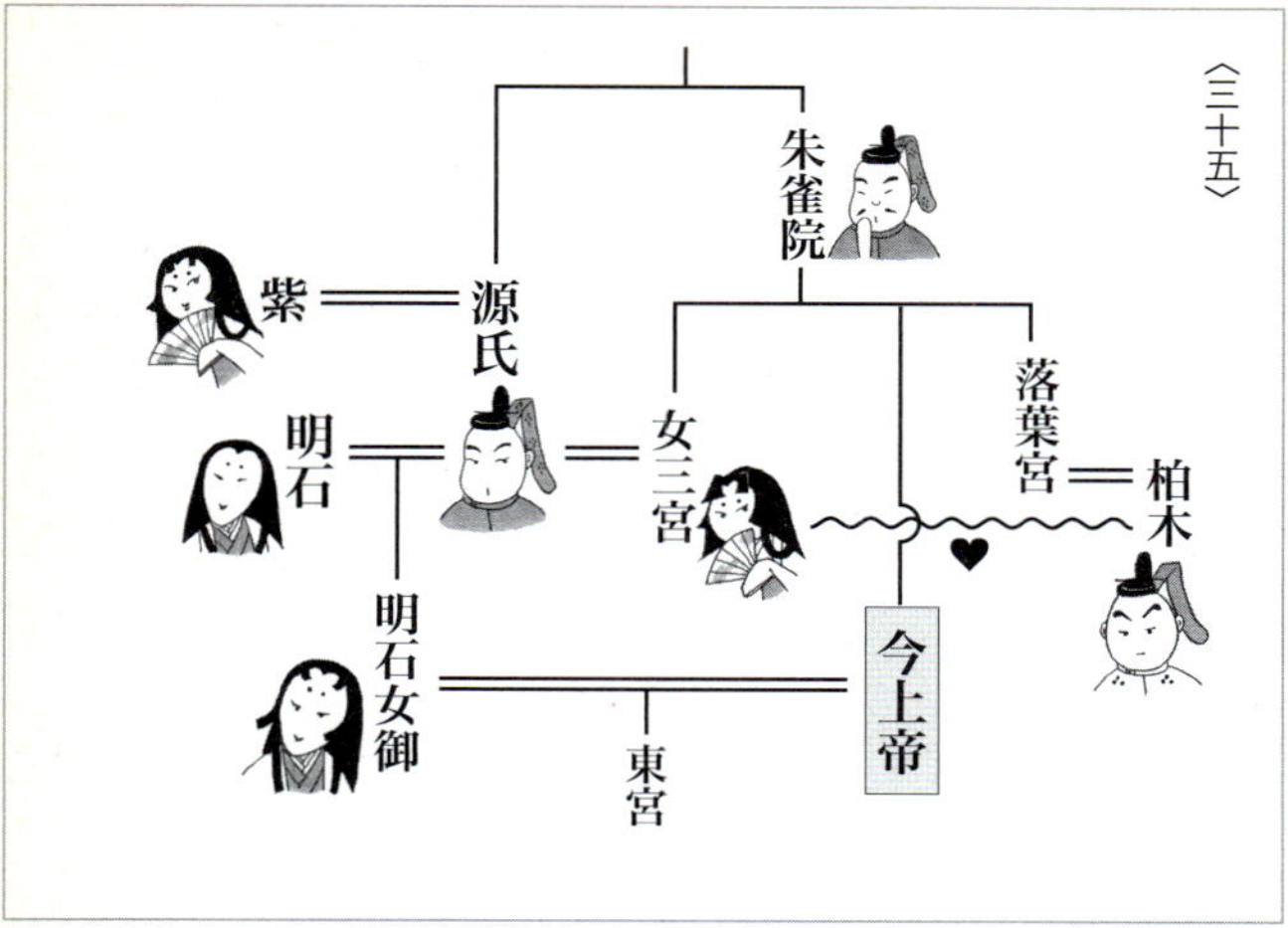

〈ちょっと読みどころ〉35若菜　下

女三宮の褥《しとね》の下から柏木の恋文を発見した源氏は「柏木の文字に似せて女房が書いたのか？」と我が目を疑うが、あからさまな内容に嫉妬《しっと》と屈辱《くつじょく》が燃え上がった。

浮気心は少しもなく、ただ襲われただけの女三宮を「私がこんなに大事にしているのを裏切って」と軽蔑し、「あの程度の男が私よりいいとは」と恨む。自分と藤壺との密通を思えば「恋の山路は非難できない」と思うものの、女三宮には「私のような老人はもう嫌になったかも知れませんが、父君があなたのために、私をお世話役にし、私もそのために出家を諦《あきら》めたのですから、よからぬこと（密通）をして父君に心配をかけてはなりませんよ」などと言う。

かつては美しい姿に万人が感動の涙を流し、どんな女性の心をも魅了した光源氏。一瞬にしてその幻想が砕け、老醜《ろうしゅう》の男が現れる衝撃もまた、読者のカタルシスになる。

「若菜 下」をたずねて

〔称念寺（猫寺）〕

『源氏物語』の中でも特に有名な、女三宮の猫。「若菜 上」では劇的な一瞬の鍵として、「若菜 下」では柏木の深い恋の闇とエロスの象徴として見事に描かれている。千年前の貴族たちも、かわいい猫に夢中だったらしい。

そこで京都の猫寺をご紹介。江戸時代に開かれた浄土宗の寺で、その昔、三世還誉上人の愛猫が、お姫様に化身して本堂の縁側で舞い、寺を興隆させたことから、猫寺と呼ばれるようになったという。

動物供養には六〇年の歴史があり、ペットだけでなく人間社会の犠牲になった動物の冥福も祈念してくれる。

●上京区寺之内通浄福寺西入上る西熊町275

☎075―441―4519

http://www.kyoto-web.com/nekodera/

〈左頁〉梶田半古『源氏物語図屛風』より「若菜 下」・横浜美術館所蔵

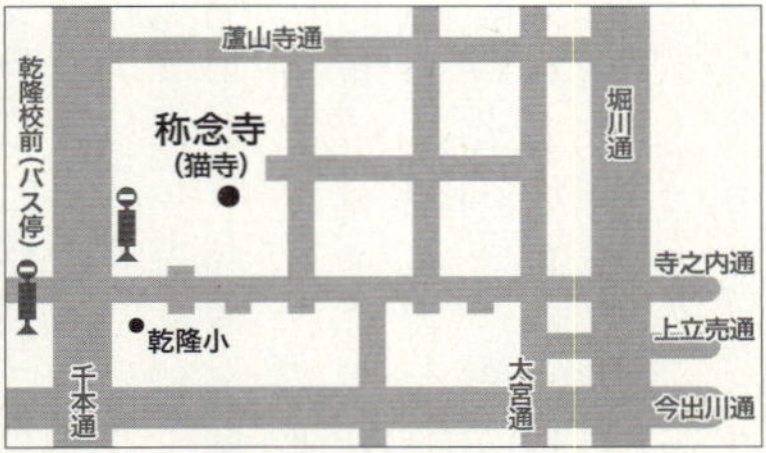

「ときわ木」

京菓子匠 源水

住吉詣の場面では松原の様子が色々描かれる。松の幹を表す「ときわ木」は、餡の香と二重の食感が秀逸。

❖三十六、柏木❖

源氏に許してもらうには死しかないと思いつめる柏木《かしわぎ》の病は治らず、女三宮《おんなさんのみや》に最後の文を出す。女三宮はその夜から産気づき、翌朝男子（薫《かおる》）を出産した。賑《にぎ》やかな祝いの中で、源氏は不義の子をわが子としなければならないという因果《いんが》応報《おうほう》に悩み、女三宮や赤子にも冷たい。衰弱した女三宮は、源氏の態度に絶望し、その深夜見舞いに来た父・朱《す》雀院《ざくいん》に願ってその場で出家してしまう。だが実はこれも六条御息所の物《もの》の怪《け》が、源氏の周囲の女性を不幸にしようとする仕業の一つであった。

女三宮の出家を知った柏木はいよいよ重態になり、夕霧に密通のことをほのめかし、自分の亡き後の、妻・落葉宮《おちばのみや》のことを頼んで泡の消えるように死んだ。

三月、生後五十日の祝いとなったが、柏木そっくりの男子と、尼となった女三宮を前に、源氏は苦しむ。二人の不義を憎む一方で、柏木を愛惜《あいせき》し、女三宮の若く美しい尼姿に未《み》練《れん》を感じずにはいられない。

夕霧は柏木の頼み通り、落葉宮邸と、柏木の父・致仕《ちじ》大臣《の》を見舞う。落葉宮をしばしば訪ねるうち恋心を抱くようになる。誰もが柏木を惜しむ中、薫は健《すこ》やかに成長する。

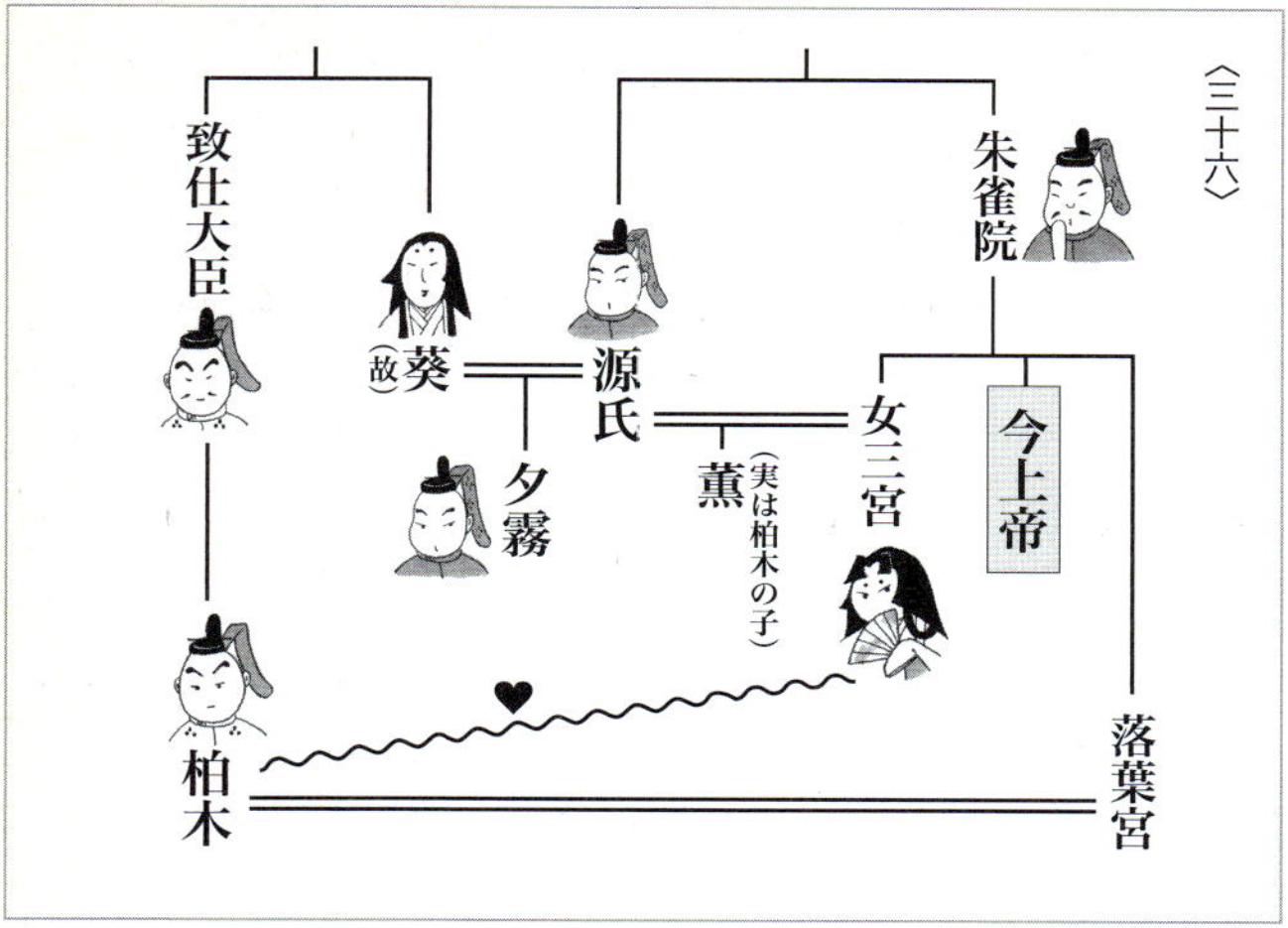

〈ちょっと読みどころ〉36柏木

六条御息所の物の怪は、死後二十年近くもたって再び荒れ狂っている。「若菜 下」では、源氏が紫に「御息所は恨み深く、油断できず、くつろげない人だった」と言ったのを恨んで紫を危篤にさせた。男が自分の悪口を、他の女に言うほど嫌なことはない。「柏木」では「紫を殺せなかったので、すきを狙ってこちらに来た」という。だがこれらは本当に御息所のパワーだろうか。

紫は、源氏が日々自分から離れていくのを実感しているところに「私に愛されて、あなたほど幸せな人はいませんよ」などと言われ、ありあまる反論を言えずに胸にためていた。女三宮は、柏木のことで恐ろしく冷たくなった源氏から逃れたいと思った。

本当は二人の女性の絶望が原因なのだ。だが彼女たちの苦しみを、自分ではなく物の怪のせいにしたかった源氏自身が、御息所を復活させたのかも知れない。

「柏木」をたずねて

〔許波多《こはた》神社〕

柏木がどこに葬られたかは書かれていないが、モデルとしては当時の藤原一族の墓所・木幡が想定される。

許波多神社は宇治木幡にある藤原氏にゆかりの深い神社。大化改新の年、中臣鎌足が夢で皇極天皇のお告げを受けて造営したという。

藤原道長が若い時に、木幡にある藤原氏の古塚の荒廃を見て嘆き、大成後にこれらの墳墓の供養のため浄妙寺を建立した。浄妙寺はその後荒廃したが、藤原氏の墳墓は今も木幡一帯に多数残り、許波多神社の境内にも藤原基経の墓と伝えられる墳墓がある（すぐ近くの五ヶ庄古川にも、同名の神社がある）。

●宇治市木幡東中34—8
☎0774—32—0482

〈左頁〉『源氏物語絵巻』（国宝）のうち「柏木」詞書《ことばがき》冒頭部分・徳川美術館所蔵。『源氏物語絵巻』といえば、絵の部分に注目しがちだが、詞書部分の料紙の豪華さ、書の美しさもまた格別だ。

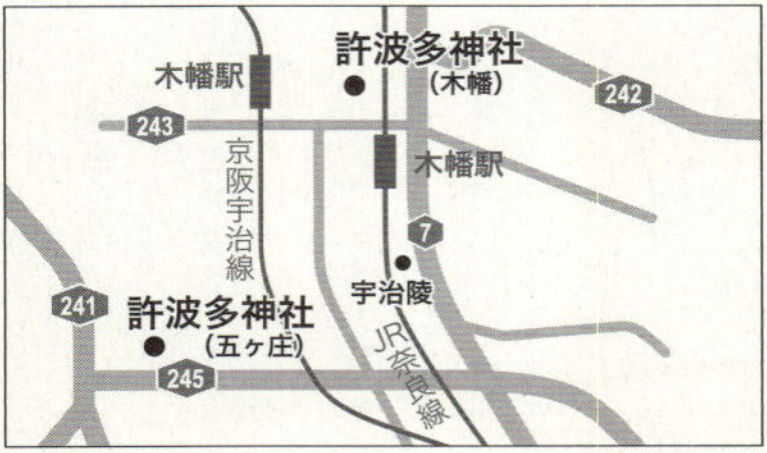

「志ば味糖」
俵屋吉富
この巻で誕生した薫は、生まれつき体に芳香があった。紫蘇と肉桂の香り高い砂糖菓子に、薫を偲んで。

❖三十七、横笛❖

柏木の一周忌、源氏は格別の供養《くよう》をし、事情を知らない致仕大臣《ちじのだいじん》（柏木の父）は感激し、また夕霧が一条院の見舞いを欠かさない誠意にも感謝している。女三宮の出家に続き、姉の落葉宮が夫に先立たれ、朱雀院は娘たちの不幸に心を痛める。女三宮には今も特に情愛篤《あつ》く、春には筍《たけのこ》や野老《ところ》（山芋）などを送った。幼い薫がその筍をかじっている姿を見て、源氏は柏木をこえる高貴さにうたれ自分の老いを実感する。

秋の夕暮れに夕霧は一条院を訪れ、御息所（落葉宮の母）と語り、落葉宮と「想夫恋《そうふれん》」を合奏する。帰りがけ御息所は夕霧に、柏木の愛した笛を贈った。帰宅すると、夕霧の夜歩きに雲居雁《くもいのかり》は機嫌が悪い。相思相愛で結婚したが、今は子供も多く、すっかり所帯じみてしまった夫婦関係を、一条宮と比べて味気なく感じる夕霧。

だがその夜、夕霧の夢枕に柏木が立ち「その笛を伝えたい人は他にある」という（実は柏木の子の薫）。事情を知らない夕霧は、柏木のために経をあげ、六条院に相談に行く。

六条院では明石女御の皇子たちと薫が遊んでいる。薫が柏木に似ていることに薄々事情を感じた夕霧は源氏に問うが、かわされてしまう。笛は源氏が預かることになった。

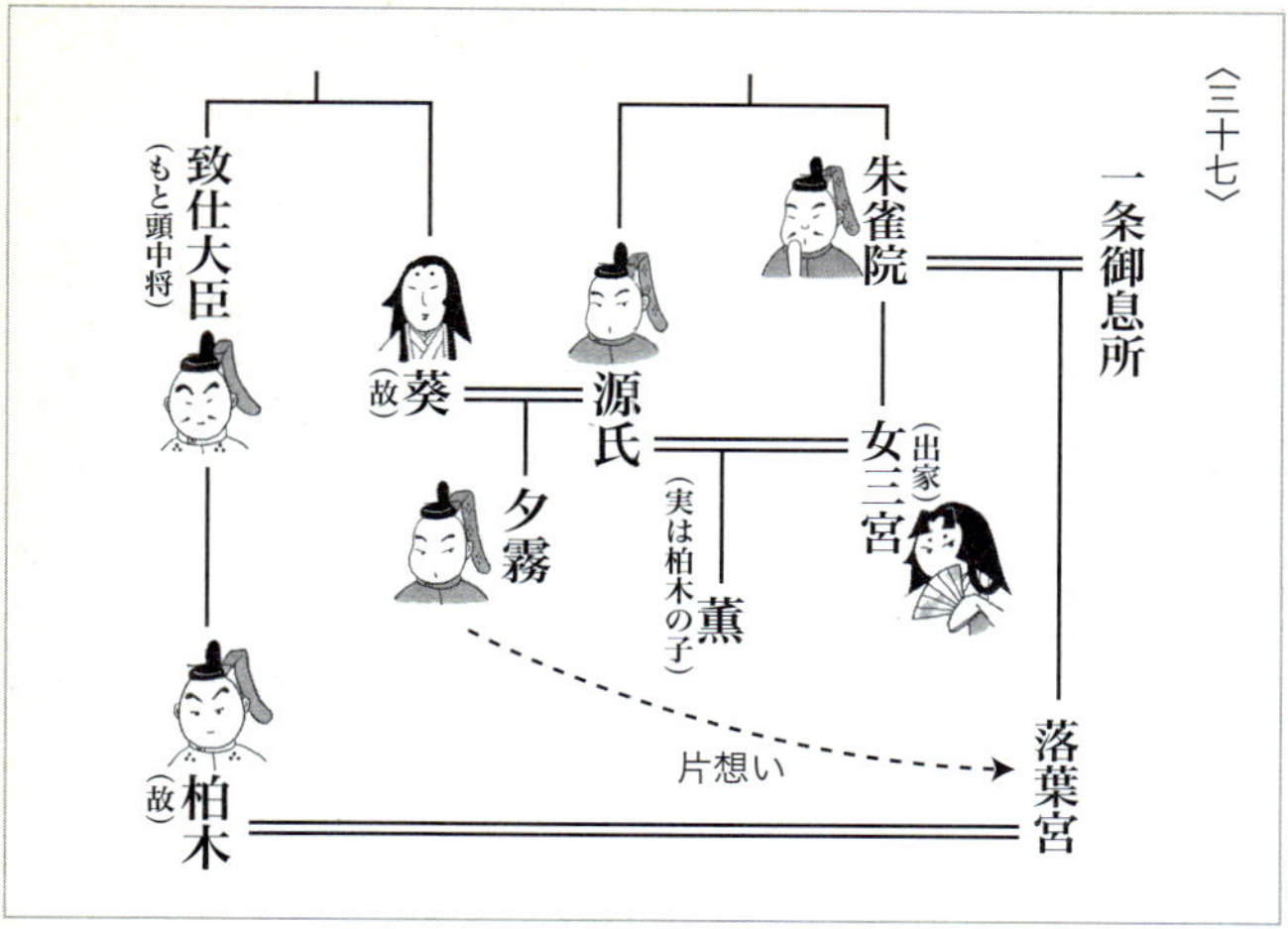

〈ちょっと読みどころ〉37横笛

小さな子供の描写がひときわ鮮やかな巻である。まずは薫が「筍をしっかり握って、生えかけの歯で嚙み当てようと涎《よだれ》をたらして」いる場面。不義の子ながら、気品のある薫を源氏も可愛く思わずにはいられない。

また夕霧の三条宮では、柏木の霊が出ると、若君（夕霧と雲居雁の子）が夜泣きをする。本文には書かれていないが、やはり霊の出現を感じて泣いたように見える。「乳を吐いたりして」大変だが、雲居雁がそれをあやすのに、出ない乳をふくませているのも、いかにも赤ん坊のいる風景だ。

そして夕霧が六条院を訪ねると、明石女御と帝の第二皇子と第三皇子が、夕霧に抱っこしてもらおうと争って大騒ぎ。そこに薫も加わり、大人はゆっくり話もできない。かつては女君たちが華麗な風情を競った六条院も、相思相愛の新婚家庭だった三条宮も、今は幼子たちが駆け回っている。

「横笛」をたずねて

〈左頁〉「暮春」『神坂雪佳　百々世草』（芸艸堂）より

〔京都市洛西竹林公園〕

西山の寺に隠棲する朱雀院が、女三宮に筍や野老（山芋）を送ってきた。

洛西は竹の多い所だが、ニュータウンなどの建設で減りゆく竹林の保存のために開園されたのがこの公園だ。

全国各地から様々な種類の竹を収集・栽培した生態園や資料館、茶室や売店などがあり、広大な敷地を散策し竹林浴を楽しめる。

生態園は回遊式和風庭園で、遊歩道を歩きながら竹や笹の生態が観察できるように作られていて、国内だけでなく外国の竹もある。

●西京区大枝北福西町2—300—3

☎075—331—3821

http://www5.ocn.ne.jp/~rakusai/park.html

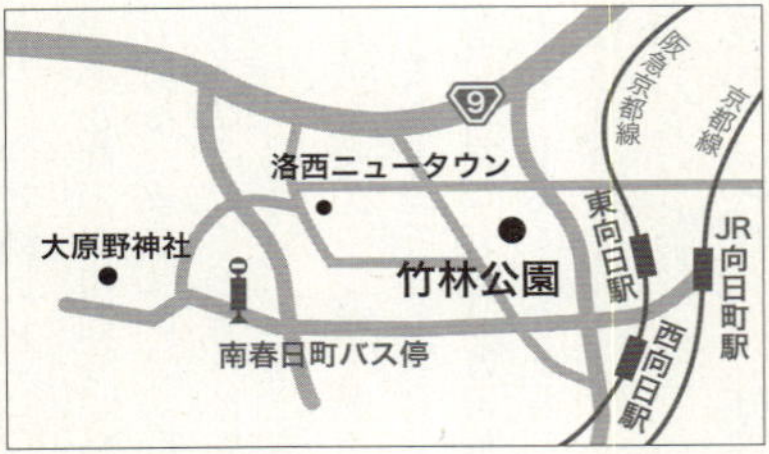

「たけの露」
京華堂利保
幼い薫が筍を手にする姿には、筍そっくりの懐中汁粉を。松たけの形と二種類あり、形も味も楽しめる

❖ 三十八、鈴虫 ❖

蓮の花咲くころ、女三宮の持仏開眼供養《じぶつかいげんくよう》が営まれることになった。源氏は見事な道具をそろえ、紫も僧侶たちの法衣などを配慮して協力する。源氏は尼姿の宮に、俗世と出家に別れて暮らす寂しさを歌にするが、宮の返歌はつれない。この日は朱雀院や兄帝からも大層な供物が寄せられて、予想以上の盛大な供養になった。

朱雀院は、宮が源氏から離れて暮らせるようにと、三条宮（夕霧の家とは別）に支度を調えるが、源氏は宮に執心し、離れて暮らすのは心配だからと、宮を六条院に住まわせ続けている。また宮の将来の経済的な保障には、源氏は万全の配慮を尽くしている。

秋、宮の御殿の庭を秋にふさわしく造りかえて、鈴虫を放った。源氏は女三宮をおとずれ、懲《こ》りずに恋心を訴えるが、宮は困惑するばかり。八月十五日（中秋）の夜、源氏が宮のところで琴《きん》を弾いていると、蛍宮と夕霧が訪れる。そこへ冷泉院から使いがあり、一同は院に参上して詩歌管絃《しいかかんげん》の一夜となった。

院からの帰途、源氏が秋好中宮のところへ寄ると、中宮は六条御息所の霊を供養するため出家したいと言うが、同情されつつも諫《いさ》められるのだった。

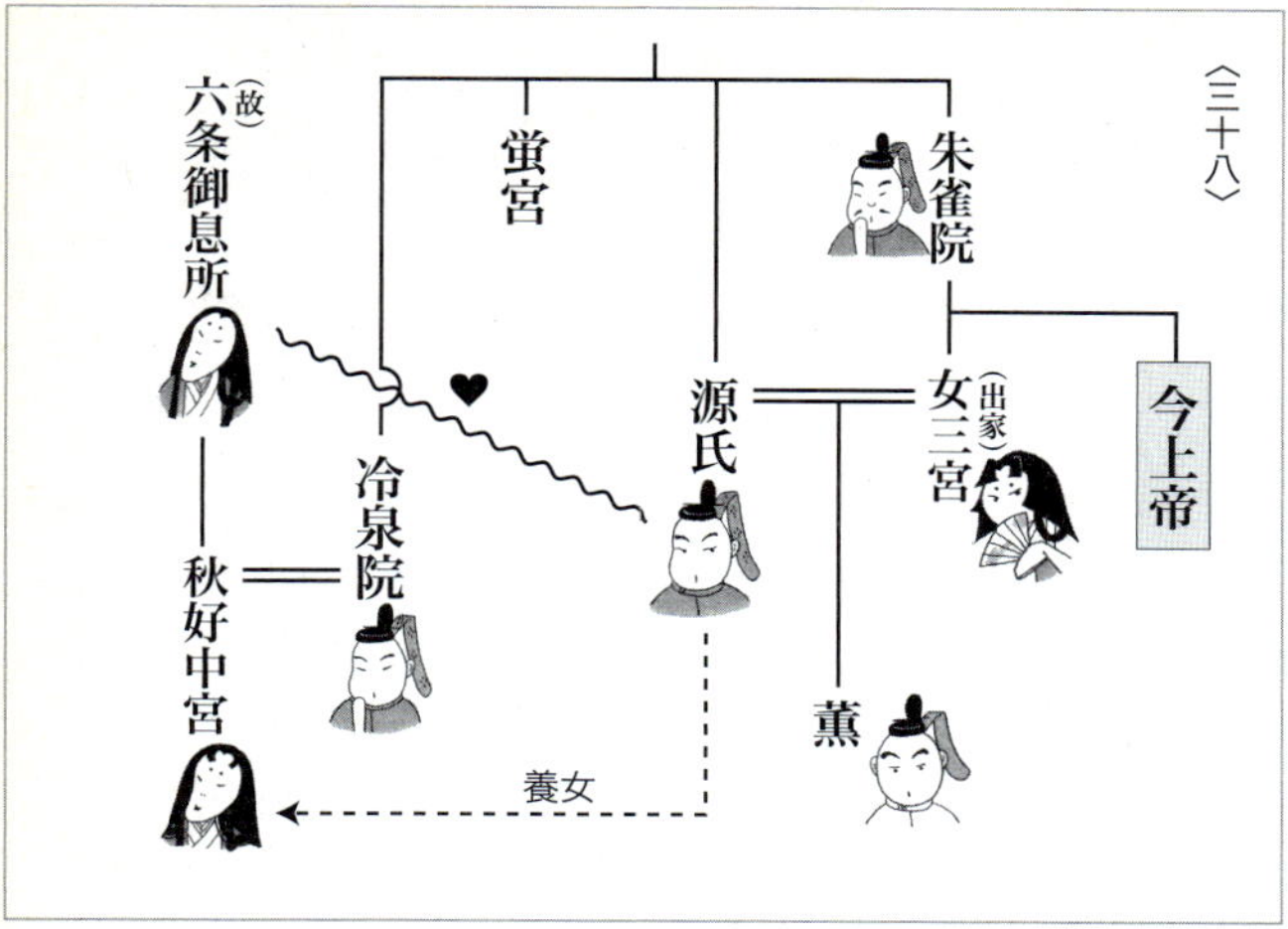

〈ちょっと読みどころ〉38鈴虫

若くして尼姿という不似合いな感じが心をひきつけ、一時の嫉妬が冷めた源氏は、今になってかえって女三宮に執心する。

六条院内に持仏堂を開く日、源氏は女三宮への想いと、朱雀院への体面から、目一杯豪華な用意をする。「六条院の他の女君も競って供え物をし」、朱雀院や冷泉院からも大層な届け物で「置き場所もない」。

宮の仮の居間では、着飾った女房たちが入りきれないほどひしめき、「香の薫《た》きすぎで煙が充満している」。宮はその混雑に「人気の多すぎるのに気おされて、小さくかわいらしい様子でうつぶしている」。弱々しい女三宮と周囲の扱いの差を象徴する光景だ。

密通の一件で源氏から離れて暮らしたいのに、再びの源氏の執着を鬱陶《うっとう》しく思う女三宮。だが秋の月夜に鈴虫の音を聞くと、二人はやはり過去を振り返ってしみじみとせずにはいられないのだった。

「鈴虫」をたずねて

【大覚寺の観月会】

中秋の名月の夜、源氏のところに蛍兵部卿宮や夕霧たちが集まり、管絃の遊びをしていると、冷泉院から使いがあり、一同は院のところで詩歌の会を開く。平安貴族の「観月の宴」だ。

大覚寺では、旧暦の八月十五日とその前後に「観月の夕べ」を開催している。大覚寺は嵯峨天皇が建てた離宮を前身とし、皇族が門跡《もんぜき》を継いできた格式高い真言宗大覚寺派の大本山。

嵯峨天皇が大沢池に船を浮かべて御遊されたことにちなみ、龍頭鷁首《りょうとうげきす》の華麗な船を浮かべ、お茶席が設けられ、満月法要、法話、琴の演奏など多彩な行事が開かれる。

年によって異なるので、開催日、参拝料、席券などについてはあらかじめお問い合わせを。

●右京区嵯峨大沢町4
☎075—871—0071
http://www.daikakuji.or.jp

〈左頁〉観月会の船

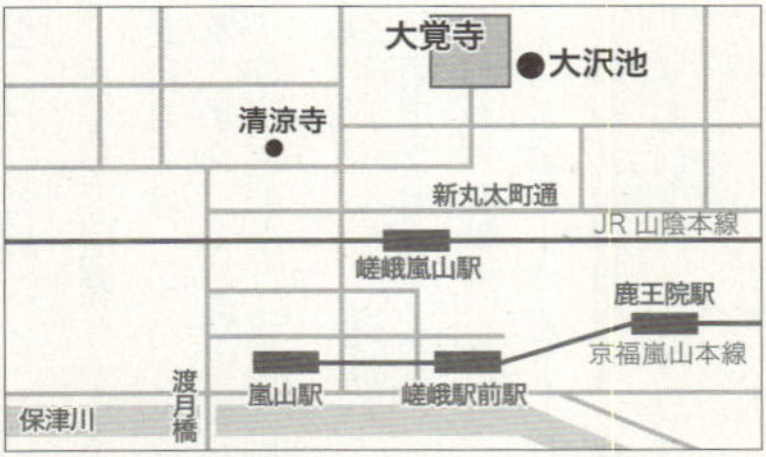

「水面の月」
紫野源水
中秋の名月の場面には精巧の極致の月のお菓子を。小豆餡を薄黄色の餡で包み、寒天の表面には小波が。

❖三十九、夕霧❖

一条御息所は物の怪《もののけ》による病が重くなり、加持祈禱《かじきとう》のため小野山荘《おののさんそう》にこもる。見舞いに来た夕霧は、応対に出た落葉宮に恋心を打ち明ける。落葉宮は頑《かたく》なに心を閉ざしたままだが、「夕霧が深くて帰れないので」という口実に残った夕霧は、その夜、強引に落葉宮の御簾《みす》の内に入り、逃げようとする宮の裾《すそ》を捉《とら》えた。

襖《ふすま》を隔《へだ》てたまま一夜を明かした夕霧が朝帰りしたことが世間に広まり、母の一条御息所は心配して夕霧の誠意を確認するために文を出すが、夕霧が読もうとした時、恋文だと誤解した妻の雲居雁《くもいのかり》が横取りする。夕霧は御息所に返事を出せず、娘が弄《もてあそ》ばれ捨てられたと誤解した御息所は、悲嘆のあまり病が急変して亡くなってしまう。

夕霧を母の敵《かたき》と思う落葉宮は、小野山荘で出家したいと望むが、父・朱雀院に諫《いさ》められ、強引に夕霧の待つ一条宮に連れ戻された。花散里や源氏も落葉宮と夕霧が契《ちぎ》ったと信じて心を痛める。最後まで抵抗した宮も、女房に手引きされた夕霧についに抱かれてしまう。雲居雁は嫉妬して実家に帰り、夕霧のかつての恋人・藤典侍《とうのないしのすけ》は雲居雁に同情の手紙を出す。夕霧は雲居雁との間に七人、藤典侍の所に五人もの子供がいた。

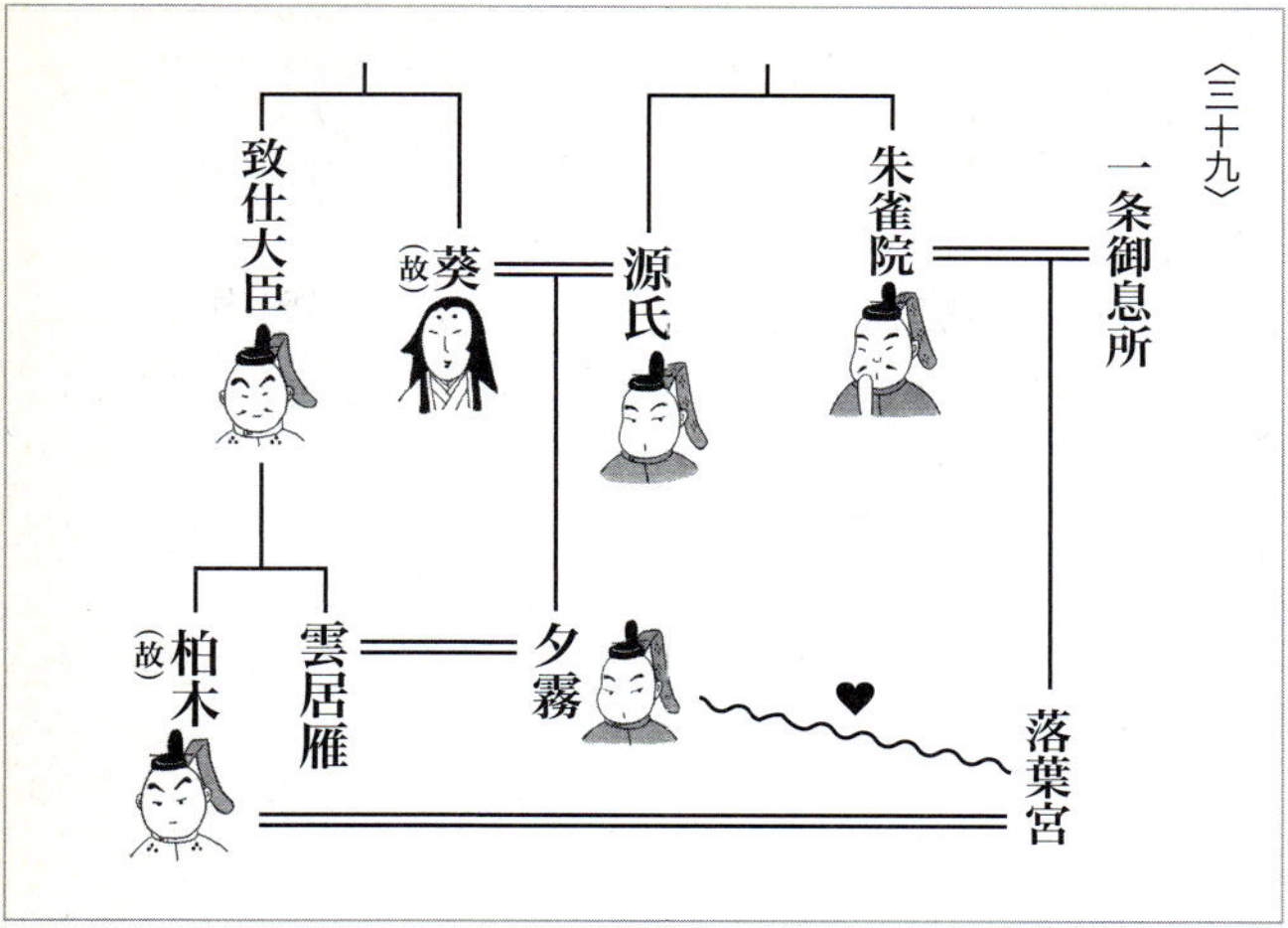

〈ちょっと読みどころ〉39夕霧

「まめ人と評判で、堅物ぶっている夕霧」という冒頭から、「実は十二人も子供がいた」の最後まで、徹底的にドタバタの巻だが、落葉宮にとっては悲劇である。

彼女は真面目で夕霧との浮気など考えもしないのに、契《ちぎ》らなかった一夜によって、世間からふしだらと決めつけられる。

母・一条御息所でさえ「思慮も浅く、人の謗《そし》りを受けることをした」「そんな娘に育てたはずはない」などと言い、その母から夕霧への手紙が、雲居雁に取り上げられ、夕霧が呑気《のんき》に探している間に、母は心痛で急逝《きゅうせい》してしまう。夫婦の痴話《ちわ》喧嘩《げんか》と人の死、という悲喜劇のグロテスクな表裏である。

悲嘆にくれて出家したいという落葉宮に、父の朱雀院も「後見もなく尼となってさらに浮気でもしたら一層の罪」と言い捨てる。妹の女三宮の時とはあまりにも違う冷たさも、夕霧が原因の醜聞《しゅうぶん》が一因なのだ。

〈左頁〉中澤弘光『新譯源氏物語』（与謝野晶子）挿絵より「夕霧」

「夕霧」をたずねて

〔修学院離宮〕

一条御息所は病気が重いので、加持祈禱のため小野山荘にこもった。洛北の修学院地区一帯はかつて「小野の原」と呼ばれ、平安時代にも貴族の山荘があった場所。

修学院離宮は十七世紀中ごろに後水《ごみずの》尾《お》上皇の指示によって造営されたので、平安時代よりは後代のものだが、王朝文化を引き継ぐ離宮として、現在も美しい庭園に源氏の美意識を想像することができる。

宮内庁の管理下にあるので、京都御所と同じく参観申し込みが必要。

●宮内庁京都事務所参観係
☎０７５―２１１―１２１５
http://sankan.kunaicho.go.jp

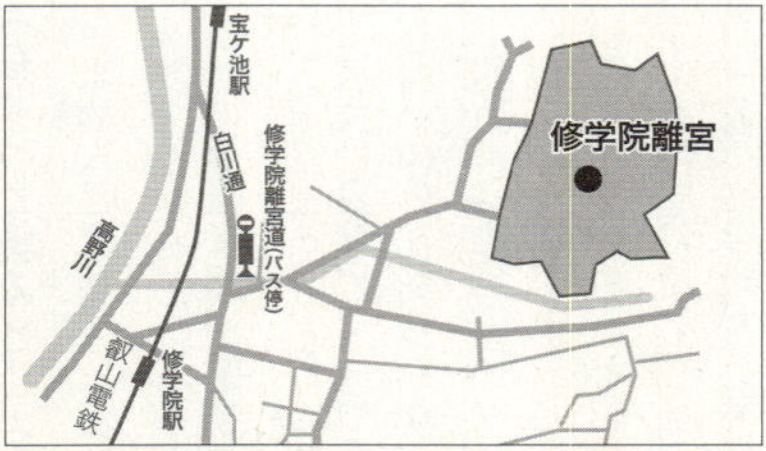

「小萩餅」
二條若狭屋
晩夏から初秋の、萩が開き始める頃のお菓子。夕霧が小野山荘の落葉宮のそばで一夜を明かした季節に。

❖ 四十、御法 ❖

紫は女楽《おんながく》の後の大病で命はとりとめたものの、以来本復《ほんぷく》せず衰弱していた。出家を望んでいたが、源氏は許さない。そこで三月十日、紫発願《ほつがん》の法華経《ほけきよう》千部の供養（御法《みのり》）が二条院（病後の紫がいる）で行われた。夕霧や帝、東宮、六条院の女君たちからもお供えがあり、大がかりな催しとなった。紫はすべてをこの世の見おさめと眺める。

夏になり、紫がますます衰弱したので、明石中宮が見舞いのため二条院に里下りした。紫は中宮に、自分の死後の女房たちのことを頼み、手元で育てていた三宮（中宮と帝の三男・後の匂宮《におうのみや》）には、自分の死後はこの庭の花を見て思い出してほしいと遺言する。

秋、宮中へもどるために挨拶に来た中宮と源氏に看取《みと》られて、紫は露の消えるように静かに亡くなった。我を失う源氏。夕霧も紫の死顔の美しさに改めて衝撃を受ける。

その日のうちの葬送と弔問《ちようもん》の中で、源氏は出家を強く願うが、紫の死の衝撃で錯乱《さくらん》して出家したと言われないように、しばらくは耐《た》えることにする。致仕大臣《ちじのだいじん》や中宮をはじめ、紫の死を悼《いた》まぬものはなく、やがて源氏は最後の気強さも消え、心も弱り惚《ほう》けてしまったので、七日ごとの法事は夕霧が取り仕切ったのだった。

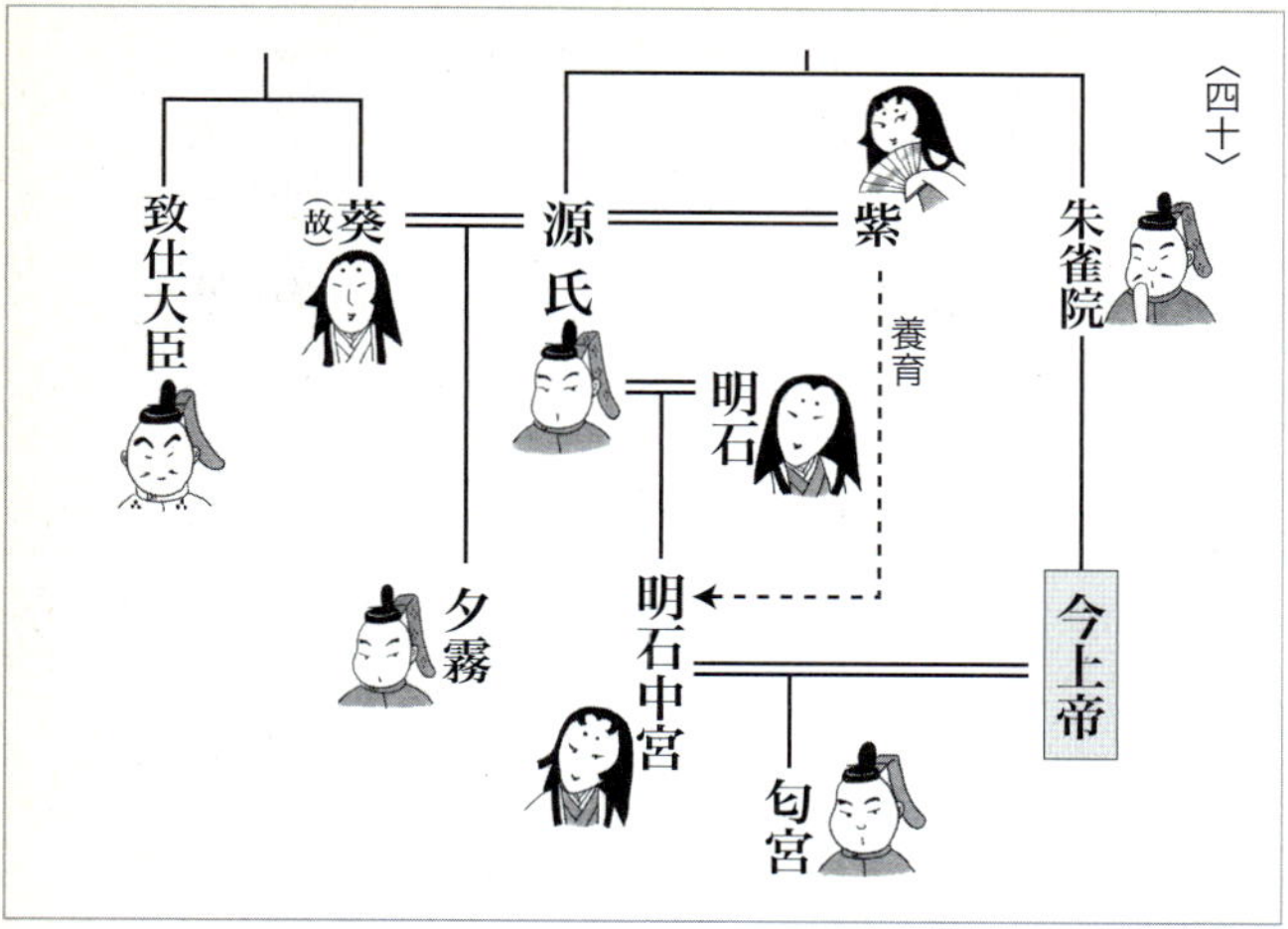

〈ちょっと読みどころ〉40御法

　出家できない紫は、せめて生前に功徳を積もうと「前から書かせていた法華経一千部を急いで供養する」。この時の紫が、持仏開眼時の女三宮と対照的なのが印象的だ。「源氏が特に立ち入って教えなかったのに、仏道の儀式にも完璧に行き届き」、「全て前々から用意されていた」。高貴な人々が競って奉仕するので「ものものしいことも多い」が、「自分の席」で落ち着いている。衝動的に出家した女三宮とは違うのだ。

　三月の桜の盛り、豪華な供養の席で楽しそうな人々を見て、紫は「今日が最後の見おさめだろう」と思い、「いつもならばさほど目にとまるはずのない人の顔までも、しみじみと悲しく見」、「ましてこれまで競い合いつつも共感してきた」六条院の人々に先立ち「自分一人があの世に旅立つのを悲しく思う」。死を自覚した目に写るこの世の美しい風景に、読者も涙を禁じえない。

「御法」をたずねて

〔醍醐寺〕

紫の大法要が行われたのは二条院でお寺ではないが、桜の盛りの法要を偲んで見学できる庭として醍醐寺の三宝院の庭園がある。

醍醐寺は平安時代初め、醍醐天皇によって勅願寺となった真言宗醍醐派の総本山。『源氏物語』では末摘花の兄が醍醐寺の阿闍梨となっている。

現在の三宝院の庭園は豊臣秀吉が作庭させたもので、平安時代の庭園とは異なるが、池と島や橋を中心にした回遊式の形は古来より日本の庭園に引き継がれたもので、その名残を拾うことはできよう。建物の中からゆっくり水の流れを見つつ、紫の最後の法要と時の流れを想像してみては。

●伏見区醍醐東大路町22
☎075―571―0002
http://www.daigoji.or.jp

〈左頁〉醍醐寺の五重塔と桜

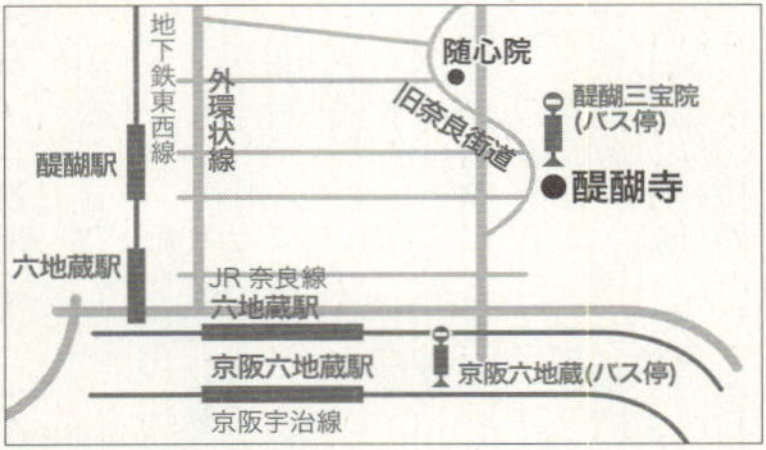

「花一枝」
亀屋良永
花の盛り、紫上の法華経供養が催された。華やかな桜の色とはかなく崩れる口どけに、ゆく春を偲んで。

❖四十一、幻❖

年が代わり春の光がさしても、源氏の心は暗くまどうばかりであった。年賀の客にも会おうとはせず、ただ弟の蛍宮とだけ話をする。女君たちを訪問することもない。かつて他の女性のもとに通って紫を悲しませたことや、女三宮を受け容れて苦しめたことなどを悔《く》いて、その頃の話などを女房たちから聞いたりする。

明石中宮が宮中に戻る際、源氏が寂しいだろうと、紫に育てられていた匂宮を残していった。匂宮は、紫の遺言の「春にはこの庭の梅と桜をめでて、私にも供えてください」という言葉を忘れず、梅の世話をしたり、桜が風に散るのを惜しんだりする。源氏は誰にも会うことなく、この匂宮だけを相手にし、春を愛した紫を思い出していた。

女三宮や明石を訪れても、却《かえ》って紫の比類なさを思い知るばかりで慰《なぐさ》められない。一周忌には、紫が生前描かせてあった極楽浄土の絵や経を供養し、夏も秋も悲しみの中に過ぎ、年末、源氏は出家に備えて身辺整理をし、涙ながらに紫からの文をすべて破いて焼いた。年末の仏事は地味ながら丁寧に、出家前の最後の新年の支度《したく》は、格別なものになるように念入りに用意させている。

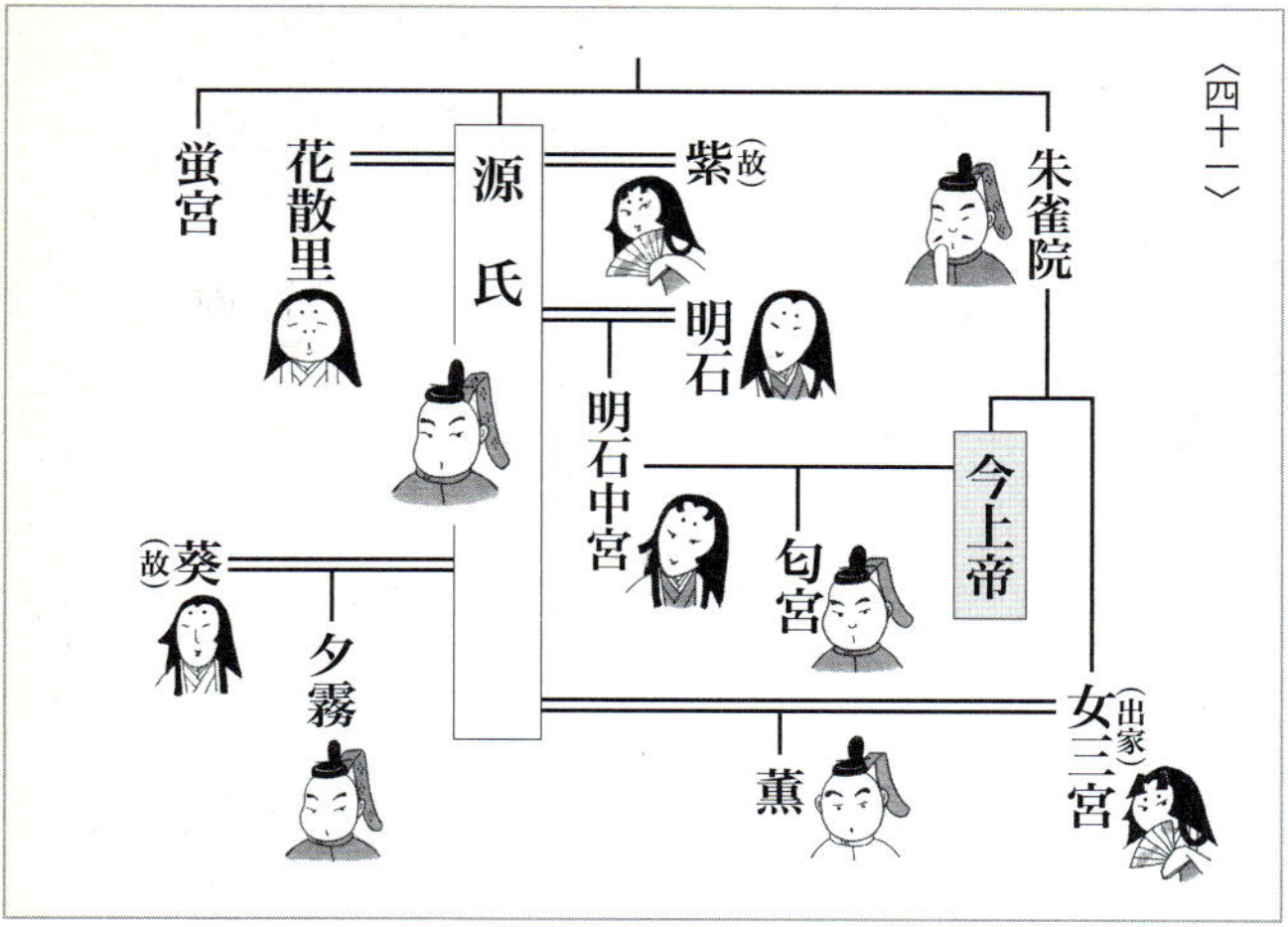

〈ちょっと読みどころ〉41幻

紫に先立たれた源氏は抜け殻のようになり、紫を苦しめたことを思い出しては後悔する。面白いのは「若菜 上」で綴られた出来事を、源氏が「幻」で回想するところだ。

女三宮のもとで夢に紫を見て、急いで帰った雪の夜明け、女房たちにしばらく寒い外で待たされて「身も凍える思いをした」源氏。「若菜 上」では、源氏が言い訳をしながら夜着をひきのけると「涙で少し濡れた袖をそっと隠して、恨みもみせずにやさしくし、とはいえ全く許して打ち解けるのでもない」とある。この時、紫の心はもう越えられない溝を渡っていたのだ。

「幻」で源氏が回想するのは、「じつにやさしく大らかに迎え入れてくれながら、袖を涙で濡らしているのを隠して、努めて気づかれまいとしている」紫だ。同じ姿だが、苦悩の果てに至った紫ではなく、ひたすら恋しく懐かしい、回想の紫なのである。

「幻」をたずねて

〈吉田神社の追儺《ついな》式《しき》〉

「幻」の最後では、幼い匂宮が追儺の儀式にはしゃぐ様子が、出家を決意した源氏と対照的に描かれている。

京都では古式に則《のっと》った吉田神社の追儺式が有名だ。吉田神社は貞観元年（八五九）、藤原山蔭が春日大社の四柱の神を勧請《かんじょう》し、平安京内の藤原氏の氏神として祀られた神社（「花散里」の菓祖神社の項目参照。五四頁）。

吉田神社では三日間にわたって節分祭を行う。主な行事には疫神祭・追儺式・火炉祭の三つがあり、中でも追儺式は平安時代に宮中で行われていたものを厳正に伝承していて、千年変わらず悪鬼を追い払い、新年の幸を祈っている。

●左京区吉田神楽岡町30

☎075―771―3788
http://www.geocities.jp/kyoto_yosida jinjya/

〈左頁〉平家納経のうち法華経提婆達《だいばだつ》多品《たぼん》第十二の見返し・厳島神社所蔵。本文に登場する紫上の「極楽の曼荼羅」もこのように極楽の様子を描いたものと推定される。

「麩のやき」
亀屋清永
紫上の面影を追って涙にくれる源氏。人の世の夢と儚《はかな》さを、程よい甘さとシュッととける食感に託して。

❖ 雲隠 ❖

光源氏の物語は「幻」で終わるが、次の「匂宮」との間に、巻名だけあって本文のない「雲隠」が置かれることが慣例となっている。源氏の死を比喩的に表したものだ。作者がこのようにしたのか、後代に誰かが作ったのか、だとしたらいつ、誰が始めたのか、などは一切不明。

「幻」から「匂宮」までは八年間の空白があり、以後は源氏の子孫たちの物語となる。

「雲隠」をたずねて

〔嵯峨の竹林〕

源氏が亡くなったことは空白で表されているので読者の想像にまかされているが、一般的には嵯峨の御堂で、と想定されている。

嵯峨の竹林は美しいだけでなく迫力があって、この世の無常について感じさせる。天龍寺の北、嵐山公園や野宮神社から大河内山荘へ向かう道には特に美しい竹林があり、源氏の晩年を偲ぶにも最適の散策路だ。

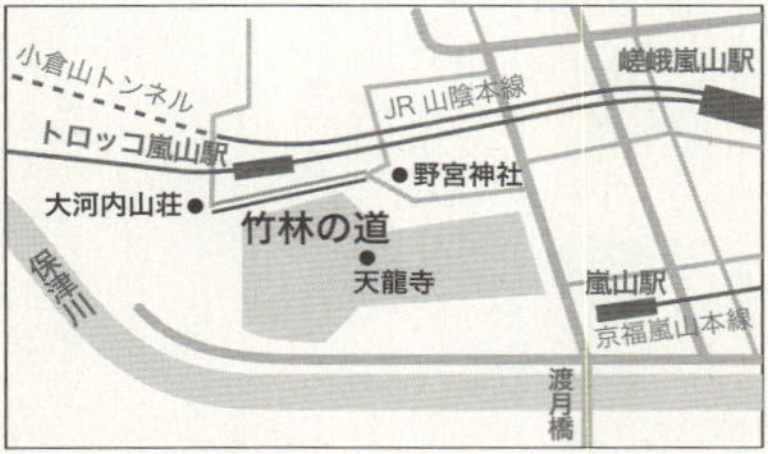

「嵯峨まんじゅう」
鶴屋寿
本文はなく、題名だけが存在する巻。簡素で寂しげな色合いに、人知れず嵯峨御堂に籠った源氏を偲ぶ。

❖四十二、匂宮❖

光源氏亡き後、それをしのぐような立派な人物は現れないが、わずかに今上の三宮（明石中宮の三男・匂宮《におうのみや》）と薫《かおる》（表向きは源氏と女三宮の子、実は柏木との子）が評判高い。

夕霧は右大臣となり、雲居雁《くもいのかり》との間の長女を東宮に、次女を二宮に嫁がせている。源氏亡き後、花散里《はなちるさと》は二条東院に、女三宮《おんなさんのみや》は三条宮に移り住んでいるので、夕霧は落葉宮《おちばのみや》を六条院に迎え、そこと雲居雁の三条殿とを月に十五日ずつ訪れている。

薫には冷泉院《れいぜいいん》と秋好中宮《あきこのむちゅうぐう》が特に目をかけていて、十四歳で元服《げんぷく》し、その秋には中将になるという昇進ぶりだった。だが薫は自分の出生の秘密をそれとなく知りつつ、確認もできないことから厭世的《えんせいてき》になり、この世の栄華にも恋にもあまり関心がない。

薫は生まれつき体に芳香《ほうこう》があり、薫物《たきもの》をしなくても遠くから人に知られてしまうほどだった。薫にライバル心を燃やす匂宮は薫物の調香《ちょうこう》に余念がない。薫はかりそめに一夜を過ごす女人は多いが、恋愛に真剣にはなれない。匂宮は冷泉院と弘徽殿女御《こきでんのにょうご》の娘・女《おんな》一宮《いちのみや》に憧れていた。薫が二十歳の正月、宮中の賭弓《のりゆみ》後に夕霧は六条院で宴を催し、匂宮や薫も列席する。風に漂う梅の香に、薫の芳香が一際はえて人々は感心する。

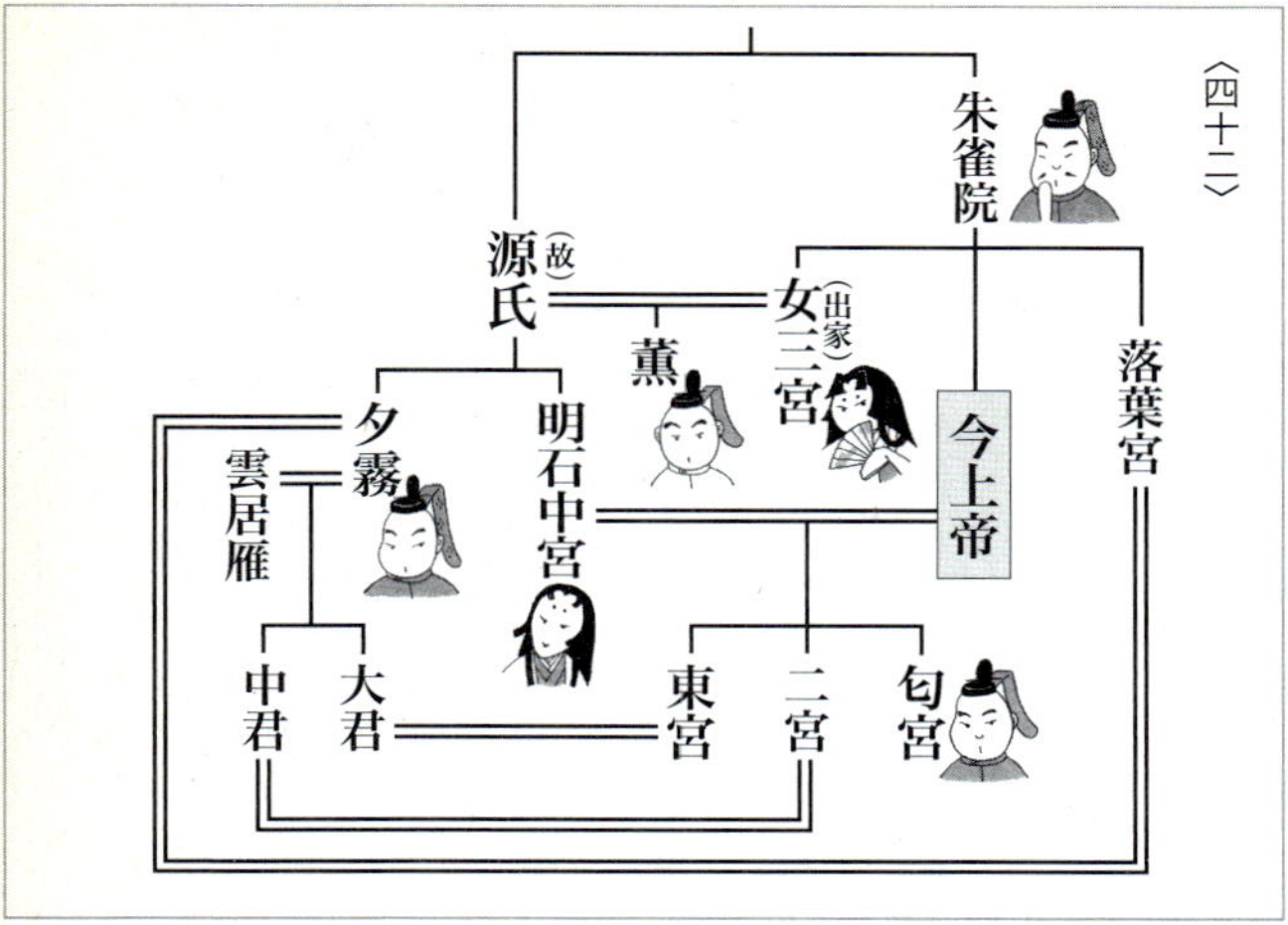

〈ちょっと読みどころ〉42匂宮

生まれつき体から芳香がする、という不思議な話。それだけで、薫がいかに高貴で美しくて人に愛されるかを象徴している。「人は誰でも、自分を素晴らしくしようと身だしなみに心を用いるが」薫は人に気づかれる自分の芳香が「煩わしい」。

だが「薫の袖が触れた梅の花が春雨に濡れれば、その雫を身に染ませたいと思い、藤袴の香が薄れても、薫に手折《たお》られれば追い風にまた一際よい香り」という描写は、古歌を引用しつつ、あちこちで薫に靡《なび》き手折られた女たちを暗示しているようだ。

一方、薫物に熱中する匂宮は「香りのない萩や女郎花には見向きもせず、長寿の菊や色あせてゆく藤袴、見栄えのしない吾亦《われも》紅《こう》など香りのする花を、霜枯れになるまで愛でている」。自分の好きな（薫に対抗する）ものには、世間を憚らずに執着する。宇治十帖の予兆はすでにここに現れている。

「匂宮」をたずねて

●東山区三十三間堂廻り町657
☎075—561—0467
http://sanjusangendo.jp/
〈左頁〉『月次風俗図扇面流屛風』のうち「的始図」・光円寺所蔵

〔三十三間堂の通し矢〕

心密かに薫を婿にと望んでいる夕霧は、正月の宮中の賭弓《のりゆみ》後の宴に、無理に薫を誘う。「賭弓」は宮中行事の一つで、正月十八日に弓の競射をするもの。

京都で見られる弓の競技といえば、三十三間堂の通し矢が有名だ。三十三間堂（蓮華王院）は平安時代末期に後白河院が離宮に創建した仏堂がもととなった、天台宗妙法院の境外仏堂。

通し矢は、お堂の西縁の一二〇メートルを弓で射通す数を競う競技で、桃山時代頃から行われたという。江戸時代には隆盛をきわめ、大変な記録が残されている。

現在も正月十五日に一番近い日曜日には、全国から弓の名手が集って弓を射る華やかな姿を見ることができる。

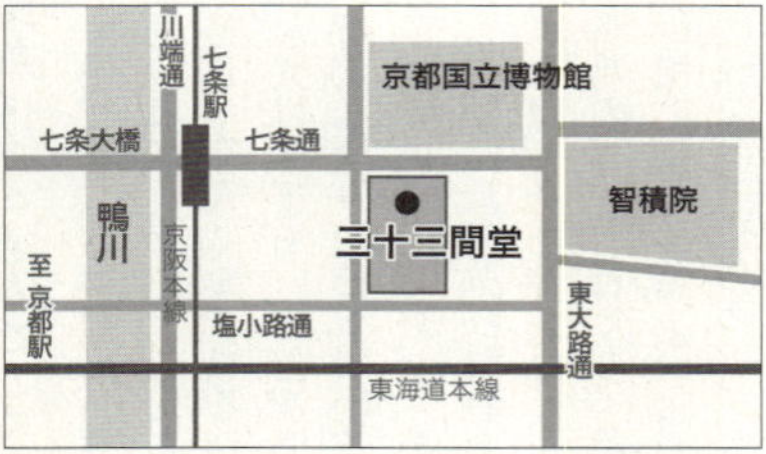

「カネール」
聖護院八ッ橋総本店　薫物に余念のない匂宮には、香り高い八ッ橋を。独特の食感、シナモンとコーヒーの香りが印象的。

183　四十二、匂宮

❖四十三、紅梅❖

按察大納言《あぜちのだいなごん》は柏木の弟で、北の方との間に二人の娘がいたが、北の方が亡くなり、真《ま》木柱《きばしら》を後妻に迎えた。真木柱は亡き蛍兵部卿宮《ひょうぶきょうのみや》との間の一人娘（宮御方《みやのおんかた》）とともに按察大納言のところに来て、二人の間には待望の若君（大夫君《たいふのきみ》）も生まれていた。

大納言は自分の姉娘を東宮に入内《じゅだい》させ、寵愛《ちょうあい》あつくめでたい日々である。妹には匂宮を迎えたいと思い、誘いの文を庭の見事な紅梅に添えて、殿上童《てんじょうわらわ》の大夫君に持たせるが、実は匂宮は宮御方に心ひかれていて、気のない返事である。その後も匂宮は大夫君を介して宮御方に文を送り続けた。

宮御方はたいそう内気で控え目であり、実子と隔《へだ》てなく世話をしてくれる按察大納言にも姿を見せたことがない。連れ子の自分が人並みに結婚するという望も持たず、匂宮には返事も出さなかった。真木柱は東宮に入内した姉娘の後見として、共に宮中に上がって世話をしていたが、家に帰り匂宮の話を聞く。夫が匂宮を妹娘の婿に望んでいるので遠慮しつつも、匂宮が執心なら、宮御方を差し上げてもいいと思う。だが匂宮は好色で宇治の八宮の姫にも執心と聞き、やはり躊躇《ちゅうちょ》するのだった。

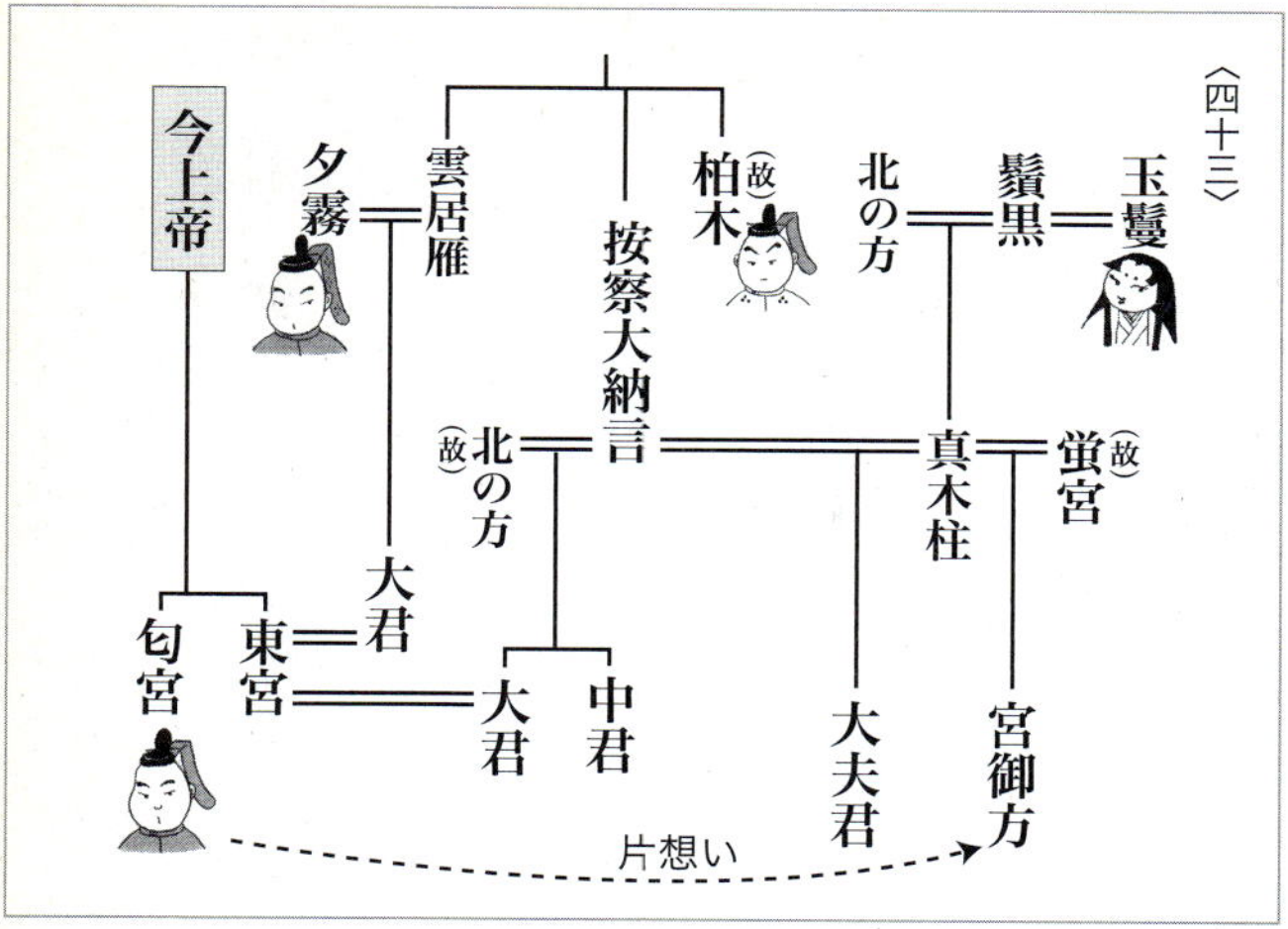

〈ちょっと読みどころ〉43紅梅

按察大納言は「どの子にも同じように親としてふるまい」、連れ子の宮御方《みやのおんかた》にも親身なのだが、彼女は「人並みはずれて人見知り」で、大納言はおろか、実の母にもめったに顔を見せない。

それで大納言は「実の娘たちの美しさは自慢だが、この方には負けてしまうかもしれない……ぜひ姿を見たい」と気になって、真木柱の留守に、替わりにお世話すると称して、宮御方の前にどっかりと座り込む。「他人行儀な扱いとは情けない」と言い、大夫君の笛の練習を口実に、御方にも無理に琴を弾じさせ、自分は口笛を吹く。興味津々、東宮への参内もそっちのけだ。

その大夫君も、異父姉をとても慕って、東宮妃になった姉に負けない縁を取り持とうと、匂宮の使いを懸命にする。親子それぞれに、宮御方に夢中といった様子だ。

だが御方本人は、誰にも心を動かさない。

「紅梅」をたずねて

〔北野天満宮〕

按察《あぜちの》大納言邸の紅梅は、枝ぶりも花ぶさも、色も香も、並大抵ではなかったので、匂宮も感心して「紅梅は、香りでは白梅に負けるというが、これは二つ見事に兼ね備えている」という。

素晴らしい梅を見るとなれば北野天満宮だ。言わずと知れた、菅原道真を祀る神社で、永延元年（九八七）に一条天皇の令によって初めて勅祭が行われ「北野天満宮天神」の号を得た。つまり『源氏物語』には直接出てこないが、同時代に隆盛し始めた神社なのだ。

道真が梅を愛したことから、境内には五十種類、約二千本もの梅がある。十二月には大福梅の授与があり、花は二月中旬から三月初旬までが見頃。ホームページでは梅ニュースが見られる。

●上京区馬喰町
☎075—461—0005
http://www.kitanotenmangu.or.jp/

〈左頁〉中澤弘光『新譯源氏物語』（与謝野晶子）挿絵より「紅梅」

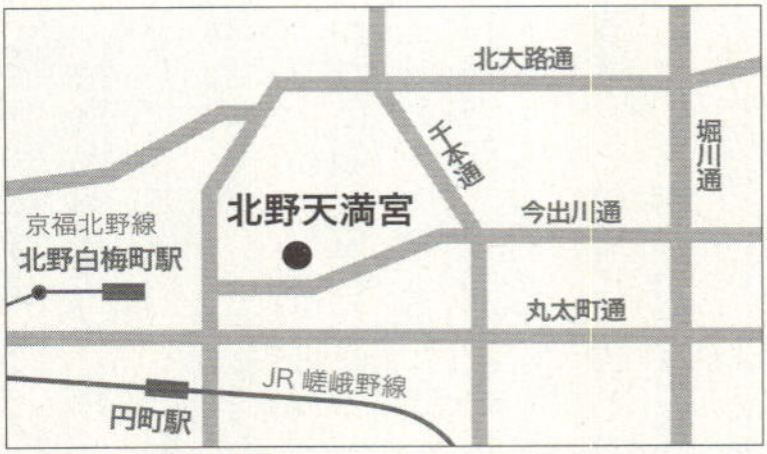

「都福梅」
鶴屋長生
大納言の庭の梅は「白梅に劣らず香りのよい紅梅」だった。紅梅は梅入り羽二重餅、白梅は梅餡が楽しめる。

187　四十三、紅 梅

四十四、竹河

この巻は、故鬚黒《ひげくろの》大臣の家の老女房が語った、玉鬘《たまかづら》と子供たちの物語である。鬚黒大臣と玉鬘の間には三男二女がいたが、大臣亡き後、家はさびれている。夕霧の息子・蔵人少将《くろうどのしょうしょう》と薫《かおる》は、玉鬘の姉娘をめぐって恋のさやあてをしている。正月、二人はこの邸で催馬楽《さいばら》の「竹河《たけかわ》」を歌い、玉鬘やその息子の藤侍従《とうじじゅう》と和《なご》やかに過ごした。三月、庭の桜を賭けて碁を打つ姉妹の姿をかいま見した蔵人少将は、恋心をさらに深める。姉娘は帝からも意向があったが、玉鬘は、かつて冷泉院《れいぜいいん》に望まれながら突然鬚黒の妻となってしまったお詫びに、姉娘を院に差し上げる。院はまだ玉鬘に未練があるので、彼女は警戒して、姉娘のところへは近づかない。また帝には、明石中宮との確執をさけるべく、妹娘を尚侍《ないしのかみ》として出仕させた。

蔵人少将と薫は手痛い失恋をするが、冷泉院は姉娘を大変寵愛《ちょうあい》し、姫君につづいて御子も生まれる。だがそれが周囲の嫉妬を買い、気苦労の多い姉娘は里に下ることが多くなった。時がたち、夕霧や薫や右大臣家の人々が昇進する中、玉鬘の息子たちも娘たちも思うにまかせず、玉鬘は世の趨勢《すうせい》を嘆いて繰《く》り言《ごと》をもらしている。

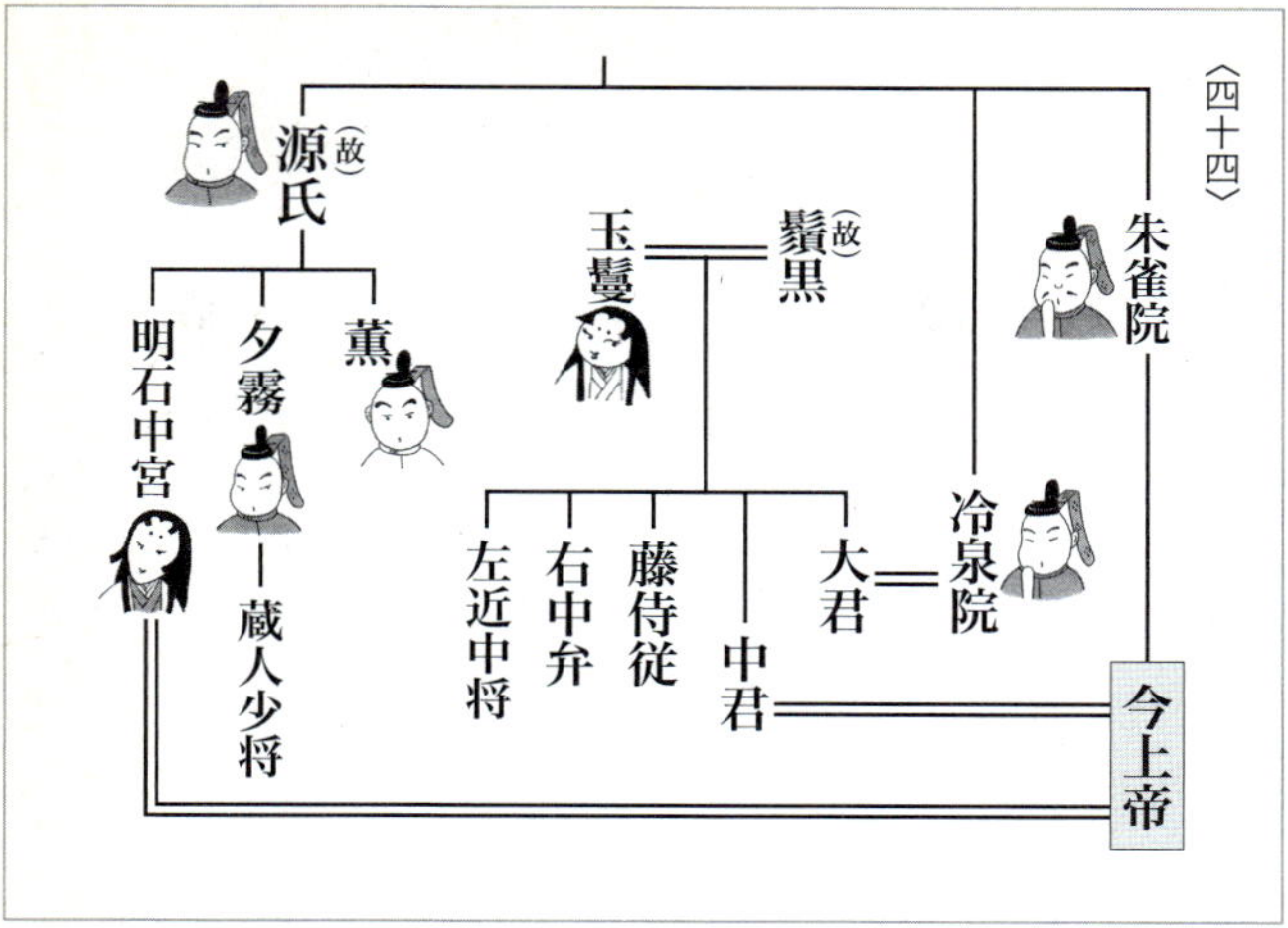

〈ちょっと読みどころ〉44竹河

春うららの三月、姉と妹が碁を打ち、弟がそばにいる所へ、兄たちが来た。「私が宮中で忙しい間に、弟ばかりが姉のお気に入りになって」と冗談を言う、仲のよい兄弟姉妹だ。上の兄は二十七、八歳になっていて、父の後見がない世間の冷たさに耐えつつ、妹たちの将来を気にかけてやっている。

子供の頃、庭の一番きれいな桜が、姉のものか妹のものかで争い、「父は姉のものと言い、母は妹に味方したけれど、私が忘れられているので悔しかった」と兄が言い、昔話に泣いたり笑ったりした後、姉妹は再び桜を賭けて碁を打つ。今度は妹が勝ち、桜が散った後までも、それを歌にしてやりとりする。没落の中でも、夢のように平和な日々。やがて姉は嫁ぎ、妹は出仕した。

後に姉は、院を警戒して自分に会いに来てくれない母・玉鬘を恨む時も「桜の時と同じに、妹ばかり可愛がって」と言っている。

「竹河」をたずねて

「庭の多くの花の木の中でも、色あいのとくに美しい桜」を賭けて碁を打ち、散ってしまった後も、女童《めのわらわ》が花びらを拾い集めて「こちらのもの」などと言って遊んでいる。寂《さび》れた家の閑雅《かんが》な情景は、まさに「桜の園」だ。

平安時代の桜といえば山桜や樺桜《かばざくら》、奈良から献上される八重桜などだが、それらの中にも花の特色はさまざまにあったのだろう。

京都に花の名所は数え切れないほどあるが、種類を見るなら植物園だ。約七〇種類五〇〇本の桜があり、楽しみながら学べる。開花時期はその年や種類によって異なるので、ホームページなどで確認するかお問い合わせを。

〔京都府立植物園〕

●左京区下鴨半木町

☎075—701—0141

http://www.pref.kyoto.jp/plant

〈左頁〉狩野探幽筆『源氏物語図屏風』より「竹河」の部分・宮内庁三の丸尚蔵館所蔵

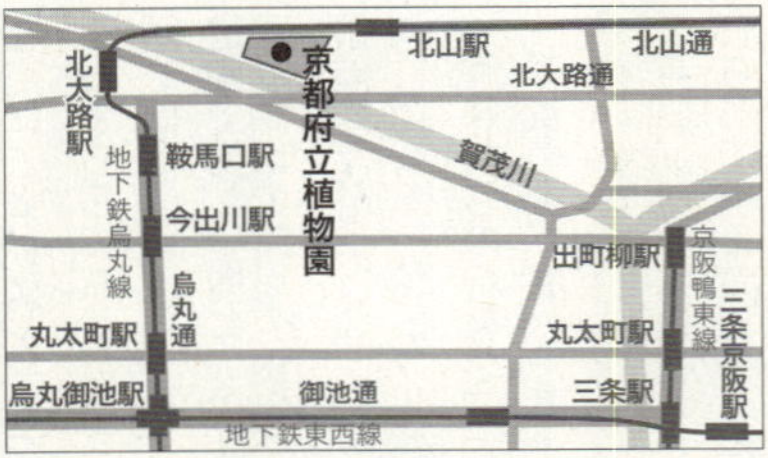

「さくら飴」
祇園小石
玉鬘の二人の娘が、庭の桜を賭けて碁を打つ。姉妹が愛でる桜のやさしい色を重ねて。

❖四十五、橋姫❖

源氏の弟の八宮は、かつて朱雀帝《すざくてい》の母・弘徽殿女御《こきでんのにょうご》の東宮廃立《はいりつ》の陰謀に利用されたため、源氏の世になって没落の運命をたどった。二人目の姫を産んで北の方が亡くなったので出家することもかなわず、そのうえ都の家も火事で失い、寂《さび》れた宇治の山荘にひきこもり、男手一つで二人の娘を育てている。在家《ざいけ》のまま出家のような暮らしぶりだ。自分の出生に疑問を抱き、遁世《とんせい》の希望を持つ薫は、この八宮に共感して心ひかれ、宇治に通うようになる。

それから三年目の秋、偶然八宮の留守にお忍びで宇治を訪れた薫は、宮の二人の娘が琵琶《びわ》と箏《そう》の琴を弾いているのを月明かりにかいま見て魅了《みりょう》された。荒れた屋敷に住む美しい姫のことを匂宮に話すと、匂宮も深い興味をおぼえる。

かいま見の時に応対に現れた老女房（弁《べん》）は、柏木《かしわぎ》の乳母子《めのとご》で、薫と会えたことを仏の導きであると喜び、柏木と女三宮《おんなさんのみや》のことを打ち明けた。薫は自分の出生を知り、柏木の形見の文《ふみ》を見て打撃を受ける。母・女三宮が屈託なく経を読んでいる様を見ては秘密を言い出すこともできず、自分一人の胸に苦しい悩みをとじこめるしかなかった。

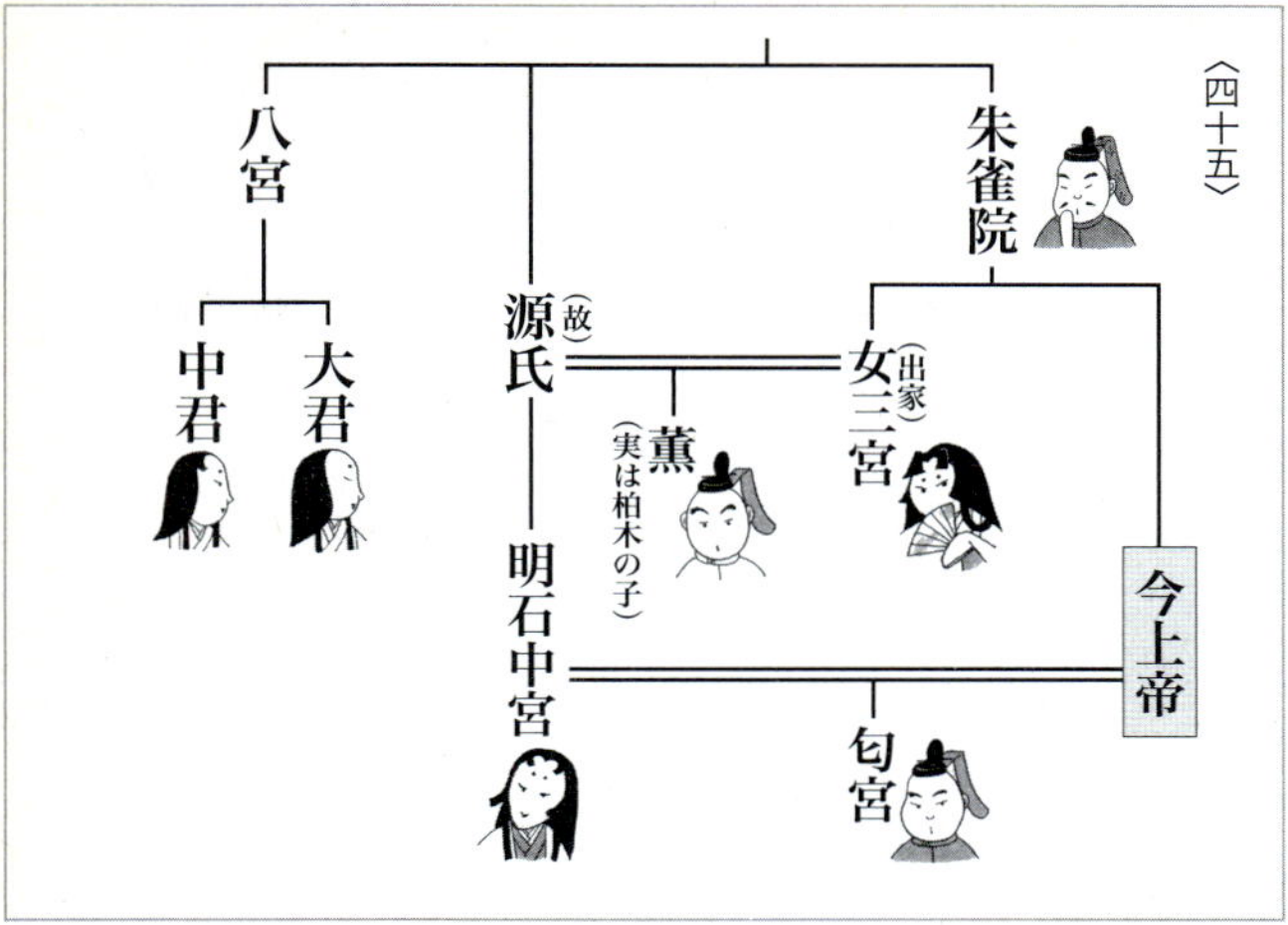

〈ちょっと読みどころ〉45橋姫

薫が宇治で会った老女（弁）は、無遠慮に話しかけ馴れ馴れしいのに、悲しそうでもある。いぶかしく聞いていくと、自分の出生の話だ。「これは物語か、巫女《みこ》の問わず語りか」と耳を疑うが「胸がしめつけられるように気がかりな」真実を目前にして逆に身を退き、その日はそのまま帰ってゆく。

そして後日、真実を聞き、柏木の遺書を手にする。衝撃を受けつつ「さりげなく文を取り隠し」「このような老女が、もしや他で口外していないかと心配」もする薫。

面白いのは、直後に八宮邸で朝食の「お粥や強飯《こわいい》」を食べていること。呆然《ぼうぜん》とただ何も考えずに箸を動かしていたのだろうか。

柏木が臨終の床で書いた文は「紙魚《しみ》のすみかの、古いかび臭い文殻《ふみがら》」だが、「たった今書いたような言葉の数々」が生々しい。知りたかった秘密を知り、かえって薫の苦しみは深まるのだった。

「橋姫」をたずねて

宇治の山荘で大君を見た薫が、帰りがけに大君を橋姫にたとえた歌を詠んだのが巻名の由来。

〔橋姫神社〕

橋姫とは、もともと宇治川の女神だった瀬《せ》織津《おりつ》比《ひ》咩尊《めのみこと》のこと。大化二（六四六）年に宇治橋がかけられたとき、橋の守り神として祀られた。

伝説では女神のもとに毎夜男神が通ったといい、恋する男を待つ美しい女神のイメージがあった。これが嫉妬の恐ろしい鬼女の伝説に変わるのは、後の中世になってからのことだ。

橋姫神社はかつては宇治橋の西詰にあったが、洪水のため現在の宇治橋通りの場所に移された。

都を離れた寂しい山荘。霧の深い川の神秘的な女神と、没落した家の美しい姫を重ねて、宇治十帖の幕が開く。

●宇治市宇治蓮華47
☎0774—21—2017

〈左頁〉夜明けの宇治橋

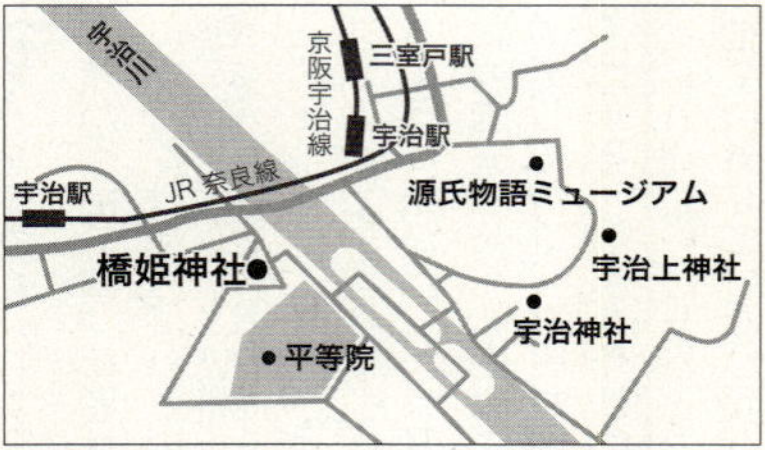

「抹茶しずく」
祇園辻利
宇治十帖の始めには宇治のお茶を。程よい抹茶の香りと味で、後口もよい。宇治十帖の読書のお供にも最適。

❖四十六、椎本❖

二月の二十日ころ、匂宮は初瀬詣《はつせもうで》にゆき、帰途に夕霧の宇治の別荘に寄る。夕霧は物《もの》忌《い》みで出られないので、弟の薫がお迎えする。都の貴族たちがそろってお供をし、管絃の遊びとなった。対岸に住む八宮は、風にのって聞こえてくる音に昔をしのび文をよこす。返事は匂宮が書き、その返しを妹の中君《なかのきみ》が書いた。

秋、厄年《やくどし》の八宮は健康が優《すぐ》れず、将来が心細いので、亡き後を薫に頼む。姫たちには、軽はずみな結婚をして宇治を出たりしないように言い置いて、宇治の山寺に籠《こ》もり、そのまま亡くなってしまう。姉妹は呆然《ぼうぜん》とし、悲しみのあまり泣くこともできなかった。

後を託《たく》された薫は宇治に見舞いにでかけ、亡き八宮の部屋で「仏堂の師と頼りにしていた椎《しい》の木のもと」(椎本《しいがもと》)の八の宮を失った悲しみを歌に詠む。匂宮も弔問《ちょうもん》や文を出すが、住む世界が違うと、姫たちは心を閉ざすばかり。

冬、雪にとざされた宇治で悲しみにくれる姫に同情していた薫は、いつしか同情が姉の大君《おおいぎみ》への恋となり、告白するが、大君は取り合わない。匂宮に姫への仲介をせがまれつつ、翌年の夏の暑い日に、薫は再び姉妹の美しい姿をかいま見て、恋情を新たにする。

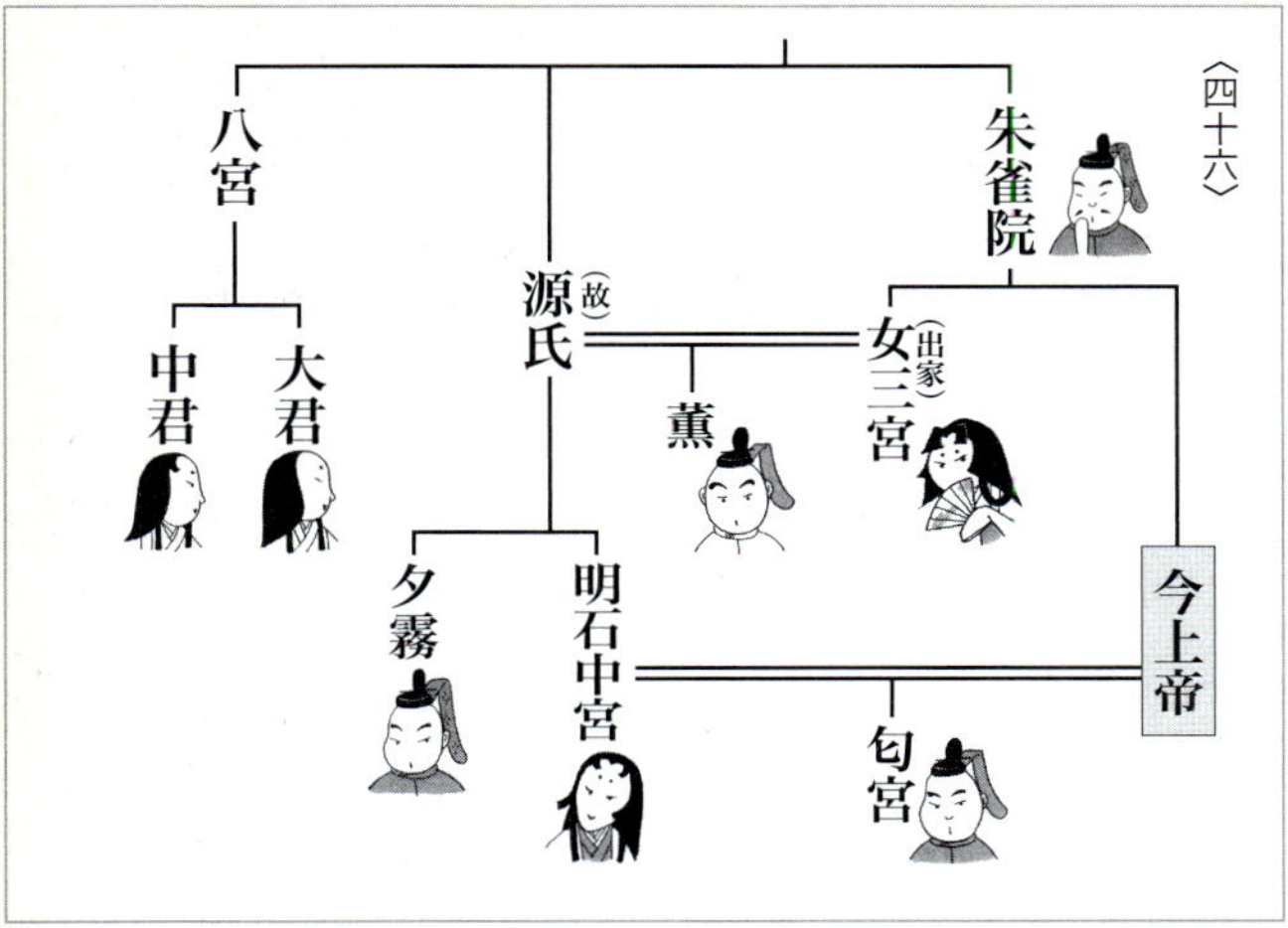

〈ちょっと読みどころ〉46椎本

八宮の、宇治の山寺にこもっての念仏三昧も今日で終わり、「帰りをまだかまだかと待っている」姉妹のもとに、「風邪をひいたので帰れない」という知らせが届いた。驚いた二人は厚い綿入れを送るが、八月二十日頃、父のいる山寺の方角の戸を開けて夜明けの鐘の音を聞いた時に訃《ふ》報《ほう》がくる。

「あまりのことに分別もなくし、涙も出ずにうつぶす」姫君。「亡骸《なきがら》なりとも一目見たい」という姉妹に、寺の阿《あ》闍梨《じゃり》は「互いに執心を捨ててこそ成仏」と説く。二人はその「仏法一途を憎らしく情けなく」思う。

冬には、風の音や雪霰《あられ》にも、父の存命中には感じなかった「初めての山荘暮らしのような」心細さを感じてとまどうのである。

薫もまた「これが最後になるかも知れない、と言った八宮の言葉を気にとめず」無沙汰をしたのを悔やむ。まさかの別れはこうしてやってくるのだ。

「椎本」をたずねて

〔宇治神社・宇治上神社〕

夕霧が光源氏から相続した宇治の別荘は、今の平等院がモデルという。

八宮の宇治の山荘があったのはその対岸ということから、宇治神社・宇治上神社のあたりが想定されている。

宇治神社と宇治上神社は対をなす社で、祭神は菟道稚郎子《うじのわきいらつこ》と応神・仁徳天皇の三柱。菟道稚郎子は、父・応神天皇の没後、兄の仁徳天皇と皇位を譲り合い、この地に隠棲したが、決着がつかないので、自殺して位を兄のものとした。その霊を祀るのが宇治神社だ。

八宮が源氏の弟でありながら、皇位簒奪《さんだつ》騒動に使われたあらすじは、この宇治の神を連想させる。

宇治平等院の対岸から、華やかな川向こうを遠望し、川瀬の音に耳を傾ければ、八宮の心境が想像できる。

●宇治神社・宇治市宇治山田1
☎0774―21―3041
●宇治上神社・宇治市宇治山田59
☎0774―21―4634

〈左頁〉宇治上神社の本殿覆屋

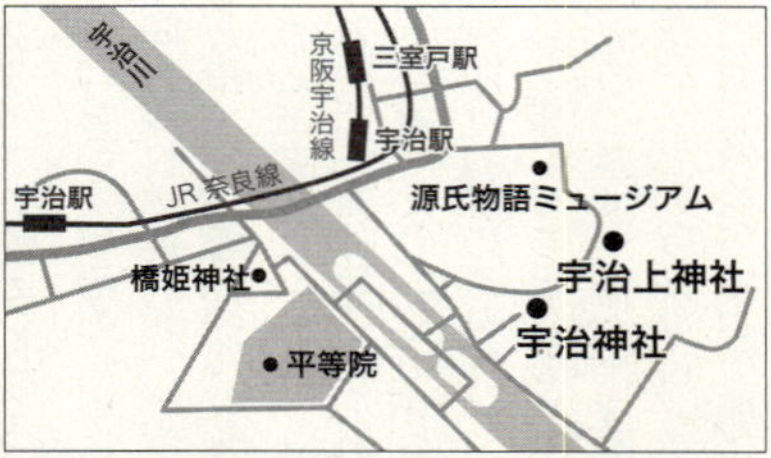

「雪餅」　嘯月

新雪の玉のように美しいものは、つくね芋と白小豆のきんとん。雪深い宇治で父を偲ぶ大君の姿を重ねて。

❖ 四十七、総角 ❖

八宮の一周忌の準備に、薫も宇治へ来る。姉妹が作る飾り糸の総角《あげまき》結びにことよせて、大君への想いを歌いかけるが、受け容れられない。大君は、女房たちが二人の結婚を望んでいるのを警戒していた。喪の明けに、弁《べん》が薫を寝所に引き入れたが、いち早く察して大君は部屋を逃げ出す。薫は中君とむなしくただ語り合って夜を明かした。

大君が、自分は誰にも嫁がず薫には中君を、と言うので、薫は中君を結婚させれば大君は自分に来てくれると考え、匂宮を宇治へ手引きした。大君は益々《ますます》薫を疎《うと》んじる。

匂宮は中君を大層慈《いつく》しむが、次期東宮にも期待された身分で自由もきかず、夕霧の娘との結婚も無理矢理進められるので、気にかけつつも宇治には久しく訪れない。

秋になり、紅葉狩を口実に匂宮は宇治に出かけるが、母・中宮がそれを知って仰々《ぎょうぎょう》しいお供をつけたので、匂宮はすぐ近くまで来ながら中君を訪問できずに帰った。

姉妹の落胆は大きく、父の言葉を守らず情けない事態を招いたことを苦にして、大君はそのまま病気になり他界する。薫は悲嘆にくれ、中君も元凶《げんきょう》である匂宮を恨む。大君の死と薫の苦悩を知った明石中宮は気の毒に思い、中君を二条院にひきとる提案をした。

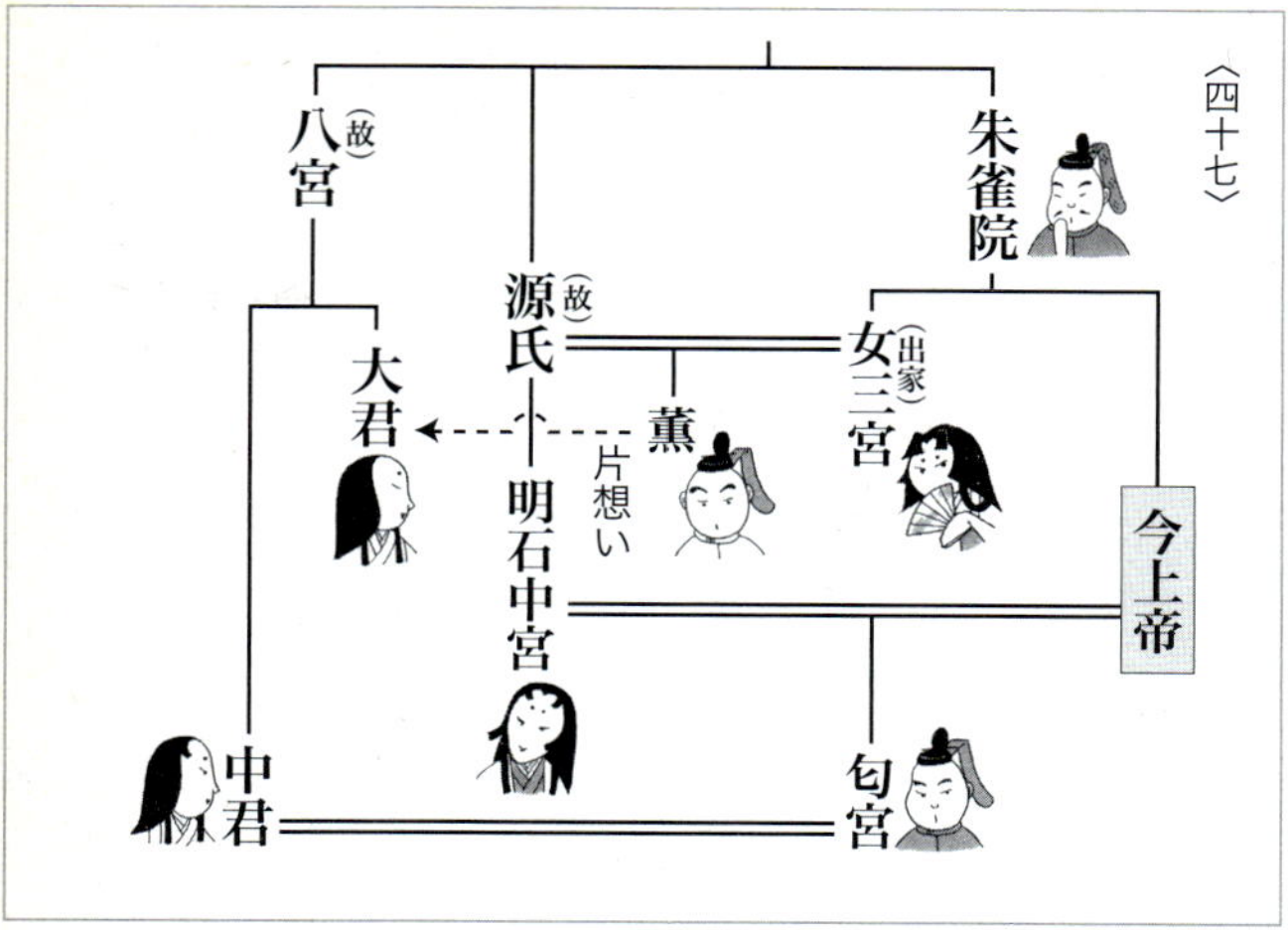

〈ちょっと読みどころ〉47総角

「深窓の姫でも、世間並みに人の出入りがあり、親や兄を見ていれば、男女のこともこう恐しくは思わないだろうが、人付き合いもなく山深い家にいたので」中君は匂宮のものとなっても呆然《ぼうぜん》としている。

「男というものは気まぐれで浮気なもの。後見も財産もない自分たちが男を頼って世に知られるようになっても、粗末な扱いを受けてみじめな思いをするだけだ」と、大君が亡き父の言葉を信じたのは正しかった。

だが、それは真実の一端でしかない。匂宮も、中君を軽んじたのではなく、宮中での重い身分に縛られているのだ。だから中君は「宮がすっかり心変わりしたのではなく、やむを得ない差し支えがあるのだろう」と自分を慰めることができる。だが男女の仲を知らない大君は、自分も薫と契れば同様だと、将来に苦しみや悲しみだけを予見して、死ぬことを決意してしまった。

「総角」をたずねて

〔平等院〕

「椎本」でも登場し、「総角」でも華やかな紅葉狩の舞台となる夕霧大臣の別荘は、光源氏から相続したものだ。宇治は平安時代初期から貴族の別荘地として人気だった。

　光源氏のモデルの一人・源融《とおる》は、都に広大な庭園のある邸宅を構えたが（「九四頁」参照）、宇治にも別荘を持っていた。それが後に宇多天皇に献上され、天皇の孫の源重信《しげのぶ》を経て藤原道長のものになる。

　道長の子の頼通《よりみち》が、その別荘を寺にしたのが平等院。浄土宗と天台宗を兼ね、現在では特定の宗派に属さない単立の仏教寺院で、本尊は阿弥陀如来。

　鳳凰堂をはじめ雲中供養菩薩像、壁扉画など、平安時代の優美と典雅の結晶を、今も目にできる。

●宇治市宇治蓮華116
☎0774—21—2861
http://www.byodoin.or.jp

〈左頁〉川辺の紅葉

「秋の山路」
甘春堂
匂宮が宇治を訪問し、宇治川に紅葉狩の管絃の音が流れる。遠山の紅葉と秋草など、秋の姿をとりどりに。

❖四十八、早蕨❖

涙に暮れていた宇治にも春がきた。八宮の生前から親しかった山寺の阿闍梨《あじゃり》が、中君に「父君に毎年お届けしていたものですので」と、早蕨《さわらび》や土筆《つくし》を届けてくる。

悲しみにやつれた中君は、大君に面差しが似てきた。薫は悲しみから脱することができず、匂宮と宇治の話をして追慕《ついぼ》する。二月上旬、匂宮は中君を二条院に迎えることにし、薫は中君の後見として細やかに引越しの世話をするが、大君に似る中君を匂宮にゆずってしまったことを繰り返し後悔する。

老いた弁《べん》は尼となって宇治に残ることにした。宇治を出ることを躊躇《ちゆうちよ》し、将来を懸念《けねん》する中君は、都に移ることを大喜びする女房たちを疎《うと》ましく眺める。出発の前日には薫がまた訪問し、思い出話やこれからの心細さを語る中君を慰める。二条院では匂宮が大層大事に迎え、寵愛もひとかたではないので、自然と周囲も丁重に扱うようになった。

花盛りの季節、火事で焼けた三条宮が新築され、近所となった薫は二条院を訪ね中君とも対面する。匂宮は中君に「薫は本当によくしてくれたので、もっと打ち解けて迎えるべき」と言いつつも「下心も疑われる」と警戒する。中君は二人の板ばさみになる。

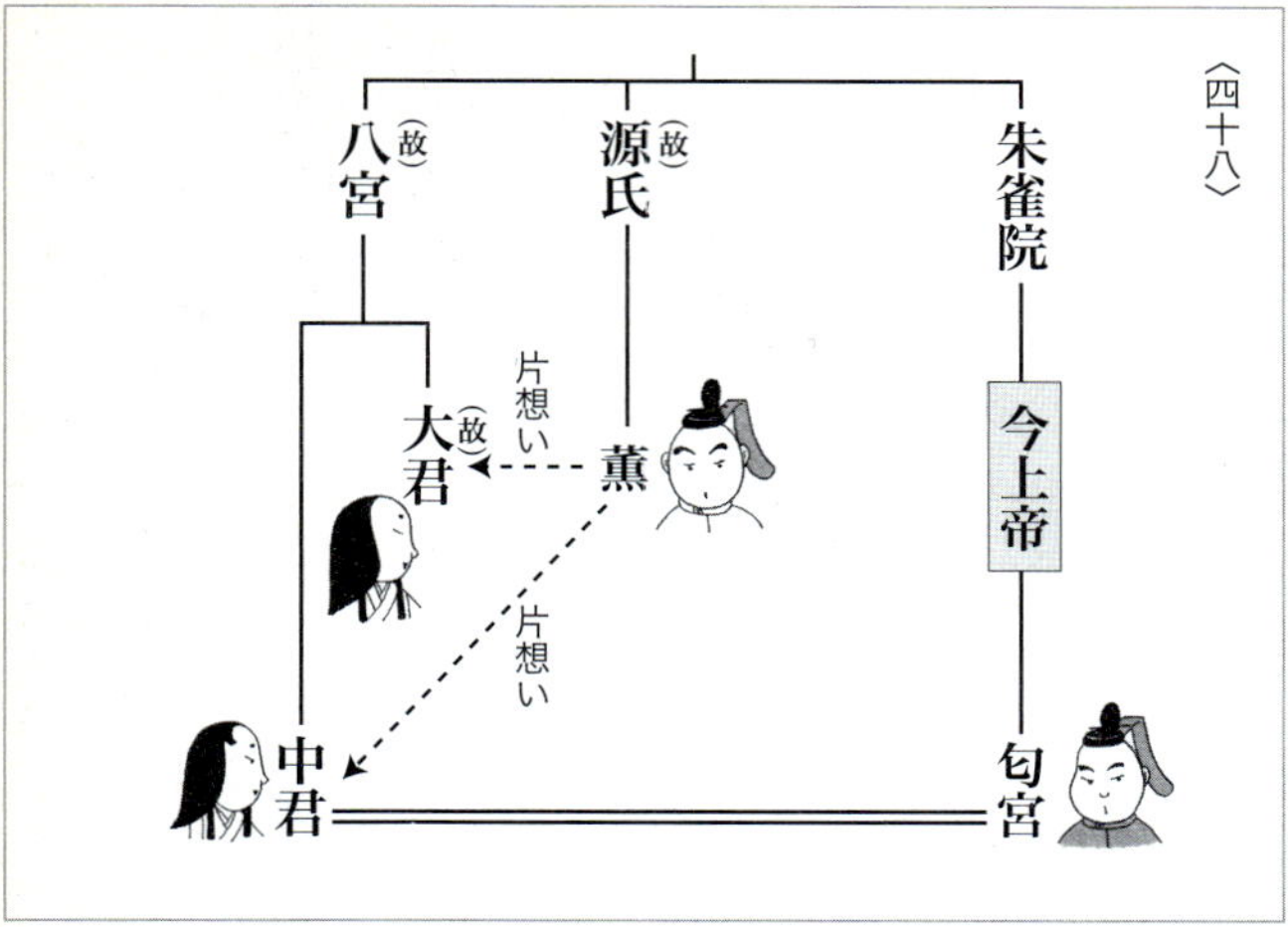

〈ちょっと読みどころ〉48早蕨

宇治の山寺の阿闍梨は、八宮逝去《せいきょ》の折には仏法一筋で姉妹に恨まれたが、その後大君のことも含めて、仏事はすべて親身に取り仕切り、中君のことも心配してお祈りしてくれる、ありがたい人だ。

「毎年春には、父君にお届けしたもので」と、早蕨や土筆を届けてきて、優雅な贈答などには無縁のため不慣れな仮名で、懸命に文《ふみ》と歌を添えてくれる。その無骨な文は「いつもの（匂宮の）言葉巧みな恋文が、美辞麗句でいかにも気を引くように書かれているのと対照的なのが」、中君には「格別に心ひかれて涙もこぼれてくる」。ささやかながら清らかに心を慰めてくれる山の春。

　その山を去って、華麗な都へと出てゆき、辛い目にも会い、やがて中君は大人になってゆく。萌えいづる早蕨は、都の風に染まる前の、中君の最後の一瞬でもある。

「早蕨」をたずねて

〔源氏物語ミュージアム〕

長らく住み慣れた宇治の山荘を出て、いよいよ中君が都へのぼる。若草の萌える早春、まさに別れと出会いの季節である。

今や『源氏物語』で宇治といえば、抜かせないのがここ。

宇治市の『源氏物語』をテーマにした町づくり事業の中心となるミュージアムだ。「源氏」ファンだけでなく、「源氏」に初めて触れる人にも魅力が伝わるよう工夫がされている。

六条院の百分の一の模型や、牛車や女房装束、調度の復元品の展示や映像に囲まれ、平安時代の雰囲気を体感できる。ホリ・ヒロシ制作の人形による映画『浮舟』も見ごたえあり。

●宇治市宇治東内45－26

☎0774—28—0200

http://www.genji-daigaku.com/museum/museum/museum2.html

〈左頁〉宇治川に浮かぶ舟

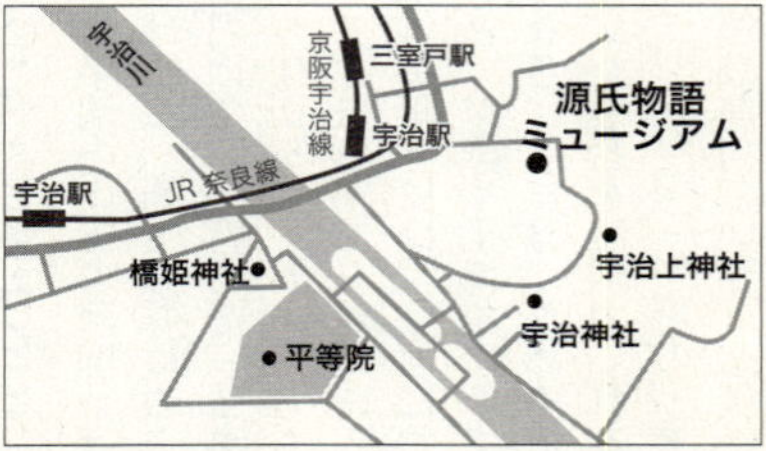

「京野菜」
俵屋吉富
宇治の山菜から連想して、京野菜の形のリキュールボンボンを。五種類それぞれに異なる香りを楽しめる。

❖四十九、宿木❖

帝は次女・女二宮《おんなにのみや》を薫に嫁がせたいと意向をもらす。夕霧はそれを聞いて、六君《ろくのきみ》には匂宮と決める。匂宮は断れず、ついに六君と結婚した。政略結婚だったが、いざ六君に会うと魅力的な美人で、権勢家《けんせいか》の姫でもあるので、匂宮は中君から足が遠のいてしまう。身ごもっていた中君は、宇治を出たのは間違いだったと悔恨《かいこん》し、宇治へ連れていって欲しいと薫に頼むが、それを止めて慰めていた薫は、ついに恋情をおさえきれなくなって、几帳《きちょう》の中の中君の袖《そで》を捕らえた。だが中君の腹帯《はらおび》を見て思いとどまる。

薫の心をおぞましく思って退けた中君は、やはり自分には匂宮しか頼れる人はいないと考え、六宮の蔭になっても匂宮に捨てられまいと決心する。だが薫の残り香に気づいた匂宮は、二人の仲を疑い、嫉妬することで却《かえ》って中君への愛を深めた。

薫の執着から身をかわそうと、中君は自分たち姉妹よりは劣り腹《おとばら》の異母妹（浮舟《うきふね》）の存在を教える。薫もついに女二宮を娶《めと》るが、心は大君のことで一杯で、宇治の山荘を供養の寺院に建て替えることに邁進《まいしん》している。そんな折、宇治の弁の尼のところで、初瀬参詣の帰りの浮舟一行に行き逢い、かいま見た浮舟に大君の面影を見た薫は夢中になる。

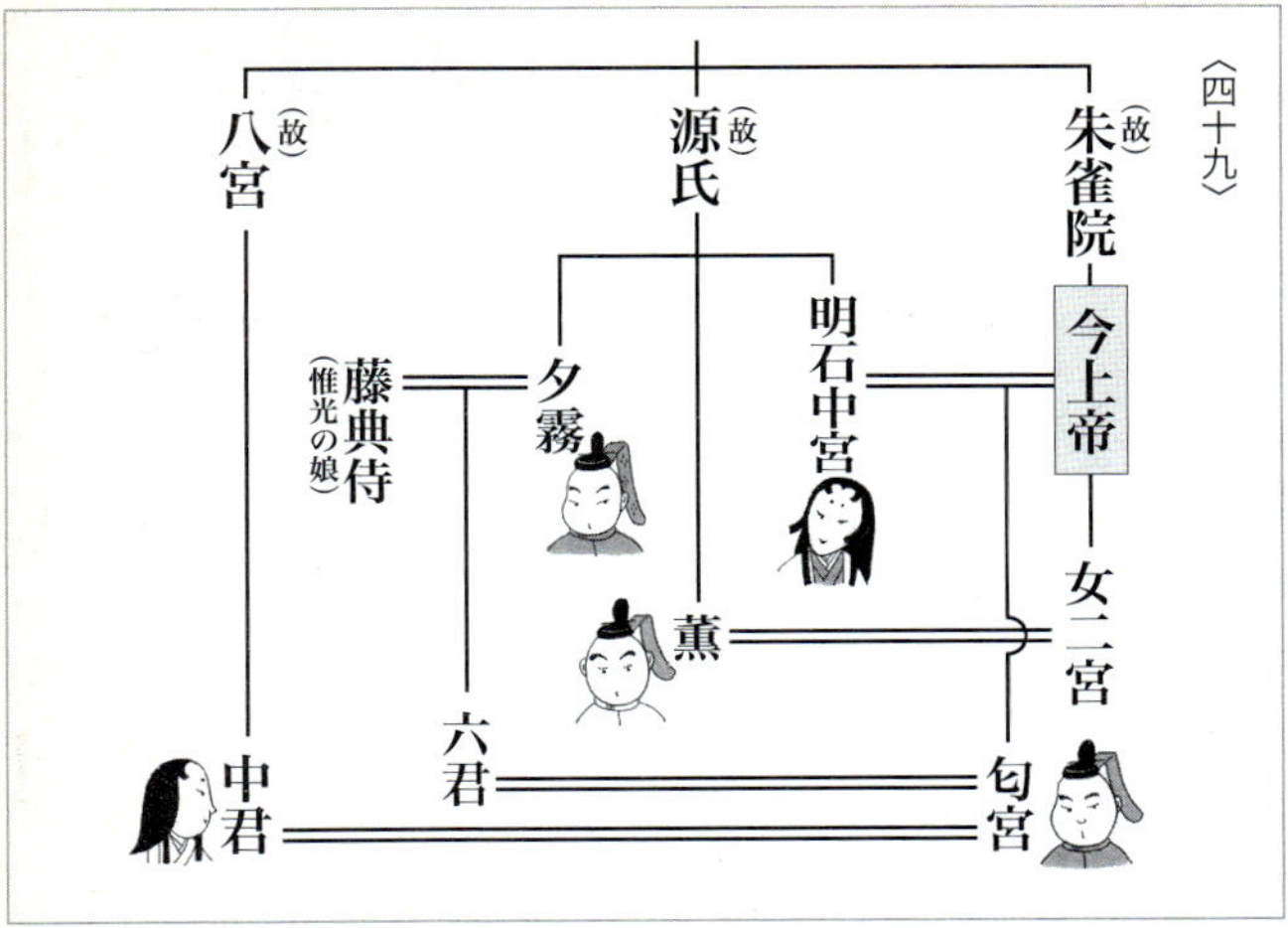

〈ちょっと読みどころ〉49宿木

夕霧大臣の豪華な邸宅で大切にされている匂宮が、中君の所へ帰ってきた。「六条院のまばゆいばかりの高級舶来品ずくめの部屋に慣れた目には、こちらは世間並みに親しみが持てて、女房の衣装が古びていたりするのも落ち着ける」と思うのは「中君への愛情が深いゆえに、見劣りも親しみに感じる」からだ。熱々である。

　匂宮は天皇の皇子で「貧しい暮らしの辛《つら》さなど全く知らない」。それでも「宮にしては珍しく、大事な中君のためには暮らし向きのことにも気を配って面倒を見る」のだが、女童《めのわらわ》の身なりが悪かったりして、中君は時折恥ずかしい思いをする。

　それを薫は召使の分まで細やかに満遍《まんべん》なく助けている。「宇治の山荘暮らしを見てから、貧しい生活の辛さについて熟知したから」だという。男の愛はうつろいやすく不実だが、愛する時は本気で深い。

「宿木」をたずねて

〔藤の名所〕

心は大君から離れないまま、薫は帝の意向によって女二宮を娶る。その時の藤の宴の描写は、宇治の寂しい情景と対照的に華麗の極地である。薫はそこで柏木の遺愛の笛を吹いた。

京都で藤といえば、まずは平等院（二〇二頁）。地に触れるほど長い花房は「砂ずり」と呼ばれる。他には上賀茂神社（四六頁）や城南宮（一一四頁）などがあるが、近年有名なのは京都でも最大規模の浄水場・鳥羽水環境保全センターだ。場内には約一二〇メートルの藤棚があり、四月下旬の開花時には一般公開され、見事な藤波を満喫できる。

●鳥羽水環境保全センター・京都市南区上鳥羽塔ノ森梅ノ木1

☎075―671―4161

http://www.city.kyoto.lg.jp/suido/page/0000008553.html

〈左頁〉満開の藤（上賀茂神社）

「京の香」
とらや

宇治から京へ上った中君は、匂宮と薫にはさまれ悩み多い日々だ。京都限定の雅な香りが楽しめるお菓子。

❖五十、東屋❖

亡き八宮は、生前、仕《つか》えていた女房(中将君《ちゆうじようのきみ》)に娘を一人産ませていた。だが中将君の身分の低さを疎《うと》んじて、認知しなかった。それが中君の言う「劣《おと》り腹《ばら》」の妹・浮舟《うきふね》だ。中将君は常陸介《ひたちのすけ》に後妻として嫁いだが、常陸介は実の子と差別して浮舟に冷たい。浮舟に求婚してきた左近少将《さこんのしようしよう》も、常陸介の実の子でないと知って即婚約を破棄し、そのまま浮舟の妹にあたる常陸介の娘と結婚してしまった。

常陸介がますます辛《つら》く当たるので、中将君は中君を頼る。浮舟は中君のいる二条院に一度は引き取られるが、匂宮が彼女を新参の女房と思って我が物にしようとする。その場は危うく逃れたが、それを知った中将君は浮舟が心配で、中君にも申し訳なく、今度は浮舟を普請中《ふしんちゆう》の三条の家につれていく。

弁尼《べんのあま》からその音信を聞いた薫は三条の家をたずね、「東屋《あずまや》の雨に濡れて長く待たされる」という歌を詠み、一夜を浮舟と契《ちぎ》る。翌朝薫は、浮舟を抱いたまま車に乗り、宇治へ連れていった。そこでゆっくりと浮舟と語らうが、すべてを大君と比べてしまい、物足りなく思いつつ、公にはできない秘密の愛人として、彼女の処遇《しよぐう》を思案する。

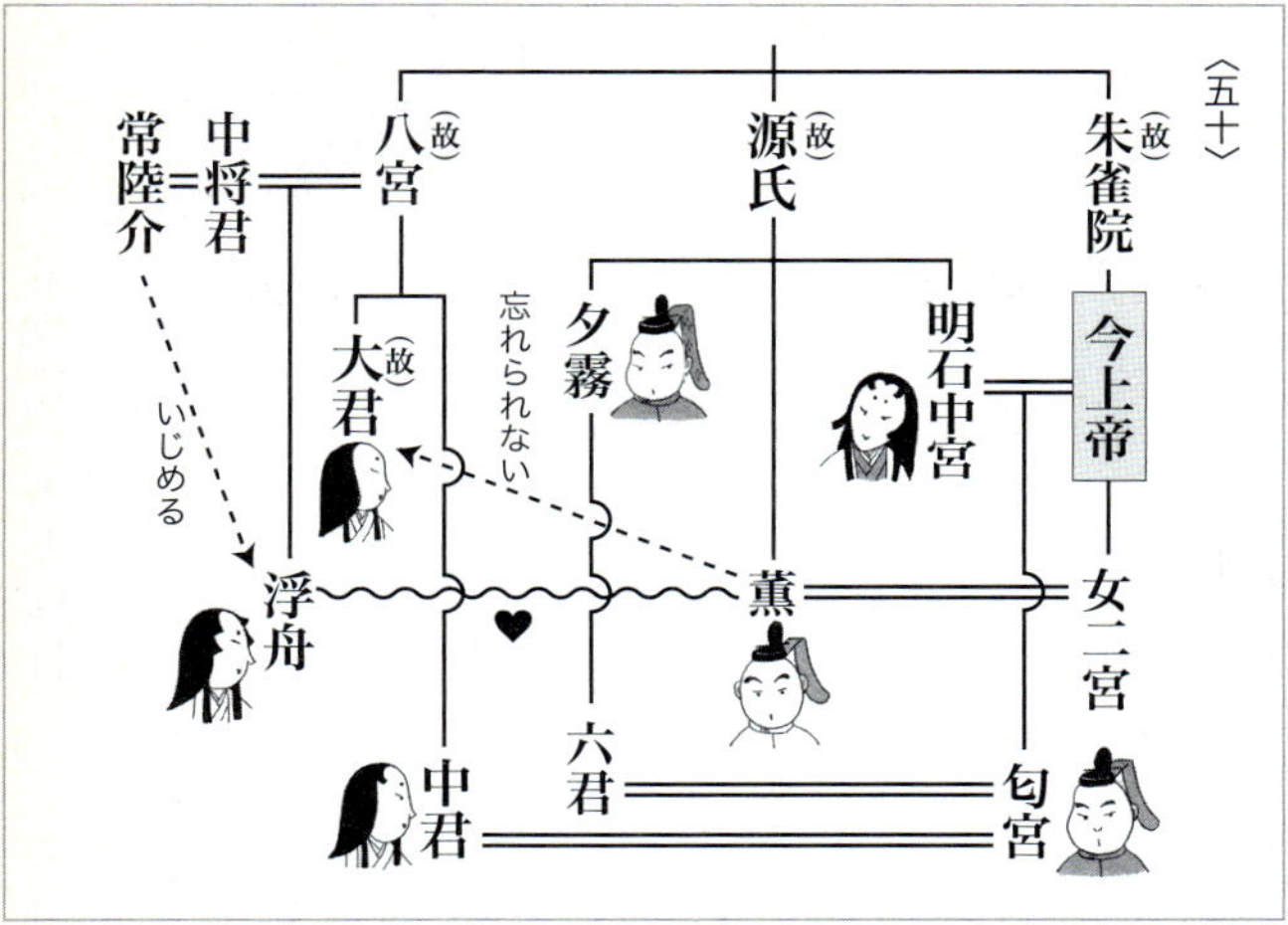

〈ちょっと読みどころ〉50東屋

八宮は「情け厚く美しく立派な人だった」が、中将君を「人並にも扱わず辛い思いをさせ」、生まれた娘も認知しなかった。「腹立ちやすく、気まぐれな」中将君は、「浮舟だけは立派なところへ嫁がせたい」と意地になり、それが常陸介との確執《かくしつ》を生み、浮舟をあちこち連れまわし、却ってますます頼れる味方をなくしていく。

二条院で、匂宮が浮舟を新参の女房と思い、無理矢理抱こうとするのを「降魔《ごうま》の顔つきをして睨《にら》み」体をはって防いだのは乳母《めのと》だった。おそれ多くも次期皇太子に「気色悪い下品な女と思われ、手をつねられ」ても浮舟を守ってくれたのだ。

だがその後、薫がいきなり浮舟を抱きかかえて車に乗り、宇治へ連れ去ってしまう。まともな家の姫ではないので、扱いも「隠し愛人」だ。一時はあの乳母とまで引き離され、浮舟はただ一人になってしまう。

（部分）・藤田美術館所蔵。鎌倉時代に描かれた、生き生きした女房車と牛。薫は牛車の中で、宇治に着くまで浮舟を抱いたままだった。

「東屋」をたずねて

〔京都文化博物館〕

中君を頼って二条院に来た早々、匂宮に言い寄られた浮舟を、母・中将君は普請中だった三条の屋敷に移した。

三条で浮舟を偲ぶには、京都文化博物館がある。平安建都一二〇〇年記念事業の一環として京都府によって設立された博物館で、古代から近現代までの京都の歴史と文化、京都ゆかりの芸術家の作品、フィルムライブラリーセンター、の三構成からなる常設展示のほか、様々な企画の特別展、貸展示室、町屋の表構えを復元した「ろうじ店舗」など京都の全体像を楽しめる。

●中京区三条高倉

☎075―222―0888

http://www.bunpaku.or.jp/

〈左頁〉『紫式部日記絵詞』第三段

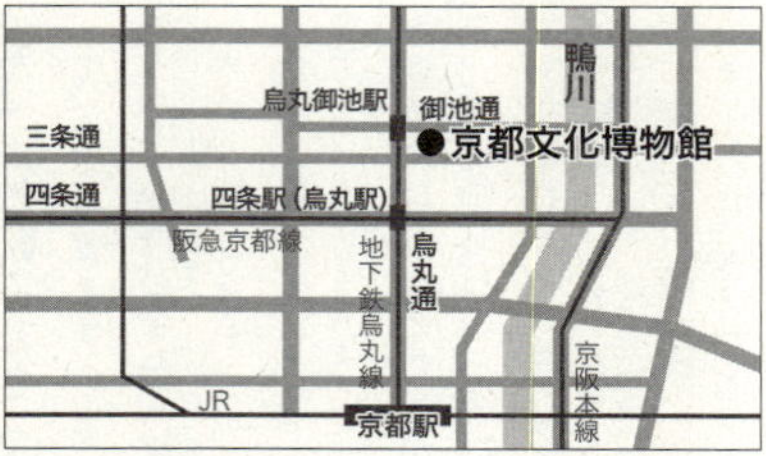

「やき栗」

二條若狭屋

晩秋の雨の夜、薫は浮舟を訪ねた。京の秋といえば栗。ほろりとした口どけに儚い浮舟の運命を想像して。

❖ 五十一、浮舟 ❖

匂宮は手中にしそこねた浮舟を思い続け、居所を教えてくれない中君を責める。薫は浮舟を宇治へ隠したのに安心して、訪れも途絶《とだ》えがちである。

正月、浮舟から中君に来た便りを見た匂宮は、薫が浮舟を隠していることをつきとめ、忍んで宇治を訪れ、薫のふりをして灯りを消させた浮舟の寝所に入り、一夜を共にする。初めは騙《だま》された浮舟だが、匂宮の憚《はばか》るところのない情熱に心を奪われてしまう。

何も知らない薫は悠長《ゆうちょう》に構えているが、薫の浮舟を恋うるそぶりに匂宮は燃え立ち、二月の雪の日に再び宇治を訪れる。人目を忍ぶため薫の邸宅を出て、小舟で宇治川を渡り対岸の隠れ家に行く。匂宮と浮舟はそこで濃密な二日間を過ごした。

末永く面倒を見てくれそうな薫に誠実にしなければと思いつつ、身も心も匂宮に惑溺《わくでき》する浮舟。薫も匂宮も浮舟を都に引き取る準備をするが、宇治の館で双方の従者が鉢合わせしてしまい、薫は不倫を知り、宇治に厳戒態勢《げんかいたいせい》をしく。

追い詰められた浮舟は死を決意する。匂宮との文を焼き捨て、今なお自分を気遣《きづか》う乳母の老残《ろうざん》の姿に胸を痛めつつ、最後の文を匂宮と母に書き残す。

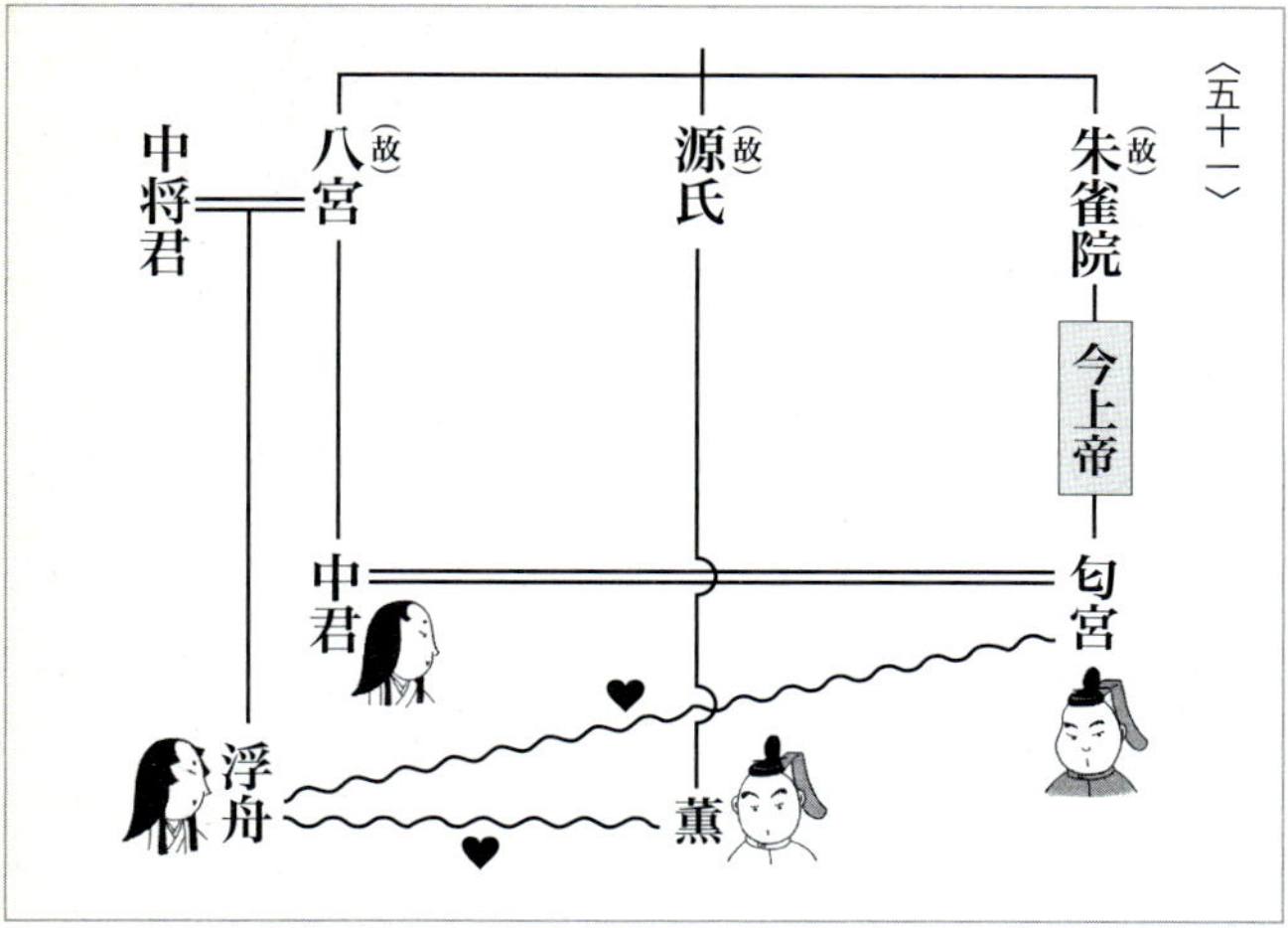

〈ちょっと読みどころ〉51浮舟

紫式部は浮舟をあくまで下位の者として描く。「中君より劣っていて、まして夕霧の六君の美しさには比べるべくもない」「あどけなく見えても、高貴な者の身の処し方など教えられずに育った」と冷たく書き放つ。

薫は大君を偲《しの》んで浮舟を抱く。匂宮は、ライバルの薫が熱中する女だから、浮舟に燃える。結局二人は幻想に恋しているのだ。

特に匂宮の煩悶《はんもん》は深い。「薫がそんなに大事にかくまっているのなら、並の人ではあるまい」「私と薫を比べて、浮舟はどう思っただろう」「薫の想いがこんなに深いとは悔しい。この薫から私に乗り換えてくれるはずがない」「一度は私を慕ってくれたのに、薫の方が多少とも将来が安心なために、女房に言い含められて気を変えたのか」などと千変万化の悩みである。薫の嫉妬場面も面白く、浮舟の悩みを上回って、男の悩みが堪能できる巻でもある。

「浮舟」をたずねて

〔橘島〕

匂宮がまた宇治へ忍んで来る。人目をはばかる不倫の恋のため、小舟で対岸の隠れ家へ渡るのだが、その時匂宮は浮舟をしっかりと抱きかかえ、舟の中でも離さない。思えば薫が浮舟を宇治へ連れてきた時も、牛車に抱きかかえて乗り、車の中でも離さなかった。お供の人は「見苦しい」と思っている。

さて舟の中から船頭が「あれが橘の小島」と教えると、その島の風情ある松にことよせて、二人は歌を交す。「橘の小島」は、物語では宇治橋の下流にあると描写されるが、かつてそこにあった島は今は消えてなくなっている。現在では宇治橋のすぐ上流に二つの島があり、浮島と呼ばれているが、橋に近い方を橘島、遠い方を塔の島とも言う。多少の差はあれども、小舟の二人を想像するにはよい場所だ（ただし二月の雪の夜明け。寒さは厳しかったに違いない）。

〈左頁〉宇治川の橘島

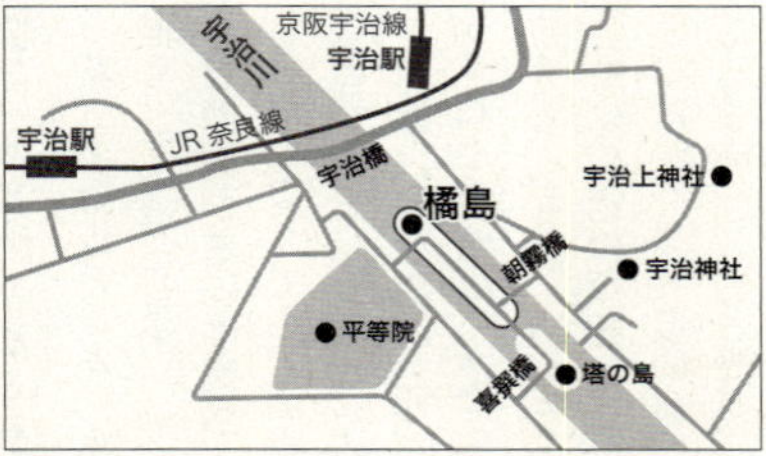

「柴小舟」
京菓子司　ますね
宇治川を、柴を積んで運ぶ「宇治の柴舟」を象った生姜せんべいと落雁。精巧な造りとパリパリの食感が秀逸。

❖五十二、蜻蛉❖

浮舟の入水《じゆすい》を察した宇治の女房は、驚き悲しみつつも、三角関係の醜聞《しゆうぶん》を広めないように、浮舟の調度品《ちようどひん》や夜着などを亡骸《なきがら》がわりにして、その夜のうちに葬儀を営んだ。匂宮は衝撃と落胆のあまり寝込む。薫は見舞いに行き、浮舟と宮の不倫を確信するが、浮舟のことを話していて、悲しみをこらえ切れなくなり泣いてしまう。

その後宇治を訪れた薫は、事の経緯を初めて知り、後悔と悲しみから、浮舟の母・中将君を弔問し、浮舟の弟たちの後見にも配慮すると言ってやる。中将君やその夫・常陸介は、浮舟がいたらどんなに一家の利になったか、もったいなかったと思う。

四十九日の法要《ほうよう》後、匂宮は新たな恋に悲しみを忘れようとしている。薫も女一宮《おんないちのみや》の女房・小宰相君《こさいしようのきみ》と縁を持つが、ある夏の日、小宰相君を訪ねようとして、偶然に女一宮が女房たちと氷を楽しんでいる姿をかいま見てしまい、夢中になった。

薫は六条院に帰り、妻の女二宮(一宮の異母妹)に、一宮と同じ薄物《うすもの》を着せ、氷を持たせてみるが、一宮にはとてもかなわないと落胆し、高望みの無理な恋に胸を焦がす。また中君や浮舟など、破れた恋の相手を思い出して、蜻蛉《かげろう》のようにはかない人の世を嘆く。

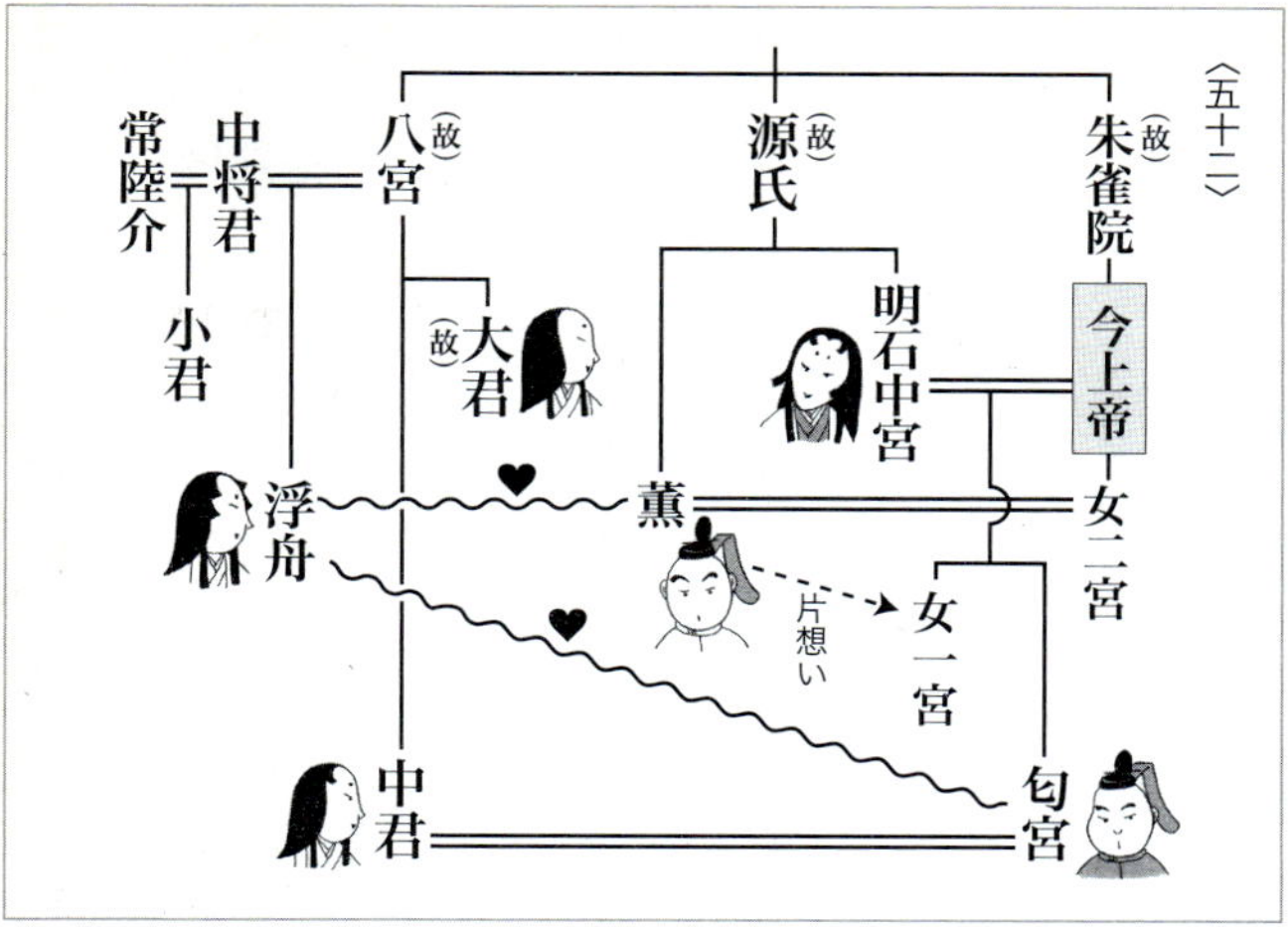

〈ちょっと読みどころ〉52蜻蛉

夏の一日、女一宮の部屋では氷を割り、騒がしい女房たちは手に持ったり頭に載せたり、胸にあてたりしている。少し品のいい小宰相君は「弄《もてあそ》ぶよりも、ただそのまま見ている方が涼しげですよ」と言う。宮は「しずくが垂れるから、もう持たない」と、手を差し出して拭いてもらっている。

この高貴な女一宮をかいま見た薫には「御前の女房たちなど土くれか何かに見える」。例によって思い込みの激しい人だ。

薫の妻・今上の女二宮は、女一宮の異母妹で、母の身分も同じくらいに高く、帝の愛も深いのに「同じようにはとても見えない」と思い「昨日のあの部屋で、自分も仲間に入ることができたら」と焦がれている。

思えば薫の実の父・柏木も、女二宮(落葉宮)を妻にしながら、源氏に嫁いだ女三宮に憧れて身を滅ぼしたのだ。手に入らないものにだけ恋をする、この父子の気質なのか。

／今原氏宅）

〈左頁〉 薫が人の宿世のはかなさに喩《たと》えた蜻蛉。

「蜻蛉」をたずねて

〔氷室《ひむろ》神社〕

蓮の花の咲く夏の日、女一宮の部屋では氷で涼をとっていた。薫は帰宅して、妻にも同じように氷を持たせてみるが、憧れの人とは違うのだった。

冬の間に氷を切り取って、氷室という涼しい小屋にとっておき、夏に取り出して使うことは、平安時代の律令規則にも書かれている。

氷室神社は、宮中への氷献上の担当だった清原氏が氷室や氷池の守護神として稲置大山主神《いなぎのおおやまぬしのかみ》を勧請《かんじょう》した神社。近所には氷室や氷池の跡も残っていて、鬱蒼たる木立に、かつての氷保存と、高貴な人の夏の楽しみに思いをはせることができる。

●京都市北区西賀茂氷室町

☎075―463―2750（連絡先

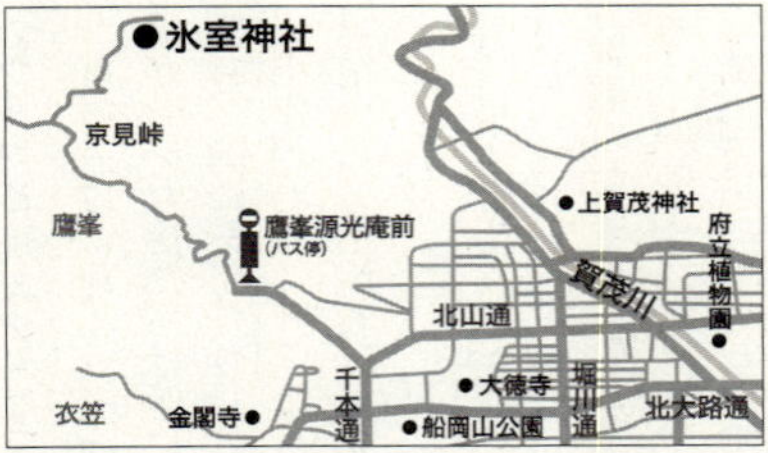

「御所氷室」
鶴屋吉信
見た目の涼感とほのかな梅酒の香りが暑さを忘れさせてくれる。女一宮の部屋の楽しい一刻を思い浮かべて。

223　五十二、蜻蛉

❖ 五十三、手習 ❖

比叡山《ひえいざん》の横川僧都《よかわのそうず》には母と妹（二人とも尼）がいた。初瀬詣《はつせもうで》の帰途、母尼が病気になり、看病に山を降りた僧都と一行は宇治院に泊まるが、そこで裏手の林に倒れている女人（浮舟）を発見する。妹尼は、亡くなった娘の身代わりと信じ、大事に介抱《かいほう》して、比叡山の麓《ふもと》の小野にある、自分たちの庵《いおり》へ連れてきた。数カ月の後、浮舟は意識をとりもどすが、生き長らえたことが情けなく、尼君に感謝しつつも、決して身の上を明かさない。

浮舟は、出家《しゅつけ》の望みもかなえられず、尼君たちのように琴を弾いたりもできず、折々の煩悶《はんもん》を手習《てなら》いの書きつけに晴らしている。尼君の亡き娘の夫だった中将が、この庵を訪ねてきて浮舟に懸想《けそう》するが、浮舟は決して取り合わず、用心していた。

妹尼が再び初瀬詣に出かけた留守に中将が再来するが、浮舟は、老いた母尼の部屋へ逃げる。そして僧都に強く頼んで髪を下ろしてもらって出家をとげ、ようやく心の安らぎを得た。翌年の春、妹尼の甥《おい》の紀伊守《きのかみ》が庵に来て、薫が浮舟の一周忌をすることを話し、浮舟は薫が今も自分を愛していることを知る。一方、横川僧都は明石中宮に浮舟のことを話し、それが薫に伝えられ、薫は叡山を訪れる折に、横川へ噂《うわさ》を確かめに行く。

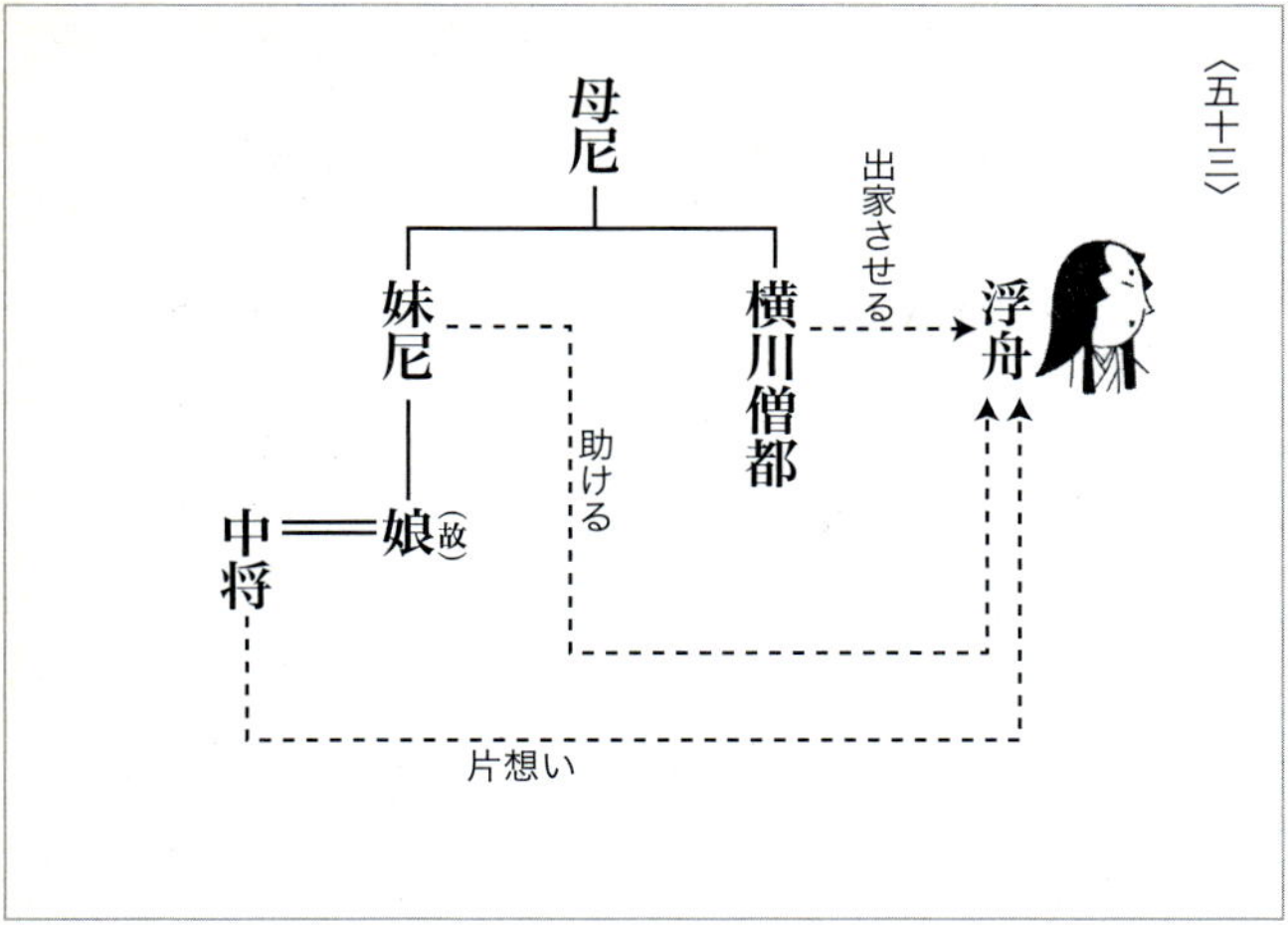

〈ちょっと読みどころ〉53手習

薫と匂宮の間で煩悶し、すべてを捨てて一度は死に臨んだ浮舟。若く美しくても、その心はすでに俗世を離れている。対照的に、尼たちは老いていながら華やいだ気質で、琴を弾いたり碁に興じたりしている。

中将の君が無理にも来ようとした時、浮舟は母尼の部屋へ逃げた。「老尼君は大いびきをかき続け」ていて、「それが鬼のようで恐ろしい」。やがて寝ぼけて起きた尼君が「火影に見える真っ白な髪に、黒いもの（頭巾）をかぶり、こちらをいぶかしそうに見ている様子は、今にも鬼が取って喰おうとしているように見え」、浮舟は恐怖に震えつつ、入水の夜や、それに至った昔のことをあれこれ思い出すのだった。

翌朝、げっそりしている浮舟に、老尼たちは粗末な朝食を無理にすすめる。それは俗世の幸福を無理強いする、生命力の強い彼らの象徴のようだ。

「手習」をたずねて

〔比叡山〕

浮舟を助けた横川僧都と妹尼。僧都のモデルは恵心《えしん》僧都《そうず》源信《げんしん》と言われている。『往生要集《おうじょうようしゅう》』を著して、極楽往生のために一心に念仏することを貴族から庶民にまで普及させた名僧だ。

平安初期、最澄によって開かれた延暦寺は、比叡山全域を境内とする天台宗の総本山。平安時代の貴族は密教による加持祈禱に絶大な信頼を寄せたので、壮大な規模と力を有した。

山には東塔、西塔、横川の三塔と十六谷の堂塔があり、横川は最北の山中に位置する。横川中堂の奥には源信が再興したという恵心院がある。

●比叡山延暦寺総務部・滋賀県大津市坂本本町4220

☎077—578—0001

http://www.hieizan.or.jp/

〈左頁〉仏教を象徴する花・蓮

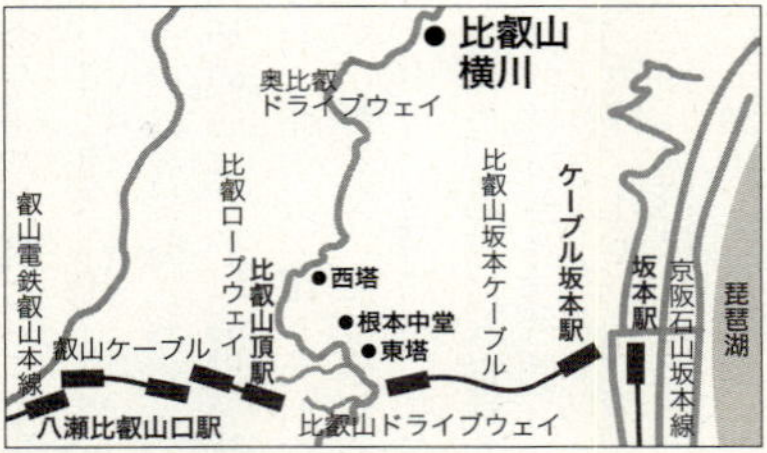

「雲龍」
俵屋吉富
小豆の旨みと香りでは他の追随を許さない一品。老尼君の部屋で眠れぬ夜を過ごした浮舟の物思いを重ねて。

❖五十四、夢浮橋❖

比叡山で供養を終えた薫は、横川僧都《よかわのそうず》のところへ寄り、浮舟の話をする。僧都は自分が出家させた人の正体を知って驚くが、小野の庵《いおり》へ薫を案内することは拒んだ。

僧都が、薫が連れていた、浮舟の異父弟の小君《こぎみ》がかわいいのを褒《ほ》めたので、薫は僧都に文を書いてもらって、小君に庵へ持ってゆかせることにする。初夏の夜、下山する薫の行列の松明《たいまつ》を遠くから眺めて、尼君たちは薫大将の一行の噂をしている。それを聞いて浮舟は、薫が宇治に通ってきた頃のことを思い出すが、念仏に気をまぎらした。

翌日、小君が僧都からの文と薫からの文を持ってくる。かつては仲の良かった姉弟なので、小君も姉に会えることを望みにしていた。だが事情をはっきりと書いた僧都からの文を見せられ、懐かしい小君の声を聞いても、浮舟の俗世との決別の決心は固く、小君に会おうともしない。薫からの文を手渡されても、浮舟はあくまで記憶喪失と人違いを押し通し、小君は一言の返事ももらえず、晴れぬ心で早々に帰参した。

小君から顚末《てんまつ》を聞いた薫は、期待をはずされて気落ちする。自分の経験から察して、誰か別の人が囲っているのではないかと邪推《じやすい》したりもするのだった。

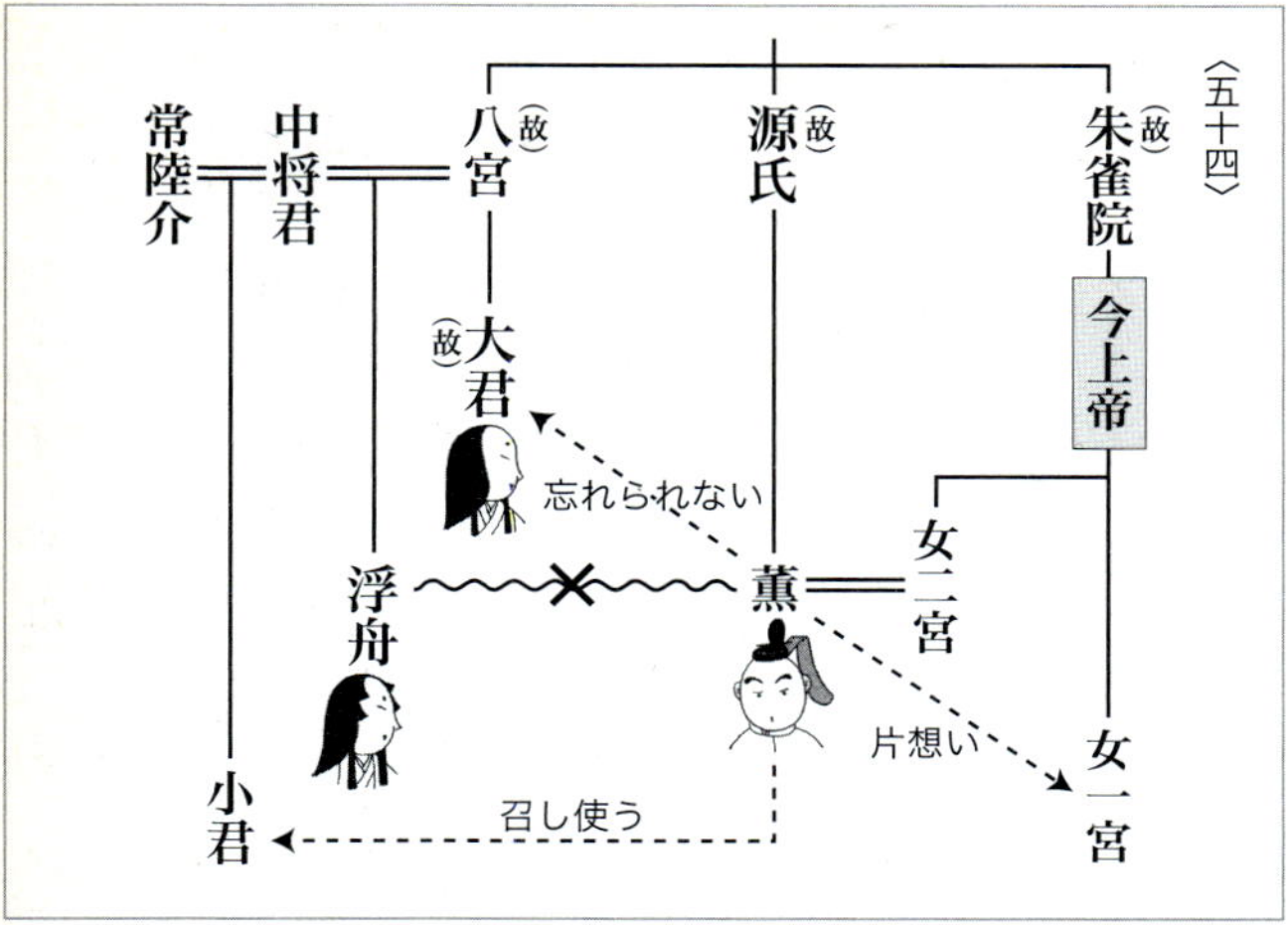

〈ちょっと読みどころ〉54夢浮橋

浮舟への仲介を懸念する僧都に、薫は「出家の彼女を惑わせません。私は元来道心が深く、今日まで俗人でいるのが不思議なほどです。心は聖《ひじり》にも劣りません。ただ彼女の母の嘆きをなぐさめたくて」という。

その舌の根も乾かぬうちに、小君には「母には決して知らせるな。不要に騒いで周囲にばれるから」と口止めしている。矛盾が抑えきれずに薫は醜くなっていく。

高徳の僧都も、はじめは薫に関わることを避けていたが、美しい小君を出されるとつい手紙を出すのを承諾して、小君に「時々ここにも遊びに来なさい」と声をかける。

一人浮舟は、母を懐かしみ、かわいい弟を前にしても、俗世との縁を切る決心をくずさない。身分の高くなかった桐壺が、宮中で苦労して死んだところから始まった物語は、さらに身分低い浮舟が、この世の愛や栄華を決然と捨て去るところで終わる。

「夢浮橋」をたずねて

〔八瀬かま風呂〕

尼君たちの小野の庵は、八瀬の付近にあったと想定されている。八瀬といえばかま風呂が有名だ。

かま風呂とは、窯《かま》の中で松葉などを焚き、その後塩水を打って蒸気が出たところに入るという蒸し風呂のこと。

壬申の乱（六七二年）で、大海人皇子《おおあまのみこ》が背に矢を受け、それをこの地のかま風呂で治療したところから矢背＝八瀬の地名になったという伝説があり、古代には体を洗うことより、病気や怪我の治療に使われていたようだ。

物語では、横川の近くの山麓なので母尼や妹尼が住んでいることになっているが、入水を果《はた》せず死んだようになっていた浮舟の療養のイメージも、この地に重なっているのかも知れない。

現在でもいくつかの旅館でかま風呂に入ることができる。

●左京区役所八瀬出張所・左京区八瀬秋元町578

☎075—781—5091

●〈左頁〉梶田半古『源氏物語図屏風』より「夢浮橋」・横浜美術館所蔵

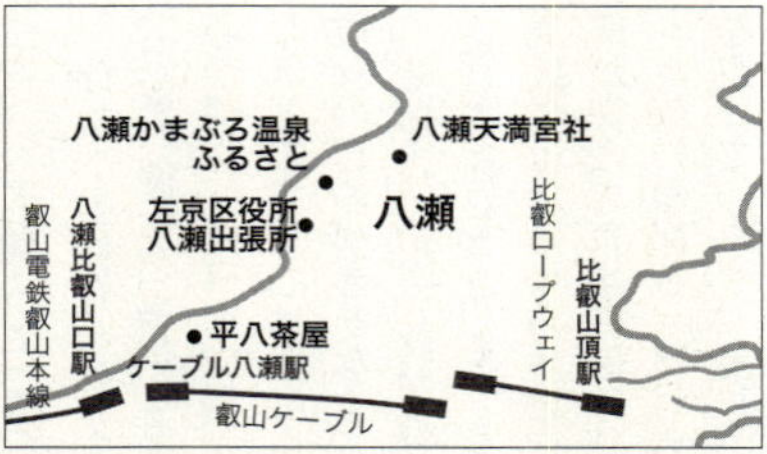

「通ひ路」
松屋藤兵衛
露地の飛び石に見立てられた、大徳寺納豆入りの落雁。枯淡の味わいに、俗世をきっぱり捨てた浮舟を思って。

231　五十四、夢浮橋

宇治十帖　浮舟の悲劇を追って

瀬戸内寂聴

『源氏物語』は小説である。あくまでこれは紫式部の創作であって、いくらか作者の創作意欲を傾けたモデルがあったとしても、これは歴史書ではなく、れっきとしたフィクションである。そうとわかっていながら、紫式部の筆からうまれた作中の人物たちは、まるでかつてたしかに実在していた歴史上の人物のように、否《いな》、実在の歴史上の人物よりももっとたしかなリアリティをもって、いきいきと読者の胸に棲《す》みついてしまうのである。

藤原道長や、一条帝や中宮定子や、清少納言や紫式部が実在したように、光源氏や頭《とうの》中将《ちゅうじょう》や、藤壺や紫の上や六条御息所《ろくじょうのみやすどころ》も、生きて、恋して、悩み、病《や》み、死んでいった実在の人として、読者の記憶に棲みついてしまうのである。

これはひとえに、紫式部の天才がなせる文学のまやかしの魔法である。

紫式部は「螢《ほたる》」の巻の物語論のなかで、「(物語は) 神世より世にある事を、記《しる》し置きけるななり。日本紀 (歴史) などは、ただ、片そばぞかし。これら (物語) にこそ、(世の中の) 道みちしく、くはしき事はあらめ」といっている。また同じ巻で、読者は、物語のなかのことは、つくりごとと承知していながら、そのなかについひきこまれて、ほんとうのできごとのように心をひきいれられてしまう、ともいっている。

『竹取物語』などのような架空の話ではなく、紫式部が、自分の生きた宮廷の見聞や、自分のまわりの恋愛事件や、人々の運命を、リアリティのあるディテールをつみかさねて描いているから、真実の歴史以上に真実らしく、その世界が生きてきたのであろう。「いづれの御時《おほんとき》にか」という書出しで、時代をぼかしているけれども、『源氏物語』を争って読んだ当時の宮廷の人々は、それを現代小説として受けとったであろうし、内心モデルをあてはめたりして愉《たの》しみ、興を深めていたことであろう。紫式部は、小説にリアリティをもたせるために、人の服装は当然のこと、その地名も舞台もすべて、実在のものを用いている。

『源氏物語』にゆかりの地名を需《もと》めて歩いていたら、いっそう、小説の世界が歴史の世界のように錯覚されてくる。源氏のつくった壮大な六条院や二条院はこのあたりかと、京都の町を歩くのも興があるが、さいわい京都は賀茂川も嵯峨《さが》も、叡山《えいざん》も、鞍馬もそのままだから、千年前に比べて交通が便利になりすぎたとはいえ、昔のおもかげをさぐることができる。

しかし、五十四帖中、最も、舞台と物語の趣が相俟《あいま》って興趣《きょうしゅ》を高めている点では、宇治十帖が最高だろう。

■仏教色濃い宇治十帖

宇治十帖は、昔から、紫式部の書いたものかどうか疑われている。物語（前篇）の主人公光源氏歿後の話で、中心人物が次の世代に若がえっているだけでなく、舞台も、宇治の八の宮の山荘が中心になっているし、宇治十帖だけで一つのまとまった物語になっている上、筆づかいも雰囲気も、その前の「桐壺」から「竹河《たけかわ》」までと、どこか違っているからである。

宇治十帖が前の部分にくらべて劣るというのが一般の定評だが、宇治十帖が近代的ではるかに面白いというファンも少なくない。

少女のころ、はじめて『源氏』を読んだときは、八の宮の大君《おおいぎみ》の性格や振舞いが、アンドレ・ジイド『狭き門』のアリサに似ていると思い、現代小説を読むような面白さを覚え、私は前の部分より宇治十帖のほうがはるかに面白いと思った。

が、後年、幾度も読みかえすうちに、やはり『源氏』は、「竹河」までが堂々としていて、宇治十帖はそれに比してやや筆者の筆力が衰えていると思われた。しかし、小説の近代性という点では、宇治十帖のほうが面白く、人物の性格もそれぞれに個性がきわだっていて面白い。

今度読みかえしてみて、いままで気づかなかったことを発見したのは、宇治十帖では、はじめから終りまで仏教が顔を出すことであった。

前篇のほうでも、登場人物たちは、病気といえば加持祈禱《かじきとう》をしているし、源氏と関わりのあった女たちでも、藤壺、空蟬《うつせみ》、朧月夜尚侍《おぼろづきよのないしのかみ》、女三の宮が出家しているし、朱雀《すざく》院も出家している。源氏も、秋好中宮《あきこのむ》も紫の上も、常に出家願望を抱いている。しかし、前篇では、長い物語のなかに、それらの話はところどころにちりばめられていて、それほど物語は抹香《まっこう》臭くはなっていない。

ところが宇治十帖になると、登場人物がぐっと減っているにもかかわらず、「橋姫」から「夢浮橋《ゆめのうきはし》」までの十巻に、仏とか出家とかいうことが出ない巻はない。

光源氏は、時々八講《はっこう》をもよおしたりするし、晩年には出家の願望もあるなどとほのめかしてはいるが、全篇を通じてさほど宗教的な性格には描かれていない。一方、宇治十帖の主人公薫は、終始、ハムレット型の内向的な性格に描かれ、宗教に憧れる心が強く、仏教への関心もなみなみでなく描かれている。ヒロインの浮舟を最後に尼にしてしまって、この物語は終るのである。

身は俗に置きながら、心はもう聖《ひじり》に近く、深く仏に帰依《きえ》していた八の宮や、そういう八の宮の心情に憧れていく薫の心は、紫式部その人の心情と、解釈していいのではないだろうか。

宇治十帖は、前篇の光源氏を主人公にした物語が終ったのち、ある歳月を置いてやはり紫式部が書いたものではないのだろうか。式部の晩年がどうなったか、当時の宮廷の才女たちの行方と同じようにさだかではない。四十歳を若干出たころまで生きていたらしいというが、これほど出家に憧れていた式部は、宮仕えを退いたのち、かねての念願を果して、どこかの山かげでひっそりと、案外長生きしていたのではないだろうか。

■菟道稚郎子と八の宮

そんなことを思いながら眠った翌朝、予定通り宇治へ出かけていった。折からゼネストの日に当っていて、京都は桜の満開だというのに、例年のような観光客もなく、ひっそりとしている。

八瀬の入口のわが家から、高野川ぞいに下っていくと、流れのほとりに並んだ桜の老樹は、この世のものとも思えない、美しい花を咲きみちさせていた。今年は目に触れる自然の色彩が、ひときわ鮮やかに瑞々《みずみず》しく心にしみついてくる。

宇治はいまでは京都から車で三十分も走れば着いてしまうが、平安の昔は、朝京を発《た》って宇治へ着くのは夕方になっていたらしい。平安の貴族たちは、初瀬詣《はつせもうで》をするとき、宇治で第一夜の旅装を解き、のどかな宴会などを開いて、旅疲れをやすめたらしい。『蜻蛉《かげろう》日記』の作者も、初瀬詣のとき、宇治に宿ったことを書いている。

もともと、宇治は大和から近江《おうみ》へ出る交通路に当っていたから、天皇の行宮《あんぐう》もたびたび設けられたようだ。『古事記』中巻、『日本書紀』巻十に、応神天皇の宇治離宮がこの地にあったことが出ている。

西暦四、五百年のころ、応神天皇が大和から近江に行幸される途で、宇治を通り木幡《こはた》村にさしかかったとき、美しい一人の乙女に逢われた。やがて天皇は、矢河枝《やかわえ》姫と名のるその乙女にまぐわられ、皇子が生れた。それが菟道稚郎子《うじのわきいらつこ》である。

天皇はこの皇子を愛し、すでに皇子の兄・大鷦鷯尊《おおさざきのみこと》がいるのをさしおいて、菟道稚郎子を皇太子に立てた。天皇の歿後、二人の息子はたがいに皇位を譲りあい、三年間も皇位継承の時が遅れた。稚郎子は宇治の宮室《おおみや》に住んでいたが、この解決のため、自殺して皇位を兄に譲った。やむなく大鷦鷯尊が即位し、仁徳天皇となられた。稚郎子の骸《むくろ》は丁重に宇治の山に葬られたという。

森本茂氏の『源氏物語の風土』のなかには、古注に、宇治の八の宮は菟道稚郎子をモ

宇治の紅葉

デルにしたとあるのは、こういう歴史的事実をふまえたのだろうといっている。

宇治の八の宮は、桐壺院の皇子で光源氏の異腹の弟宮に当り、母方も貴い家柄であったが、弘徽殿女御《こきでんのにょうご》に利用され、反光源氏の対抗馬として東宮に立てようと画策されたりしたことから、世の中が源氏の時勢となってからは、世間から取り残されたうえ、京の邸が焼失したので、自分から世間を見限り、宇治に引きこもってすっかり世捨人じみた生活を送っていた。そういう境遇の設定が稚郎子に似ているというのであろう。

相愛の北の方を失ってからは、二人の忘れ形見の稚《おさな》い姉妹を男手一つで育てることに明け暮れ、日増しにつのる出家の願望も、姫君への恩愛にほだされて決行できずにいた。それでも身を俗に置いているというだけで、仏道修行は並々でなく、心は聖《ひじり》になりきった暮しむきであった。

源氏と女三の宮との間に生れた薫は、実は女三の宮と柏木との不義の子であった。薫は自分の出生に秘密のあることをうすうす感じていたが、確証は握っていない。源氏の死後、薫は八の宮の俗聖《ぞくひじり》ぶりに惹《ひ》かれ、まめに宇治の山荘を訪れるうち、大君《おおいぎみ》に憧れるようになる。八の宮は二人の姫君の行く末に心を残しながら他界する。薫は、後見もない二人の孤児の姫の面倒をみながら、ますます大君への恋をつのらせる。

ところが内省的な大君は、仏道帰依《きえ》の志をかえず、そういう薫に感謝しながらも、妹を薫と結ばせようとはかる。薫はそんな大君の計略にのらず、なにかにつけてライバルであり、親友である匂宮《におうみや》（源氏の孫。今上帝と明石の中宮との子）に中の君をすすめ、手引きして結ばせてしまう。大君はすき者として名の高い匂宮に、妹が粗末に扱われたと思いこみ、しだいに病を重くして、父のあとを追って死んでしまう。

中の君は匂宮の京都の邸に引きとられ幸福になるが、薫は中の君から異腹の妹がもう一人いることを聞かされる。大君に似たその妹・浮舟に薫は惹かれ、宇治の山荘にひそかに隠して通い、やがて京に引きとる準備をする。

しかしその間に好色な匂宮は浮舟のことを聞きつけ、宇治に通い、薫と思いこませて浮舟の寝所に入るが、浮舟はこれを拒《こば》みきれなかった。二人の男に肌を許し、しかもそのどちらにも愛を感じる浮舟は、苦しさのあまり自殺をくわだてる。

ある夜、とつぜん浮舟が失踪してしまったので、薫も匂宮も、てっきり浮舟が自殺したものと思いこむ。当の浮舟は向う岸で気を失っていたのを、横川僧都《よかわのそうず》に助けられ、僧都の母と妹の住む小野で剃髪《ていはつ》してしまう……。

そういう筋立てが、宇治十帖のロマンスである。

まず、道順なので、明星山三室戸寺《みむろど》に寄る。ここは西国三十三カ所めぐりの第十番札所にあたる。国道から左へまっすぐ山裾《やますそ》にむかって進んでいくと、桜の咲きほこった部落があり、道の奥に寺の石段が続いている。杉の大木が小暗《おぐら》いかげをつくっている山道の右側の道ばたに、低い竹垣でかこった一メートルくらいの自然石が坐っている。石には「浮舟之古蹟」と刻まれている。巡礼がたまに足をとめるが、どうやら、なんの碑ともわからず、素通りされることのほうが多いようだ。この寺は、光仁、花山、白河三天皇の離宮になったこともあるだけに、閑静で美しい山懐《やまふところ》にある。

ここの境内にも桜が咲き匂っていた。本堂の前で熱心にひざまずいて、観音経をあげている男の巡礼がいた。横で声を合せていたら、それが終って、僧衣の私に「庵主さんはどちらからですか？」とたずねた。柔和《にゅうわ》な目の、初老の、みるからに幸福そうな巡礼であった。

宇治には『源氏物語』にちなんで、いたるところに「――之古蹟源氏物語宇治十帖の内」と彫った碑が建っている。しかし、これは徳川時代につくられたもので、現在立っている十個の碑は、宇治十帖とは直接にはなんの関係もない場所ばかりである。好事《こうず》家《か》が、『源氏物語』を愛読するあまり、宇治まできて、そんなゆかりの土地を、自分なりにつくりたくなったのだろう。

■なぜ宇治を舞台に選んだのか？

国道に引返し、宇治橋に着く。朱塗りに青いぎぼし（擬宝珠）の宇治橋が長くかかり、橋の袂《たもと》は京阪宇治線の駅前で、さすがに花見の人出でいくぶん賑《にぎ》わっている。昔は川のこちら側はひっそりとした閑静な通りだったが、いつのまにか観光客相手の店が、狭い道の左右に建ち並び、けっこう賑わっていた。

昔の貴族たちは、宇治川の両側に別荘やそれぞれの荘園を持っていたようだ。道のすぐ左側に橋寺の門がある。小ぢんまりした目立たない門だが、石段をあがっていくと、これは寺というより庵《いおり》と呼ぶほうがふさわしい、しっとりした建物と、陽当りのいい、おだやかな庭がひらけていた。桜の花ざかりの下に白い蝶が幻のように舞っていた。

宇治の八の宮の山荘は、この橋寺のあたりと式部は設定したという説もある。道より高い境内に立つと、宇治川が見下ろせる。昔は放生院《ほうじょう》と呼ばれていたが、いまは橋寺放生院と呼ばれている。どの寺もそうだが、おそらく昔はもっと広い寺域を占めていただろうし、建物のなかからも、宇治川や宇治橋がまぢかに見下ろせたことだろう。

宇治橋が流されるたびに、この寺で数十度も営繕したところから〝橋寺〟と呼ばれるようになったものらしい。

紫式部の当時からすでにこの寺はあっただろう。道長の荘園は、宇治川の向う岸の広い地域を領していた。いまの平等院は、道長から長男の頼通に譲られてから建てられたものだが、その寺域も、現在のような狭いものではなかっただろう。

おそらく、道長の領地は、向う岸一帯のほとんどを占めていたのではないか。紫式部は初瀬詣の行き帰りに、道長の別荘で泊まることもあり、宇治の風物は四季おりおり目に焼きつけておいたものと思われる。川向うの朝日、仏徳の連山を眺めては、花や紅葉や雪に彩《いろど》られる山の美しさを忘れず、ときには舟をこぎ寄せ、あるいは橋を渡って、向う岸の寺や神社に詣ったことだろう。宇治十帖の舞台に八の宮の山荘を選ぶとき、橋寺や宇治神社を思い浮かべたことはじゅうぶん想像できる。

橋寺から川ぞいにさかのぼっていくと、宇治神社に出る。真向いに平等院がのぞまれ、流れの早い宇治川のまんなかに、中の島が横たわっている。その島へ向かって、宇治神社の真下の岸から丹《に》塗りの橋が新しくかけられていた。どうせかけるなら、もすこし風《ふ》情《ぜい》のあるものをかければいいのにと思う。

このあたりも、土産物屋や茶店が川ぞいに建ち並んでいて、すっかり観光地としての設備がととのってきた。それだけ風景が傷つき、情趣がそがれてきたのはどうしようもない。親子連れが幾組も花見を愉しんでいるが、だれひとりとして道の傍の宇治神社へ詣ろうとする者はいない。

先に書いた歴史によって、この神社には、応神、仁徳両天皇、菟道稚郎子を祭っている。明治に入ってから、それは宇治上神社と宇治神社にわかれた。道から石段が続いているのは、下神社の宇治神社である。人っ子ひとりいない道を、社守《やしろも》りらしい老婦人がゆっくり箒《ほうき》をつかっていた。森閑《しんかん》とした境内には、大椿の老樹があり、真赤な花がおびただしく地を染めているだけである。祭神・菟道稚郎子のことを書いた立札が建っている。

■千年の往古しのばせる宇治上神社

宇治神社を下り、もとの道を戻って、右へ入ると、しばらくして宇治神社の裏道へ出る。宇治神社の西北隅に、「早蕨之古蹟《さわらびのこせき》」の碑が建っているが、なんの風情《ふぜい》もない。やや行くと、道の奥に宇治上神社が見える。簡素な板塀と門があり、門を押したら、中から井戸の水を汲みに来ていたらしい上品な老人が出てきて、本当は拝観料がいるのだけれどとつぶやきながら、しかしそれ以上はとがめだてもせずむこうへいってしまった。

いま見た宇治神社とは比べものにならぬほど趣のある拝殿だと思ったら、はたして国宝だった。拝殿はまるで平安朝の貴族の邸宅のような寝殿造そのままの優美な形をしていて、いわゆる神社という気がしない。鎌倉時代初期の建造というが、蔀戸《しとみど》や勾欄《こうらん》のついた縁がついていていて、離宮と呼んだほうがふさわしい感じがする。

背後の本殿は、平安時代のもので、わが国最古の神社建築だという。格子戸の美しい、簡素で力強く、しかもこの上なく華奢《きやしや》な建物は、これが千年の風雪に耐えたものとは信じがたいほどである。特殊な覆《おお》い屋根が、三段ならんだ本殿の屋根を覆っている。この境内もまた、人っ子ひとりいないので、まるで千年の昔に一挙にひきこまれていくようである。朝日山が背後にひろがり、森閑としたしじまにつつまれ、はるか下方からは、宇治川の流れの音だけが高く響いてくる。流れの真向うに、平等院の美しい屋根が木の間がくれに見えている。なるほどここは、八の宮の山荘として、紫式部が選びたくなるところだと、たちまちうなずける。

・網代《あじろ》のけはひちかく、耳かしがましき河のわたりにて、

・いとど、山重なれる御すみかに、たづね参る人なし。

・げに、ききしよりも、あはれに住まひ給へる様よりはじめて、いと、仮なる草の庵に、おもひなし、事そぎたり。（略）いと、荒ましき水の音、波の響きに、（昼は）物忘れうちし、夜など、心とけて夢をだに見るべき程もなげに、（川風は）すごく吹きはらひたり。

・川のこなたなれば、舟などもわづらはで、御馬にてなりけり。

と、「橋姫」の巻にあるように、その位置や雰囲気は、宇治上神社にまさにぴったりする。さらに、「椎本《しいがもと》」の巻には、匂宮が初瀬詣の中宿りに、光源氏から息子の夕霧に譲られた宇治の荘園の別荘に寄ることが書かれている。

その土地はたいそう広く、趣の深いところだと描写している。それは、現実の道長の荘園と別荘とをそのままモデルにしていることがわかる。薫もそこに迎えに出ていて、ほかにも御所の若い公達《きんだち》がほとんど集まり、終日遊び暮し、夕方には琴や笛を合奏して、

宇治橋の近くの橋姫神社

音楽の遊びをはじめたのが、川風に乗って対岸の八の宮の邸に聞えてくる、とあるから、いよいよこの神社のあたりをそことし、現在の平等院のあたりに夕霧の別荘があった、という設定にまちがいないだろう。

ころは二月の二十日、というのは旧暦だから、ちょうど私が訪れたころとみてよく、

・はるばると霞《かす》みわたれる空に、「散る桜あれば、今は開けそむる」など、色々見わたさるるに、川ぞひやなぎの、おきふし靡《なび》く水影など、おろかならずをかしき……。

とあるのと、まったくそっくりの春景色がひらけていた。薫は若い公達を誘って興にのって、舟をこぎだし、舟の中で管絃を奏《かな》でながら、対岸にわたり八の宮の邸を訪れる。匂宮は身分柄、そう軽々しくも振舞えないので、こちらの別荘に残っていなければならない。それでも噂に聞いている姫君（中の君）に、歌を贈ることは抜目なくなさる。やがて、八の宮の邸とこちらの別荘とでたがいに楽器を奏する音が、川の波の音にまじってひとつのようになる。

■一重の山吹に薄幸な姫の俤

宇治上神社を出て、川のほとりに出、宇治神社の上どなりの朝日焼窯元《かまもと》をたずねる。二千年の歴史をもつ朝日焼は、七十四代目の松林豊斎氏になっていて、ふくよかな夫人

が気持よく迎えてくださる。

　このお宅は、神社よりもさらに川に近く、新築の邸宅や、松露庵という茶室も、古風な雅趣のあるもので、松露庵の腰掛に坐って、目の下の早い川の流れをうっとり見下ろしながら、桜と柳にかざられた向う岸を眺めていると、やはり平等院の屋根が見え、その向うに槇尾《まきのお》の山がのぞめる。宇治橋の再興なったときに建てて、一時洪水で流されていたという十三重石塔も、川中の塔の島に形よくそびえているのが見える。対岸には、現代風の巨大なビルめいたものも建ちはじめているが、どうかこれ以上は、宇治の俤《おもかげ》をこわさないでほしいと思う。おそらく、朝日焼の窯元のこの邸内も、昔の宇治神社の一部だったのだろう。椿や桜の多い庭を案内して下さりながら、夫人は一重の山吹の花を指し示して、

「これはこのあたりだけの花だそうでして、山吹の一重は珍しいそうでございます」と教えて下さる。

　その可憐さは、八重よりまさり、薄幸な宇治の姫君たちの俤をしのばせる。

　そこを辞して、宇治の橋を渡り、対岸へ移動する。まばゆいほどの花ざかりの堤を、さすがにそこにはおおぜいの花見客が歩いていた。こちら側をふり返ると、いま見てきた朝日山一帯に、緑の中に絵具をぼかしこんだように花の色がにじみ、夢のように見える。

浮舟が正体もなく木の根の上にうち倒れていた宇治の院の裏というのはどのあたりだろうなどと思いながら、花見の人群にまじって歩いていると、もう今日が満開のさかりの日だと見える桜の枝から、花びらが風もないのに雪のようにちらちら降ってきたりする。

匂宮が浮舟を盗みだし、抱いて小舟に乗せ川を渡り、連れこんだ時方《ときかた》の叔父の荘園のなかのささやかな家というのは、宇治の院とどれほど離れていたのだろうなどと考えながら歩いていると、こちら側から見た八の宮の邸のあたりが、夕日を受けて鏡をかけたようにきらきら光っていたという美しい表現などが思い出されてくる。

結局、気をうしなっていた浮舟を、横川僧都の一行が、比叡山の山裾の坂本の小野という里につれて帰り、二カ月も看病した上、最後は、横川僧都が加持祈禱をすると、浮舟についた物の怪《け》が調伏《ちょうぶく》せられて退散するという説明になり、浮舟が正気づくという筋の運びになっている。

■少し変えてみたい〝浮舟入水〟

『源氏物語』では、物の怪が活躍して源氏の女たちを次々にとり殺していくが、それは六条御息所の嫉妬の生霊《いきりょう》であることが、すさまじいとともにあわれに悲しい。

夕顔を殺し、葵の上を殺した御息所の生霊は、御息所の理性を越えたところで御息所の躯《からだ》から煙のようにぬけだして、源氏の女たちを苦しめるというのが、女の業《ごう》の救われない罪深さを悲痛に書きあらわしていて、女の作者ならではという想いがする。

六条御息所が、気がつくと、自分の着物に、調伏の時用いる芥子《けし》の香がしみついていて、髪にもそれはしみつき、洗っても洗っても取れず、やはり葵の上についた物の怪は自分の魂であったのかと悟って、浅ましさに嘆き悲しむというくだりがあるが、教養があり、知的な御息所の嫉妬が、ふだんは理性とプライドに抑えられているからこそ、魂が躯をぬけだして女を苦しめにいく、という生きすだまの恐ろしさは、醜いよりも悲哀にみちている。

それにくらべると、浮舟にとりついた死霊《しりよう》は、物語と関係のない、この世に恨みを残した男の死霊で、ただ八の宮の邸に住みついていたというだけにすぎず、別に八の宮に怨みがあるというのでもないのに、大君を殺し、浮舟にもとりついたというので、切実さがなく、わざとらしい。

むしろ、ここでは死霊など出さず、二人の男の板ばさみになって、思い悩み、ノイローゼになった浮舟が、夢遊病のようになって、身を投げるつもりで真夜中に邸をぬけだし、流れに沿って夢うつつに下り、宇治橋の上から幾度も身をおどらせようとして果さず、匂宮との思い出のかくれ家の方へ、夢うつつにさまよっていくうち、力つきて倒れ伏してしまった、としたほうがリアリティがあるように思う。

宇治十帖の中では、何といっても「浮舟」の巻が圧巻である。

生真面目で実意のある薫に、女としてはじめて愛された浮舟は、すなおに愛を覚えながら、匂宮に心ならずも肌を許してしまってからは、薫より情熱的で色事師の匂宮の情緒にしだいにまきこまれ、気づいたときには、匂宮をも愛しはじめている。薫といてさえ、匂宮の俤があらわれて仕方がないというほど、匂宮にひかれている。それでいて、事が露顕《ろけん》して、もし薫に捨てられるようなことがあればどうしようと思い悩む。

最初、母につれられて中宮の所にあらわれたころの浮舟は、まだ個性もない田舎びたおどおどした少女にすぎなかったのに、薫に愛され、匂宮の誘惑に負け、二人の愛に悩むあたりから、急速に女として成長し、かげりも魅力も出てくるありさまを、紫式部は心憎いまでの筆で書きあらわしている。三人三様の心理の襞《ひだ》を、克明に、いきいきと書きわけ、浮舟に従う侍女の右近や侍従の性格までも、リアリティのあるものとして描きだしている。「浮舟」の巻は、始めから終りまで、息もつかせぬ面白さで、そこだけとりだしても、けっこうととのった短篇小説になっている。

二人の男の間にゆれ動く浮舟の心身の頼りなさに、不潔や不貞を感じさせないのは、作者の浮舟への愛情によるものだろう。浮舟の入水《じゅすい》で終らせず、横川僧都に救わせたのは、読者へのサービスが過ぎた感がないわけでもない。

「蜻蛉」の巻も、「手習」の巻も冗長で、なくもがなの挿話《そうわ》が多すぎる。薫が、浮舟の死を嘆きながらも、女一の宮に心を動かしたり小宰相と浮気をしたりするのは、物語の枝葉としても、くだくだしすぎて刈りとってしまいたいし、小野の里で蘇生《そせい》した浮舟に中将が懸想《けそう》するくだりも、なくもがなと思う。

■浮舟の出家願望の強さ

ただ「手習」の巻で、浮舟が横川僧都に頼み、得度《とくど》させてもらうくだりは、緊張感があって哀切でもある。『源氏物語』の中で女の得度するくだりはこれで五つめだが、藤壺と女三の宮の得度の場合よりも、本人の心理が、浮舟の場合が最も細密に書きこまれている。

出家を決心する直前の浮舟の心が、匂宮からすでに離れ、むしろ匂宮に迷わされたことをうらめしく思い、薫を一途《いちず》になつかしがる気持になっていることを作者は書き記した上で、出家を急がせている。

偶然、横川僧都が山を下りてくると聞いて、浮舟の出家の決心が固まるのが唐突ではなく感じられるのも、作者の周到な用意で、浮舟の運命を、ここまでのっぴきならずひっぱってきているからだろう。邪魔になりそうな僧都の妹を、初瀬に発《た》たしてあるので、舞台装置もととのっている。

　病気で少し薄れはしてもまだゆたかな六尺ばかりの髪の美しさも書きあらわしているし、几帳《きちょう》の帷子《かたびら》のほころびから、浮舟が髪をかきだしたとき、剃髪《ていはつ》の役を申しつかった阿闍梨《あじゃり》も、いとおしさに鋏《はさみ》をすぐにも使えないと書き、いざ鋏をいれてみると、そぎわずらい、「あとは尼君に直してもらって下さい」と阿闍梨にいわせているのも心憎い。このころの女の剃髪は、坊主頭にするのではなく、髪の裾をそぎ落すだけであったが、髪が命だった当時の女にとっては、少しそがれるだけでも、命をけずる想いであったであろう。

　浮舟の剃髪の場合が、それまでの女たちの剃髪の描写と異なっている点は、剃髪後の心理がくわしく描かれている点である。これでもう、結婚などのことでわずらわされずせいせいしたという心を、「心安く、うれし。（略）いと、めでたき事なれ」ということばでいいながら、その翌日は、変った姿を人に見られるのがやはり恥かしい。頭の裾が不揃いでばらばらに広がっているのを、誰かうるさい小言をいわず直してくれないものかと思ったりする。

　　なき物に身をも人をも思ひつつ
　　捨ててし世をぞ更に捨てつる

と手習したのちに、「今はかくて限りつるぞかし」と書きつけさせ、自分でふと、あわれをもよおさせている。

こういうこまやかなリアリティにみちたディテールを読みすすめていると、ふと作者自身の出家願望の強さが思いやられ、もしこの宇治十帖が、前篇ののち、ある年月を経て書かれたとしたら、式部はその間に自分も出家して得度していたのではなかったかという空想も起きぬでもない。

■花の魔に魅入られた白昼夢

日がたつにつれて、浮舟の出家直後の感傷もおさまり、気持も晴れ晴れとして、碁を打ったり、尼たちとちょっとした遊びごとに興じたりする気持のゆとりもでき、勤行《ごんぎよう》にも精をだし、法華経《ほけきよう》はいうまでもなく、他の経文までしっかり勉強するようになったと、浮舟の心情を落ちつかせてくる。

最後は、浮舟の生存を聞き伝えた薫が、浮舟の弟に手紙を持たしてやるが、浮舟にそれを心強くしりぞけられてしまうところで終っているが、この終り方はあっけなく、余情もない。

これまでの薫の性格として、そのまま引っこむはずがないのに、だれかがかくしているのだろうかと、下司《げす》な疑いをさせたまま、筆を置いているのは、読者をつき放したような気もする。作者はこれで終るつもりでなく、いま少し書き続けるつもりがあったのではないか。あるいは出家してしまった作者はあまりに悟りすまし、こういう物語を書くことに情熱を失ってしまったのだろうか。あるいは、不意の病で世を去ったのだろうか。

宇治十帖は冗長すぎる、少し刈りこんだほうがいい、など思ったその下から、ふっとそんな妄想めいたものにとりつかれて、私は流れのふちに立っていた。花の香をふくんだ春の空気はあくまであまく、眼下の流れは、千年の昔のままの早瀬の音をひびかせて流れつづけていた。

対岸の花と、かすんだ山に目をやると、自分自身が、去年の春ここを訪れた姿とはすっかり様子を変えていることが、現《うつつ》のこととも思えず、自分自身が、あと十日もしたら、薫が浮舟の生存の噂をたしかめにのぼった叡山の奥の横川にのぼり、仏道の修行にこもる身だということまで、他人の物語のように思われてきて、花の魔に魅入られ、白昼夢《はくちゅうむ》を見ているのではなかろうかと、あやしい心持に誘いこまれていくのであった。

初出・「文藝春秋デラックス」一九七四年七月号（『源氏物語の京都』）

比べてみる「現代語訳」

『源氏物語』が書かれてから時代が変わると、社会も言葉も変わり、原文だけでは理解できない読者も増え、次々に注釈書が出されました。早いものでは平安時代末期の『源氏釈』、以来、有名なものだけでも南北朝時代の『河海抄《かかいしょう》』、桃山時代の『岷江入楚《みんごうにっそ》』、江戸時代初期の『湖月抄《こげつしょう》』、中期の『源氏物語玉《たま》の小櫛《おぐし》』などがあります。

また江戸時代には、無数の絵入り本も刊行されていて、庶民の間にもいかに浸透していたかがよく分かります。

ここでは、与謝野晶子にはじまる、主な「現代語訳」をとりあげて、それぞれの個性を比べて楽しんでみたいと思います。

とりあげる場面は「若菜 上」の、女三《おんな》の宮が降嫁《こうか》してきて三日目の夜。六条院の源氏の妻たちの中で、これまで圧倒的な寵愛をもって第一の妻の座にいた紫の上は、内親王という特別に高貴な姫が正妻として来たことで、あっけなくその座を失い、複雑な苦悩を抱え込みます。紫の上には父の強い後見がなく、源氏との結婚も正式な手順をふんだものではありませんでした。

女三の宮の父・朱雀院《すざくいん》は、彼女を大変いつくしんでいて、自分が出家した後、宮が頼りない身になることを心配して、光源氏に嫁がせました。このとき源氏四十歳、女三の宮は十四歳。

紫の上は、この結婚が、他の女たちとの浮気と違って、源氏にとっても立場上逃《のが》れにくいものであることや、内親王というおそれおおい方に、自分が何か言える身分でもないことを熟知して、下手な嫉妬や取り乱しが顔に出ないよう、自分を抑えて「大らかに」振るまい、女三の宮のもとへ出かける源氏を送り出しますが、心中は穏やかでいられないのは無理もないこと。

おそばに仕える女房たちが「とんでもないことになって……」と言うのにも、「殿のためにはよいことで、宮様が私の存在をうとまずに、仲良くしてくださったらいいのですけれど……」などと、理解と思いやりの権化《ごんげ》のような会話を交わしていました。その女房たちの中には、かつて源氏の寵愛を受けた者もいるのです。

そんな紫の上のところに、他の女君たちからも慰《なぐさ》めのお手紙が来るところを、まずは一番新しい（二〇〇八年二月現在）瀬戸内寂聴訳から見てみます。

＊

ほかの女君たちからも、

「まあ、只今はどんなお気持でいらっしゃることでしょう。もともと御寵愛をあきらめ

ているわたしたちは、こんな時、かえって気が楽ですけれど」

などと、水を向けながらお見舞いを言って寄こされます。

「こんな推量をする人たちのほうこそかえってうとましい。どうせ男女の仲なんて無常なもの、それなのになぜ、そうくよくよ思い悩むことがあるだろう」

などとお考えになります。

あまり遅くまで起きているのも、いつにないことと、女房たちが不審がるだろうと、気が咎められて、御帳台にお入りになりました。女房が夜具《やぐ》をおかけしましたが、紫の上は、このところほんとうに独り寝で、横に源氏の院がいらっしゃらない淋しい夜ながつづいていることに、やはり平静ではいられない切ないお気持になります。

「あの須磨へ源氏の君がいらっしゃってお別れしていた頃を思い出すと、どんなに遠くに離れていられても、ただ同じこの世に生きていらっしゃるとさえお聞きすれば、自分のことなどはさておいて、ただ君のお身の上ばかりを、惜しくも悲しくも思ったではなかったか。もしもあの時、あの騒ぎにまぎれて、君も自分も命を落としてしまっていたなら、どんなにあっけないふたりの仲だっただろう」

と、また思い直されもするのでした。外には風の吹いている夜の気配が、冷え冷えとして、なかなか寝つかれないでいらっしゃるのを、お側の女房たちが気づいて怪しみはしないかと、身動きもなさらないのも、やはり何としてもお苦しそうです。そんな時、

夜のまだ暗い中に一番鶏《いちばんどり》の声が聞こえるのが、身にも心にも沁みとおるようでした。
（瀬戸内寂聴『源氏物語』巻六　講談社文庫）

＊

瀬戸内訳の『源氏物語』は、平成八年（一九九六）から翌々年にかけて刊行されました。

かつて瀬戸内晴海のときに執筆された小説では、女性の劇的で波瀾の恋や生涯を描いたものの印象が強く、また源氏についてのエッセイや関連の小説でも、女性の奥深い心理を、強い共感とともに描いたものが多いので、「瀬戸内源氏」もそのような華々しい「超訳」のように期待してしまいますが、じつは原文に大変に忠実な、スタンダードなものです。このような現代語訳は、後述の円地文子以来の登場です。

平成の時代を反映して、円地文子よりもやさしく分かりやすい表現で、人物像もあまりかた苦しくはありません。学生から熟年までの現代の読者が、誰でも無理なく「源氏」の世界に入っていける教科書のようです。

瀬戸内寂聴が、本当に『源氏物語』を愛し、エッセイや創作とは別に、とにかく忠実な原文の訳を、これからの時代の読者に残そうとした、そのような、原典を大切にする心が感じられる訳です。

読みやすい瀬戸内訳でしっかり理解した後、この場面の原文を見てみます。

＊

異《こと》御方《かた》〴〵よりも、「いかにおぼすらむ。もとより思《(おもひ)》離《はな》れたる人〻は、中〴〵心やすきを」など、おもむけつゝとぶらひきこえ給《(たまふ)》もあるを、かくおしはかる人こそなか〳〵苦《くる》しけれ、世中《(よのなか)》もいと常《つね》なきものを、などてかさのみは思《(おもひ)》なやまむ、などおぼす。

あまり久《ひさ》しきよひ居《ゐ》も例《れい》ならず、人やとがめんと心の鬼《おに》におぼして、入給《(いりたまひ)》ぬれば、御衾《ふすま》まい《(ゐ)》りぬれど、げにかたはらさびしき夜《よ》な〳〵経《へ》にけるも、猶《(なほ)》たゞならぬ心地《(ここち)》すれど、かの須磨《すま》の御別《わか》れのお《(を)》りなどをおぼし出《い》づれば、いまはとかけ離《はな》れ給《(たまひ)》ても、たゞおなじ世のうちに聞《き》きたてまつらましかばと、我《(わが)》身までのことはうちを《(お)》き、あたらしくかなしかりしありさまぞかし、さてそのまぎれに我も人も命《いのち》たえ《(へ)》ずなりなましかば、言《い》ふかひあらまし世かは、とおぼしなを《(ほ)》す。風うち吹《(ふき)》たる夜のけはひ冷《ひや》やかにて、ふとも寝入《ねい》られ給はぬを、近《ちか》くさぶらふ人〻あやしとや聞《き》かむと、うちもみじろき給はぬも、猶《(なほ)》いと苦《くる》しげなり。夜深《よぶか》き鳥《とり》の声《こゑ》の聞《き》こえたるも、ものあはれなり。(『新日本古典文学大系』21「源氏物語」三　岩波書店)

＊

細かい注釈と学術的な現代語訳のついた、小学館『日本古典文学全集』の「源氏物語四」では、この場面の注釈に、女君たちからの手紙には、「これまで源氏の愛を独占してきた紫の上のにわかな不幸を喜ぶ心がある」とあり、また「夫の愛の厚い薄いも所詮は一時のもの。あの女たちのように苦しみつづけるのは、愚痴であろう。紫の上は自分の不幸を正視し、冷静に受けとめようとする」とも書かれています。なかなか奥深い洞察ですが、瀬戸内訳は、そのような深読みは読者の自由にまかせ、あえて訳者の色を出さないようにしてあります。

また原文の「心の鬼におぼして」という言葉は、瀬戸内訳だけでなく、どの訳でも「気が咎めて」になっていて、「心の鬼」が現代のイメージと違うのは面白く感じられます。瀬戸内訳で「女房が夜具をおかけしましたが」とわざわざ書かれているのは、原文で「御衾まいりぬれど」とあるからだということもはっきりします。紫の上のような人は自分で布団をかけないで、女房がかけてさしあげるものだったことが改めて分かり、情景が脳裏に浮かびます。

この場面の最後、原文の「夜深き鳥の声の聞こえたるも、ものあはれなり」というところは、訳では「夜のまだ暗い中に一番鶏の声が聞こえるのが、身にも心にも沁みとおるようでした」となっています。この短いながら切々たる一行にはハッとさせられ、忠実な訳のうちにも、瀬戸内寂聴の小説家としての冴えが感じられます。時折見られるこのようなところをおさえつつ読むのも、瀬戸内訳のひそかな楽しみです。

ここで多少物語をはしょると、次の場面では、同じ夜、女三の宮のもとにいた源氏が描かれています。夢に紫の上が出てきたので、源氏は胸騒ぎがして、夜明け前に、一番鶏が鳴くのを待ちかねるようにして(先ほどの場面で紫の上が一人で聞いた鶏と同じ)、三の宮の床から出てゆきます。先ほどの小学館『日本古典文学全集』の注釈には「女のもとに泊まった男は、一番鶏が鳴いてから、夜が明けぬ前に帰るのが礼儀である。『待ち出で』とあり、源氏は、早く紫の上の所へ帰りたくて、いらいらしていたのである」とあります。

女三の宮はまだ幼いばかりで、まるで手ごたえがなく、ただ彼女の乳母《めのと》たちに見送られて源氏は紫の上のところに帰ってきますが、紫の上の女房たちは、このように源氏がほかの女のところで夜を過ごして朝帰りをするのを面白くなく思っているので、わざと寝たふりをして、源氏を雪の消え残る寒い夜空の下で待たせておいてから、格子をあけます。

寒さにふるえながら入ってきた源氏の会話から、また瀬戸内訳を見てみますと、

＊

「ずいぶん長く待たされて、体もすっかり冷えきってしまった。こんなに早く帰ってきたのも、あなたを恐《こわ》がっている気持が徒《あだ》やおろそかでない証拠ですよ。でも別にわたしに罪があるというわけでもないけれど」

とおっしゃって、紫の上のお夜着《よぎ》を引きのけられると、紫の上はすこし涙に濡れた下着の単衣《ひとえ》の袖をそっと隠して、恨みがましくもせず、態度はおやさしいけれど、それほ

ど心から打ちとけたふうにはなさらないお心遣いなど、ほんとうにこちらが気恥ずかしくなるほど魅力があります。この上もない高貴な御身分の方といっても、これほどの人はいらっしゃらないだろうと、源氏の院は、つい女三の宮と比較なさいます。

　昔のことをあれこれと思い出されながら、紫の上がなかなか御機嫌を直して下さらないのをお怨みになって、とうとうその日はおふたりでお過しになられました。源氏の院は、女三の宮のいらっしゃる寝殿のほうへはお出かけになれず、そちらへはお手紙をさし上げます。（瀬戸内寂聴『源氏物語』巻六　講談社文庫）

＊

　源氏の会話も、古典の訳らしい言葉でありつつ、自然な感じをそこなわない、微妙なバランスを見事にとっています。ここでも特別な強調や解説などは入れず、あとの想像は読者にまかせる潔さに貫かれた訳でもあります。

　原文は、

＊

「こよなく久《ひさ》しかりつるに、身も冷《ひ》えにけるは。を《（お）》ぢきこゆる心のを《（お）》ろかならぬにこそあめれ。さるは、罪《つみ》もなしや」とて、御衣《ぞ》ひきやりなどし給《（たまふ）》に、すこし濡《ぬ》れたる御単衣《ひとへ》の袖をひき隠《かく》して、うらもなくなつかしき物から、うちとけてはたあらぬ御用意《ようい》など、いとはづかしげにお《（を）》かし。限《かぎ》りなき人と聞《き》こゆれど、かたかめる世《よ》を、とおぼしくらべらる。

よろづいにしへのことをおぼし出《い》でつゝ、とけがたき御けしきをうらみきこえ給《たまひ》て、その日は暮らし給へれば、え渡《わた》りたまはで、寝殿《しんでん》には御消息《せうそこ》を聞こえ給《たまふ》。(『新日本古典文学大系』21「源氏物語」三　岩波書店)

＊

となっています。

女三の宮が、源氏の永遠の憧れの藤壺中宮の姪《めい》にあたるので(これは紫の上も同じですが)、源氏は実は内心ひそかに期待もしていました。ところがあまりに幼く、心づかいどころか意思も感情もないような宮にがっかりして、やっぱり紫の上ほどの人はいない、と源氏は改めて痛感するのです。

源氏がいないことを嘆き、一晩中泣いていたため濡れてしまった袖を、紫の上は「そっと隠す」のです。涙の証拠を見せれば、自分の悲しみや恨みを源氏にぶつけることになります。それでは源氏を苦しめてしまうという気遣《きづか》いでしょうか、それとも、そのような恥ずかしいことを見せまいとするプライドでしょうか。

前述の小学館版の注では「夜着を引きのける」のは「共寝をしようとする激しい行為」とあります。さらに、源氏が帰ってきたことを「紫の上は素直にそれを喜びながら、しかし肌を許さない。先刻まで女三の宮と時を過ごした夫からいまさら愛撫されるみじめさに、堪えられないのであろう。源氏には、自分や女三の宮に対するつつましい心づかいと映って、心うたれるのである」と、かなり深読みをした指摘もされています。

現代の読者にはすぐにはのみこみにくい、紫の上の「恨みがましくもせず、態度はおやさしいけれど、それほど心から打ちとけたふうにはなさらないお心遣い」とは何か？という疑問に対する答えの一つです。源氏は女三の宮を抱いた後、紫の上も抱いたのでした。

もちろん原文にはそのような生々しい言葉はありません。当時の読者にはこれで充分通じたのでしょう。

当時の正式な結婚では、三日間は必ず妻のもとに通わなければならなかったのですが、その三日目の明け早々に紫の上のところに帰ってきて、四日目を紫の上のもとで過ごした源氏は、「雪で体調をくずしたので、気兼ねのないところで休みますので、今日はうかがえません」と女三の宮のところへ手紙をつかわします。

ところが、その返事は、女三の宮からのものではなく、ただ彼女の乳母から「お手紙の内容を宮にお伝え申しました」とだけ、というそっけないものだったので、源氏はまたがっかりします。

けれども、女三の宮や乳母の立場から見れば、そっけないのは源氏の方ではないか……とも思われます。紫の上の苦悩と卓越性を強調するために、女三の宮の手ごたえのなさはたびたび強調されますが、夫からもっと深く愛されていたら、幼い宮も、変わっていたかもしれないのに、とも想像されます。

さて、ここで現代語訳の歴史を振り返ってみます。作家による現代語訳の筆頭といえば、言わずと知れた与謝野晶子です。大阪（堺）出身、明治十一年（一八七八）生まれの歌人・作家。まずは先と同じの、第一の場面の晶子訳を。

＊

花散里の君や明石の君から、どんなにあなたはお苦しいか、自分などはさうであらうがかうであらうが関《かかは》りもないやうなものであるがと云ふやうな手紙の来るのを見て、そんなに私は執着心《しふぢやくしん》が深いのでもないにと紫の君は思つて居た。床《とこ》へ入つたが、こんな寂しい独寝《ひとりね》の夜《よる》の続いたのは、須磨へ源氏の君の行つておいでになつた時より外《ほか》はないが、その時は我身の寂しさよりも源氏の君のことばかりが気に懸《かか》つて悲しかったので、この経験は自分には新しいもののやうに思ふなどと思ふと涙が零《こぼ》れた。然しあの騒動の時に何方《どちら》かが死んでしまつて居たら、それから後今日《のち》までの楽しさも何もない筈であると思ひ返して寝入らうとしたが眠られない。鶏の啼くのを聞いても唯味気《あぢき》ない。（『鉄幹晶子全集』第七巻「新訳源氏物語　中巻」勉誠出版）

＊

さすが、「やわはだのあつき血潮にふれもみで　さびしからずや道を説く君」とか「君死にたまふことなかれ」などと言ってのけた勇敢な才女だけあって、大胆で勢いのある訳です。

晶子は女学校時代から源氏に親しんだといわれますが、この時代の、教養ある良家の子女で、特に歌を詠《よ》む人であれば、それは晶子に限らず、当然の環境だったと思われます。冗長な原文を見事に刈り込んだ口語訳も、読者側のレベルの高さがあったところにこそ咲いた花とも想像されます。

この部分にはありませんが、登場人物の年齢や呼び名なども、原文になかったものを随意に作ったりして、現代風に言えば「超訳」の源氏ですが、大変な好評だったらしく何度も改定を重ねています。

晶子の描く紫の上は、さばさばとして、他の女君からの手紙も、「そんなでもないのに」とあっさり受け流し、独り身の寂しさも「この経験は自分には新しいもの」と、悲しみの内にも自分を観察する好奇心を忘れず、鶏の声も「唯味気ない」と一言で切り捨てた感じがします。原文にある、おつきの女房にも神経を遣《つか》って寝返りもしない様子はあっさり省略されていて、いかにも自分で道を切り開いてきた晶子らしい紫の上です。

また手紙をよこした「他の女君」を、きっちり「花散里の君や明石の君」と名指ししているのも珍しいことです。

続く第二の場面。

＊

『長く立たされて居たうちに私は身内が冷え切つてしまつた。あなたに怖れて居るからさうもなるのだよ。こんな心に罪はないでせう。』と云つて、源氏の君は紫の君の着て寝て居る蒲団をお開けになつた。涙で濡れた下着の袖口をそつと隠して、なつかしくてならなかつた嬉しいと云ふ風でありながら、打ち解けもしない様子で居るのを愛らしくてならなく源氏の君はお思ひになつた。終日《いちにち》機嫌をおとりになつて日が暮れてしまつたので、宮の方へは今朝の寒気《かんき》で一寸した病気にかかつたから気安いところで養生をすると手紙で云つてお遣《や》りになつた。（同前）

＊

源氏の言葉づかいも、古風でありながら、身近な優しさ、関西風な男の甘えの優雅さを生き生きと表しているように感じられます。晶子の訳の思い切った簡潔さは、後代の誰もが超えることのできないもののようです。

次は谷崎潤一郎の訳を見てみます。

＊

ほかのおん方々のあたりからも、「まあ、どんなお気持がなさいますでしょう。私《わたくし》たちなどはもともと諦《あきら》めていますので、かえって気楽でございますけれども」などと、御機嫌を取りながら見舞いを言ってお寄越しになったりしますので、そんな推量をする人たちこそ苦々《にがにが》しい、世の中は無常なものであるから、何もそういう風にばかり考えつめて、くよくよすることがあるものかなどとお思いになります。

あまりおそくまで夜更かしをしているのも例がないので、人々が不審がるであろうと気がお咎めなされて、（中略）

風がある夜のことなので、あたりが冷え冷えとして、すぐにはお寝つきになれませんのを、近く侍《さぶろ》う人々が聞いて訝《あや》しみはしないかと、寝返りもなさらずにいらっしゃいますのも、さすがに苦しそうなのです。夜深い鶏《とり》のこえの聞えるのも物哀れです。（『谷崎潤一郎全集』第二十七巻「新々訳源氏物語」巻三　中央公論社）

＊

谷崎潤一郎は明治十九年（一八八六）生まれ。与謝野晶子より八歳ほど若いだけですが、訳は一転して、丁寧に優しく語り聞かせるような言葉で、原文に忠実に進めつつ、会話などを日常風にしたものです。

実は与謝野晶子の「新訳」は、第一版が大正二年（一九一三）から三年にかけて出されましたが、色々粗《あら》もあったため、その後何回も手を入れて、完成版は昭和十三年（一九三八）、晶子の晩年に出されました。そのまさに同じ年に、谷崎の「新々訳」が刊行されているのです。時代も読者も変わっていったことが察せられます。谷崎の訳からは、谷崎が、美少女の生徒に噛《か》んで含めるように、やさしく語り、教えているようなイメージが彷彿とします。読者は、自分が美しいお姫様で、谷崎が召使いで、うやうやしく『源氏物語』を読み聞かせてくれている、というつもりになって読むと、一層楽しめるでしょう。

ここに描かれるのは、気丈にこらえながらも、あくまで従順でいじらしい紫の上です。谷崎の作品の中でも有名な『細雪』は、この「新々訳」の後に書かれていますが、本当はしっかりと好き嫌いがあっても、決して自分から言葉を発しない雪子に、女三の宮の姿を重ねてみることもできるかもしれません。

＊

「ひどく長い間待たされたので、体が冷えてしまった。こんな時分に帰って来るのも、よっぽどこちらを恐《こわ》がっていればこそですよ。それにしても私に罪がないではありませんか」と仰せになって、お夜具にお手をおかけになると、少し濡《ぬ》れているおん単衣《ひとえ》の袖を引きかくして、たわいもなくなつかしそうになさりながらも、やはりお守りになるところはしゃんと守っておいでになる御用意のほどなど、まことに優しくて心にくいのです。この上もなくやんごとないおん方といっても、なかなかこうまでは行かぬものをと、つい比べる気におなりになります。いろいろと昔のことを思い出し給うて、御機嫌をお

直しになりませんのをお恨みになりながら、とうとうその日は暮しておしまいになりまして、寝殿の方へはようお渡りになりませんので、おん消息をお上げになります。（同前）

＊

「それにしても私に罪がないではありませんか」という源氏の言葉も、晶子の「こんな心に罪はないでせう」と比べると、熟年らしい貫禄があるようです。瀬戸内訳で「態度はおやさしいけれど、それほど心から打ちとけたふうにはなさらないお心遣い」と訳されていたところは、「お守りになるところはしゃんと守っておいでになる御用意のほど」となっていて、紫の上の心情のことよりも、〝独り寝でもたしなみを忘れない〟という物理的なことに重点を置いているのも、谷崎らしい訳です。「寝殿の方へはようお渡りになりませんので」と、関西風の言葉を使っているのも、平安の京を意識した演出でしょうか。

戦後には、円地文子の訳が出ます。すでに昭和十四年（一九三九）には東京日日新聞に「源氏物語私語」を書いていて、早くから源氏の研究では頭角をあらわしていましたが、本格的な訳にとりかかったのは昭和四十二年（一九六七）、刊行は昭和四十七年（一九七二）から翌年にかけてでした。

＊

ほかの女君方からも、「お心の内をお察し申上げます。もともと諦めております私どもは、こうした時には心安うございますが」などと、お心を引くように文など寄こされる方もあるが、こんなふうに自分の気持をさまざまに推《お》し量ってくれる人たちのほうが、私にはかえって疎《うと》ましい。所詮世の中は無常なもの、くよくよ思い悩んでみても詮ないことなどともお思いになる。（中略）

あの須磨のお別れの折などをお思い出でになると、今はと別れてはいらしったものの、ただ、君が同じこの世に生きて無事においでになると聞きさえすれば心が安らぎ、わが身の上のことはさし措《お》いて、君の御身の上ばかり惜しく悲しく思われたのだった。考えてみれば、あの折の長い生き別れの騒ぎに紛れて、君も自分も命を落してしまっていたならば、今更何をいってみても詮ないことであったと思い返してごらんにもなる。風の吹き立てる夜気は冷たくて、なかなか眠りつくことが出来ないのを、そうした気配が見えては、夜詰めの人々が気にするであろうと、わざと身動きもなさらずにいらっしゃるのもまことにお辛そうである。まだ夜深いというのに鶏《とり》の声がけたたましく聞えるのものあわれであった。（円地文子『源氏物語』巻一　新潮社）

＊

気品があって、折り目正しい感じの文章ですが、「私にはかえって疎ましい」など、紫の上の心中が、意外と強い調子で描かれています。一方で、源氏の須磨退去を思い出すときなどは「命を落してしまっていたならば、今更何をいってみても詮ないことであった」と、諦念《ていねん》の入ったような、抑制《よくせい》のきいた表現です。また「別れてはいらしったものの」など、昭和の上品な女性言葉も、今では時代を表すものとなりました。

円地の紫の上は、気高く強いイメージですが、側仕《そばづか》えの女房への配慮が「夜詰めの人々が気にするであろう」と、さして複雑な感じのしない表現になっていたり、一番鶏が「ものあわれ」と定型で決められていたりと、あまりドロドロしたところを予想させるような描き方を避《さ》けている趣もあります。

＊

「ひどく長く待たせるので、身体《からだ》がすっかり冷えてしまった。びくびく怯《おび》えている心が徒《あだ》や疎《おろそ》かでない証拠だろう。しかし別に罪があるわけでもない」とおっしゃりながら、女君の掛けていらっしゃる御夜着をお引きのけになると、涙に少し濡れた単衣《ひとえ》の袖をひき隠して、何の隔てもなくやさしいながらも、そうそううち解けきってもお見せにならないお心用《もち》いなど、まことにこちらが恥ずかしくなるほど美しくゆかしい。（後略）（同前）

＊

ここで注目すべきは、源氏の言葉づかいです。晶子も谷崎もびっくりするほど、居丈《いたけ》高《だか》で理詰《りづ》めな感じです。「しかし別に罪があるわけでもない」とは、愛妻にすまなく思う男のささやかな言い訳にしては、独り言のような、決めつけの調子です。円地の描く源氏は、昭和の厳しい家長、権力を持った家の主のような感じがします。

円地の代表作の一つ『女坂』は、明治時代の妻妾同居の話ですが、その家の主が権威のある「明治の（勝手な）男」なので、ついその印象にひきずられてしまうのでしょうか。

再び一転、権威的な人物像からは遠い、田辺聖子の『新源氏物語』ではどうなっているでしょうか。刊行は昭和五十三年（一九七八）から翌年にかけて。円地文子より六年後のことでした。

＊

ほかの夫人たちからも、

「たいへんなことになりましたのね。お心の内ご同情申上げます。私どもはもう、殿にとっては数ならぬ身とあきらめていますから、かえってこんな場合、心労もなく気楽でございますが」

という見舞いの手紙が、紫の上に寄せられたりする。

それはまちがいなく同情なのか、それとも好奇心なのか、皮肉なのか、誰が知り得よう？

愛憎の渦に巻きこまれたとき、女の同情や共感は、たやすく皮肉や好奇心に裏返るのである。聡明な紫の上には、そのへんを見抜く力があった。

こちらの心理を推量したつもりの慰め顔がわずらわしい。先のことはわからぬ男と女の仲に、いちいち捉《とら》われてくよくよするのはおろかなこと、と紫の上は思い定めるのだった。（中略）

久しぶりに、須磨《すま》に源氏がいっていた頃のことが思い出される。あのころは、生別が悲しく辛く、源氏が無事でさえいればいい、とそれのみ念じて辛い月日を送っていた。あのとき、源氏も自分も、あの悲しみに堪えきれず命を落していたなら、いまになって、こんな嘆きをすることもなくなっていたであろう。

（いいえ……でもやはり、あのとき死ななくてよかった。わたくしたちはあれからどんなに楽しい人生、生きて甲斐《かい》ある愛の生活を送ったことか。それを思えば、こんどのことの嘆き苦しみも、何でもないわ……やっぱり、生き甲斐ある生活なのよ。生きていたいわ……）

風が烈《はげ》しく渡って衿《えり》もとが寒かった。紫の上は、なかなか眠りにつかれなかったが、しかしあまりそういう様子をみせては、ちかくの女房たちが心配するであろうと、身じろぎもせずにいる。苦しい夜である。

まだ夜ぶかいというのに鶏の声が聞こえるのもものあわれで、それにしてもまあ、夜

というものは、かくも長いものであったろうか?(田辺聖子『新源氏物語』下　新潮文庫)

＊

与謝野晶子が「超」短くした訳なのとは反対に、こちらは「超」長くなった訳です。原文をたどりつつ、そこに田辺聖子の解説や解釈が入り、さらに会話もより現代小説的にどんどん創作されています。読みやすく、楽しく、古典の文章になじみのない読者には好ましい入門書かもしれません。「古典て、じつはこんなに生き生きとして面白いものだったのか」と目から鱗が落ちることでしょう。

個性といえばやはり紫の上の（いいえ……でもやはり、あのとき死ななくてよかった）に始まる物思いのところ。どんなに悩んでも、必ず明るく前向きに生きようとして、愛を信じる紫の上。まさに、女性にとっての永遠のヒロイン像です。

また「それにしてもまあ、夜というものは、かくも長いものであったろうか?」という一行にも、小説家として第一級の作者ならではの力が実感できます。

＊

「ひどく待たされて、体が冷えきってしまったよ。いいかげん、びくびくして帰って来ているのに、こう意地わるされちゃたまらない。お手やわらかに頼むよ。そんなに罪を犯したつもりもないのだがねえ」

といいながら源氏は、紫の上がかぶっている衾《ふすま》をそっと取ると、

「まあ……つめたいお手」

と紫の上は、にっこり、する。

しかし源氏が触れた紫の上の単衣《ひとえ》の袖《そで》こそ、冷たい。

それは彼女の涙で濡《ぬ》れていたのではないだろうか。源氏はささやく。

「雪のように冷えた。あたためておくれ」

「おかしいわ……冷えたのは、わたくしのほうのはずなのに。ひとりでいて、暖かいとお思いになって？」

それを、紫の上はなよやかに、うちとけておかしそうにいう。

美しく微笑して。ひとり寝の床にも身だしなみよく美しく、いつもの慣れた香をくゆらせて、恨みもひがみもしないで、ふんわりと源氏を包む。

（この女《ひと》こそ、たぐいなく、けだかい女《ひと》だ。この上ない高貴な生まれといっても、それは血すじのこと、精神のけだかさは、この女《ひと》にまさる女《ひと》があろうか）

源氏は、女三の宮と、くらべずにはいられないのであった。

その日は一日、源氏は紫の上にやさしくあれこれと語らう。源氏がうしろめたい気でいるせいか、紫の上はどことなく近寄りがたい、うちとけぬ風である。

「そんな顔色でいると思い出すよ。……何年前になるかね。私のことをお兄さまと呼ん

で、まつわりついていたあなたが、あるときから急に怒って拗ねて、何日もものをいってくれないときがあった。……おぼえているかね？」

「いやね。何をおっしゃるの？」

紫の上はさすがに頬を染めてしまう。

「わたくし、もう忘れてしまいました、そんな昔のこと」

「なぜあんなに、ふくれ顔をしたのだろうね。あのときの、まだ子供げのぬけきらぬふくれ顔はとても可愛かったが、いまのあなたは怖いよ……思えば私たちの仲には、いろいろなことがあった。でも年月がたつにつれて契りは深く強くなってゆく」（後略）（同前）

＊

「お手やわらかに頼むよ。そんなに罪を犯したつもりもないのだがねえ」の台詞《せりふ》には思わず笑いがこぼれて、「カモカのおっちゃん」を連想してしまいます。こんな風に言われたら、悩みもばかばかしくなって、笑いながら源氏を許してしまいそうです。そして田辺訳の卓越した見事さは、読者にとってのかねての問題点「恨みがましくもせず、態度はおやさしいけれど、それほど心から打ちとけたふうにはなさらないお心遣い」が、見事に二人の会話や所作になって表現されきっているところです。これなら、矛盾した二つをどうつなげたものか悩む現代の読者にも、納得・共感できます。紫の上の素晴らしさは、多少宝塚風なスーパーヒロインという感じですが、女ならこのように美しいヒロインに自分を重ねてうっとりしたことの一度は誰でもあるはず。後述する大和和紀の『あさきゆめみし』も、これと似た構成になっていて、何百万の読者の心をわしづかみにしたのです。

　また、翌日に源氏が昔のことを思い出しながら、紫の上のご機嫌をとるところ、誰もが「昔のこと」とだけ訳したものを、田辺聖子は特別に紫の上の初夜のことを取り上げて会話させています。これも、昨夜の二人の共寝のことを、読者に思いださせ、ここが紫の上の悩みだけではなく、源氏の改めての寵愛とエロスの場面であることを、はっきり打ち出しています。

　辛いことを避けるのではないけれど、常に幸せなことも忘れない、前向きな明るさが全体にあふれる「源氏」です。

「長くなった超訳」のもう一方の雄は、何といっても橋本治の『窯変源氏物語』です。これは光源氏の一人称で書かれ、すべてを源氏から見たものとして書かれた（多少『神の視点』は入るものの）、それまでの源氏ファンには驚天動地だった傑作《けっさく》です。

　刊行は平成三年（一九九一）から五年にかけて。他の女君たちからの手紙のことは、紫の上の女房たちの会話で表現されています。

＊

「夏の御方から御消息が参られましたの、ご存じ？　〝如何《いかが》思し召されますことか、元より思い諦《あきら》めたまま過ごすより他にない身と致しましては、なまじ思い煩うこともなく、幸いではございますが――〟よ。他に言いようはないのかもしれないけれど、こういう時にはつい、御本心というものもお出にはなるわね」

「冬の方のお便りなら、私、存じておりますわよ。〝此の度のこと、然《さ》こそとばかり思われまして、申し上げる言葉もございません。思し召し薄い者の申しますことを、不吉とはお思い遊ばされませぬよう〟ですって。お慰めがお慰めにならないこともあるのね」（中略）

人の不幸は、我が身の不幸を嘆く者にとって最高の幸いではある。そして、人の不幸を目の前にしては、幸も不幸もないままに口を鎖《とざ》していた者も、その口を開く。寵愛篤《あつ》い女主人に仕えている者すべてが、その女主を愛している訳ではない。勢いのある者の庇護《ひご》に係《かか》る弱者は、その庇護者の衰えることを、我が身の為に嘆くだけだ。翳《かげ》りを見せた強者は、それだけで最も身近な者から譏《そし》られる。庇護する力を欠いた者は、庇護される者にとって〝哀れ〟ではなく〝愚か〟なのだ。

（中略）

かつては私の寵を受け、その後に女主に仕える女房となった女達。たとえば中務《なかつかさ》、あるいは中将。寵から遠ざけられた女達はすべて、「元より思い諦めたまま過ごすより他にない身」と遜《へりくだ》って、その冷ややかな物見の列に加わる。

見える視線に見えぬ視線を取り雑《ま》ぜて、紫の上は眠れない。そして、眠らずにいる自分のその姿が又、新たなる好奇の目を惹《ひ》きつけることも知っている。夜離《よが》れなどということからついぞ無縁のままに日を送り続けて来たその人が、一人寝の床にもう二日も着いた。「休みます」の一言が、まるで黒鉄《くろがね》の扉を押し開けるように日に日につらくなって行く。

暗い帳台の内に身を横たえ、身に引き掛けた衾《ふすま》の立てる衣擦れの音にさえ、神経を尖《とが》らせる。

「ほら、やはりお休みにはなれないのよ」という囁きが、どこかから聞こえて来そうで。

（橋本治『窯変源氏物語』八　中公文庫）

＊

夏の御方は花散里、冬の御方は明石の君で、与謝野晶子以来はじめて、手紙の主がはっきり示されています。それどころか、女房たちの痛切な批判まで。

評論家、あるいは日本史の思索家としての才能の持ち主ならではの「源氏」です。夢のような恋愛も、憧《あこが》れのスーパーヒロインもなし。平安時代の貴族は優雅におっとり遊び暮らしていたという幻想を一気に打ち壊《こわ》して、リアルな理論と複雑な立場でものを思う源氏。あちこちに複雑な気遣《きづか》いをしなければならない身分社会の現実。

そして当時の社会的・政治的な構造から考えて、帝《みかど》にあらずして位人臣《くらいじんしん》を極めた源氏なら、このように頭脳を働かせたであろう、という「解《と》き」が全編を通じて展開し、「平安時代の社会と思想」のような様相を呈しています。これが、田辺聖子のスーパーヒロインと同じくらい面白いのです。

たとえば「人の不幸は、我が身の不幸を嘆く者にとって〜」のところは、田辺訳と似た解説がついていますが、橋本訳の特長は、その先の、主人と召使いの関係を説明するところです。現代の読者が忘れがちな、紫式部当時の読者の基本を、改めて確認することで、全く違った「源氏」が見えてくるのです。

その分、紫の上の心理描写などはあっさりカットされていて（なにしろ光源氏の一人称ですから）、二人のすれ違いが、はっきり際立っているのも読みどころです。

また女三の宮の降嫁にいたる場面では、朱雀院と源氏のやりとりが、男心の深い洞察《どうさつ》のもとに描かれていたり、源氏が自分の老いを認識したりしています。女性の心理描写を削《けず》った分と同じかそれ以上に、男性の心理が追究されているのです。

源氏が女三の宮の床を出ていくときの、闇の中の描写も圧巻で、理論的な解説ばかりでなく、橋本治がいかに映像的にも豊かなイメージを展開しているかが実感できます。

＊

「いくら格子を叩いても気づいてはくれないものだから、冷えきってしまった。こんな暗い内に戻って来た私の心差しを誉めてもらいたいとは思うのだけれど、あなたは、出て行ったことだけをお責めになるのでしょう？　仕方がない。私の罪ではないのだから」

そう言って冷えた体を温めようと、彼女の上の衾《ふすま》をめくる。同じ鶏の音を、その人はどう聴いていたのだろう。押し殺した胸に張る氷を破る涙と聞いたか、温もりの宿る衾の下の単《ひとえ》の袖は、夢で見たように濡《ぬ》れていた。

身を擦り寄せて、じっとりと熱が宿るような体に手を伸ばすと、拒むでもなく喜ぶでもなく、強張らせるでも受け入れるでもなく、ただ投げ出された女盛りの肉体が温かくあった。その熱の宿るところを求めて、あちこちと手をさまよわせるのは、別に手が凍えていたからではない。

探り当てた埋《うず》み火《び》を掻き立てる作業は、白々明けの頃に迄かかった。

〝義務〟は漸《よう》く《や》に終わったと、私の不快に近い疲労が、私自身を、馴《な》染《じ》んで熱い官能の中に蹴《け》落《お》として行った。

17

その日は一日東の対で過ごした。寝殿の方には消息だけを書き送って、私は渡って行

かなかった。こちらの帳台での用はなかなかのものだったから。(同前)

＊

円地文子訳ほどではありませんが、源氏の台詞は理屈っぽくて、人情とか感傷などとは無縁の、独り言のような感じです。「お責めになるのでしょう?」と源氏に言わせてしまう紫の上の人物像も、いじらしく優しい理想の女性とは違うようです。

原作では紫の上が聞いた鶏の声を、舞台が転換して源氏も聞く、という構造になっていますが、「窯変」は源氏の一人称なので、源氏は紫の上が聞いた鶏の声を知らず、「どう聴いていたのだろう」という推量になっています。

橋本訳では、人間関係の描写は甘くないのですが、その鶏の声を「押し殺した胸に張る氷を破る涙と聞いたか、温もりの宿る衾の下の単の袖は、夢で見たように濡れていた」というところなどは、まるで漢詩か和歌のように美しいのです。「第一の妻の座を追われた女の嘆き」というようなわびしい現実を、装飾的な技巧で表現したときに生まれる「王朝の美」を象徴しているようです。

田辺聖子訳ではあんなに愛の幸せにあふれていたその後の風景も、「義務」「疲労」「用」と描かれていて、なるほど男の人はこのように感じるものか、と勉強させられますが、それで殺伐《さつばつ》とするよりも、新鮮な興味深さが勝《まさ》るのが、すごいところです。

田辺聖子の「超訳」が、女性の夢の体現であるならば、橋本治の「超訳」は、男性の夢の自画像なのかもしれません。

さて現代の「源氏」といえば、桁違《けたちが》いに普及《ふきゅう》しているのが、大和和紀のマンガ『あさきゆめみし』です。「源氏」ファンたる文学少女は言うまでもなく、古典には興味などない少女から、受験生の古典問題対策、源氏好きの彼女に話を合わせるべく読破した青年にいたるまで、老若男女が手にとる「源氏」入門の書として、不動の位置をしめています。

昭和以降の女子高生・女子大生にとってはすでに『源氏物語』＝『あさきゆめみし』で、女子大の国文科の議義では、教授がわざわざ「これは『あさきゆめみし』のオリジナルで原文にはないところ」「これは原文通りのところ」と、区別を指摘しないと、生徒が混乱するとか。

原文に忠実なところと、平安時代にはありえないようなオリジナルなところが、渾然《こんぜん》一体《いったい》となり、そのようなことを考えるすきもなく、読者を作品世界に深く惑溺《わくでき》させるのは、ビジュアルの強さによるところが大きいようですが、実はマンガの言語センスも抜群に素晴らしいのです。

たとえば、源氏が朱雀院に女三の宮を引き受けると返事をして、紫の上のもとに帰ってきた時、確かに原作でも、すぐには話さないで、翌日になってからうちあけるのです

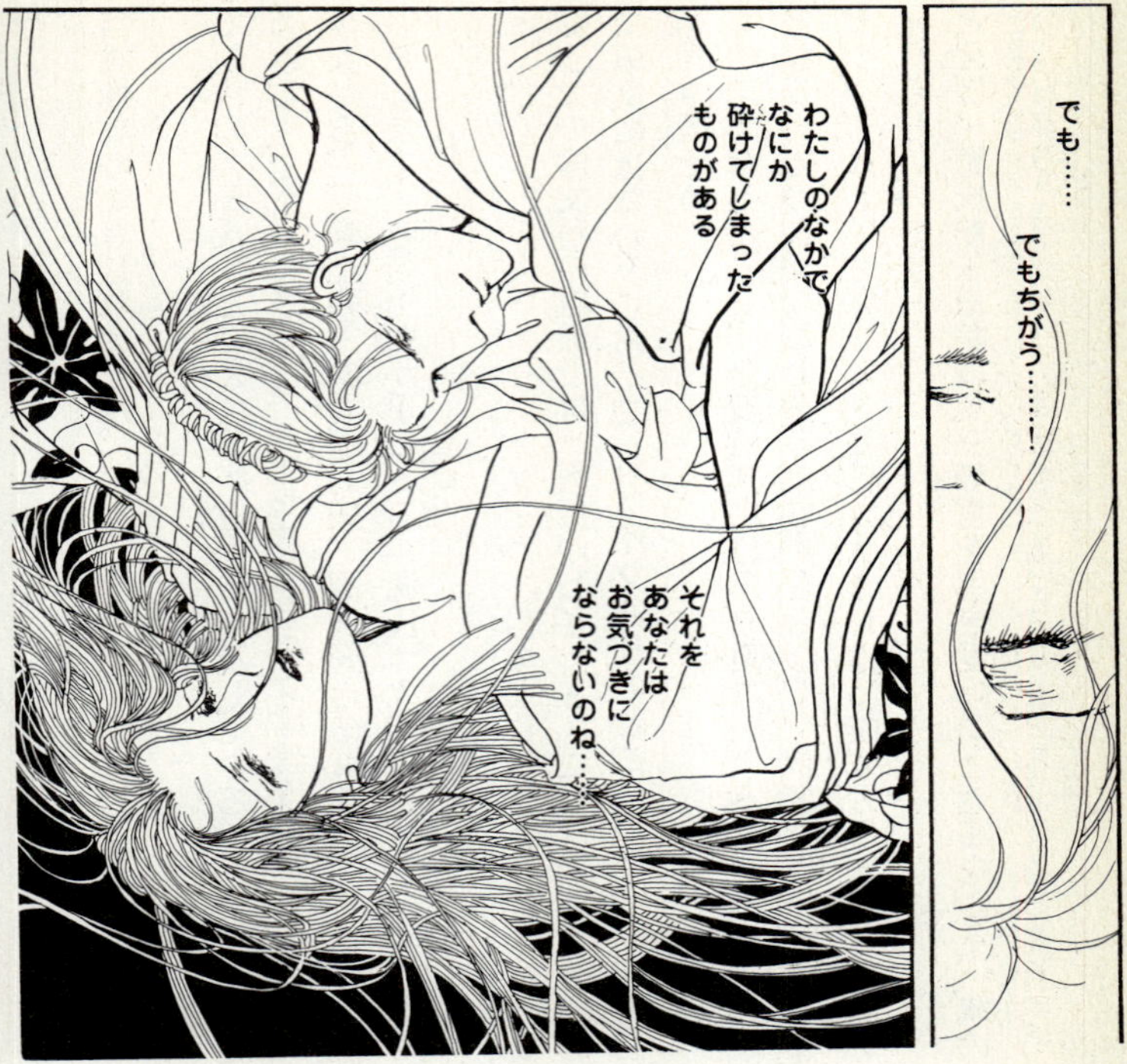
でも……
でもちがう……！
わたしのなかで なにか 砕《くだ》けてしまった ものがある
それを あなたは お気づきに ならないのね……

『あさきゆめみし』より　©大和和紀／講談社

『あさきゆめみし』より　©大和和紀／講談社

が、原典では紫の上は、女三の宮のことは「さして気にもとめないご様子」だったのに比べて、『あさきゆめみし』では、源氏が帰ってきた瞬間に、紫の上は降嫁を悟《さと》るのです。そして人物の会話が描かれる吹き出しの中では、単に朱雀院の体調のことなどが言い交わされつつ、同じ画面の地の部分では「……おひきうけになったのだ……！」と書かれるのです。

また源氏が「他人のつまらない中傷や陰口に耳をかさないで下さい。私のあなたへの愛は決して変わりませんよ」と言うところも、それに対する紫の上の心情が「わたしのなかで　なにか砕《くだ》けてしまったものがある」と描かれ、原文にはなくとも、読者の想像と共感を、完璧に表現しています。

女君たちからの手紙のところや、それに続く独り寝の眠れぬ夜のところも、かなり原文に忠実に再現されています。わずかに違うのは、「身動きもしないでいる」のが、「ため息が女房たちに聞こえたかしら……」となっているところでしょうか。

紫の上が源氏の手をとって「まあ……こんなに冷たいお手を」と言うと同時に、源氏は「……上《うえ》……!?」と気づき、「あなたこそこんなに袖口が濡れて冷たい……それでは一晩中涙を……？」と思いつき、二人の抱擁場面が展開するのです。「華麗な王朝絵巻」を昭和に再現した傑作の一つです。

女三宮様は
同じ身分とか
下の身分ではなく
おそれ多いお方…
正妻として
自分より
上の人が
あるはず
がない
けれど
わたしは幼い時
後見のない孤児…
まろ様が高貴な
お方をお迎えして
わたしはどうなるのだろう…

『大摑源氏物語　まろ、ん？』小泉吉宏（幻冬舎）より

さて、マンガではもうひとつ、小泉吉宏の『大摑源氏物語　まろ、ん？』をご紹介します。この変わったタイトルは、マンガでは源氏のことを公家言葉の「まろ」と呼んで、「まろ」↓「まろん」とかけて源氏の顔が栗の形で描かれているからなのです。

五十四帖すべてを、基本的には見開き八コマで説明しきるという、とても信じられない神業をしてのけた、これも突出した現代訳です。しかも「超訳」ではなく、原典に忠実で、当時の官位制度や社会状況も分かりやすく解説され、一度読んだら不思議と忘れられないようなつくりになっています。

受験生や学生には『あさきゆめみし』よりも理想的で、もちろん一般読者にも、あの膨大な「源氏」の全体像を、なぜか苦労なく覚えられる、救済の書として、大変ありがたい一冊です。

八コマの他に、随所に人物紹介や系図、歌の解説などもあり、これらもよく出来ているのですが、

「王朝ロマン」が「栗顔の源氏」になっている気安さと、「人間の本音」についての洞察が、全台詞・解説に通じていて、その捉《とら》え方自体が、平成の作者と読者によって始めて成立したと言えるものと思われます。

これまで光源氏はこの世の人でないほど美しく、何でもできるスーパーヒーローでした。若さゆえの驕《おご》りも、恋のかけひきの卑怯《ひきよう》も、源氏がすれば「神々《こうごう》しくありがたいもの」になってしまったのです。

けれどもこのマンガでは、なにしろ「栗」ですから、そのような魔法はありません。一人の人間として、いい感じのところも、そうでないところも、素直に自然に書かれています。いわば源氏の「人間宣言」で、逆にそれが魅力になっているようです。平成の私たちは、そのようなスターをよしとするのです。『ブッタとシッタカブッタ』の作者らしい人間観でもあるのでしょう。

たとえば、「藤袴」で、夕霧が源氏に、玉鬘について源氏の本音を、世間の噂を引き合いに出して問い詰める場面では、「どなたもどなたも誤解です。今にわかります」と答えながら、源氏の栗顔の横の方には冷や汗が出て、心中の吹き出しに「うーむ見破られている」とあります。これで間違いなく、読者はこの筋を記憶に焼きつけることができるのです。

「若菜 上」では、紫の上の悩みは、一コマに凝縮されていますが、雪の朝がえりの場面は、そこだけ別立てで四コマになっていて、源氏は「雪が残ってるなあ…」「あけとくれ」と格子を叩いていて、女房たちは「大殿が戻られた…」「こんなに朝早く?」「上様をお泣かせになるひどい大殿ですよ」「も少し寝てましょ　待たせましょ」などと言っています。四コマ目では、栗の顔の源氏が「う〜　長く待たされて冷えちゃったよ」と言い、褥《しとね》の中の紫の上は、涙を落として「おかえりなさい」と迎えています。簡潔な言葉と端的な表情で、人物の本音を出すことで、人間関係を把握させるすぐれものです。

原文にある、深くこまやかな味わいや、あらすじの大局にはかかわらなくても忘れがたい名場面などは、このマンガではさすがに表せませんが、原文にとりかかる前に、これで大きな流れを把握しておけば、途中でストーリーが混乱して投げ出すことなく、余裕を持って耽読できます。

「確かで端的で、速攻で、効率よく、要点を把握する」という特性も、平成らしいと言えるでしょうか。

以上、あれこれと比べてみましたが、源氏ファンにとってはどれも面白く、興味のつきない「永遠の古典」であることは、やはり変わりがないようです。

〈あなたはどのタイプ？〉

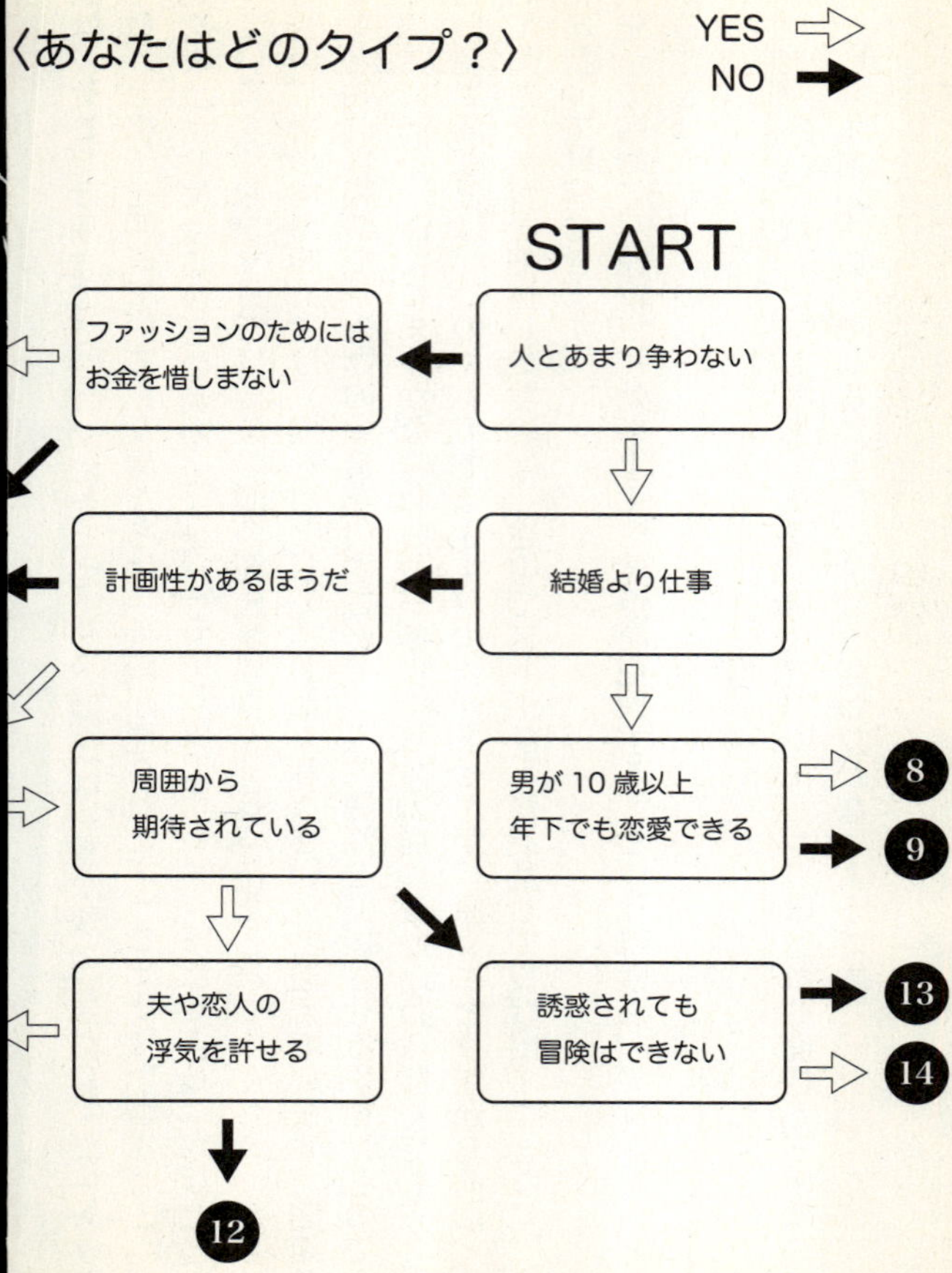

YES
NO
START
人とあまり争わない
ファッションのためには
お金を惜しまない
結婚より仕事
計画性があるほうだ
男が 10 歳以上
年下でも恋愛できる
8
9
周囲から
期待されている
誘惑されても
冒険はできない
13
14
夫や恋人の
浮気を許せる
12

チャート式性格判断（女性篇）

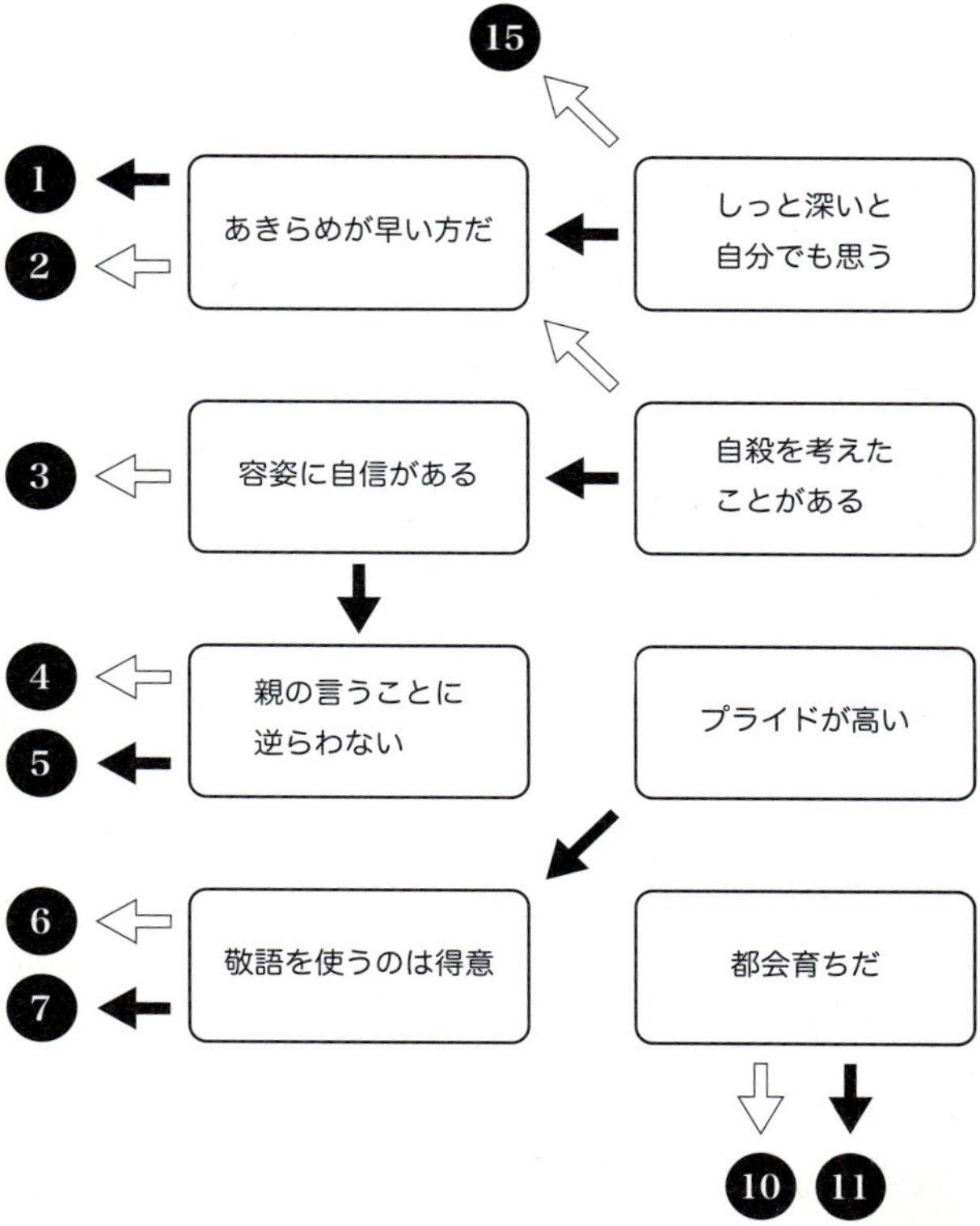
15
1
2
あきらめが早い方だ
しっと深いと
自分でも思う
3
容姿に自信がある
自殺を考えた
ことがある
4
5
親の言うことに
逆らわない
プライドが高い
6
7
敬語を使うのは得意
都会育ちだ
10
11

〈あなたのタイプは……〉

1 **女三の宮**　みんなから大切にされて、幸せに育ったあなた。立派で優しい父に愛され、ファザコン気味かも。一見大人しそうで、実は芯の強いところがあり、意思を通して最後に幸せをつかみます。ただしあまり深く考えずに、衝動的に行動してしまって、知らないうちに他人を傷つけていることもあるのでご注意を。

2 **浮舟**　純朴で素直なあなた。周囲の人の思惑にも逆らわずに従うので、職場や親戚間でも重宝され、人気があります。でも流れに逆らえず、ムードに負けてしまう恐れもあり。現実の条件をよく認識し、自分の問題から逃げない勇気を持てば、大きな未来が開けるでしょう。

3 **夕顔**　いじらしく、やさしく、男性には従順で、どこかに蔭のある美人タイプ。本人はささやかな贅沢で満足でき、幸福を感じられるのですが、お金や力のある男性にもてるので、実はゴージャスな世界も知っています。ただし同性には警戒されてしまい、それが大きな障害になることもあるのでご注意。

4 **末摘花**　もの静かで、積極的に行動したりはしませんが、良家に育ち、しっかりした信念をもつ人。決して人に媚びたりせず、正々堂々とわが道を歩みます。また辛抱強く、信念のためには苦境もいといません。保守的思考が強いので、視野を広げる努力をすれば、幸せをつかめるでしょう。

5

空蟬　あなたが思っているよりもずっと、他人はあなたを魅力的だと思っています。慎み深く、正義感もあり、いつも自分を律していることでしょう。プライドが高いので、あまり本音を外には出しません。もう少し本音を出して、自分の気持ちを素直に表現できれば、思わぬ世界がひらけるのでは。

6

紫の上　美点をすべて備え、完璧な、理想の女性です。愛されて育ったので、自然に素直で優しく、誰からも愛されます。けれども他人にとても気を遣うため、じつは我慢していることも多く、ストレスで身体をこわす恐れもあります。もう少しだけわがままになって、自分の望みを言ってみては。

7

玉鬘　逆境を物ともしない運の強さと、あなたを盛り立ててくれる人脈に恵まれていることでしょう。あなたの美しさと、相手をリラックスさせる風情が、男性には可愛らしく映ります。モテすぎて苦労しますが、その経験からより賢くなり、頭脳・才能を磨いていくタイプです。夫の健康には気をつけて。

8

源典侍　つねにポジティブ・シンキング。積極的でエネルギッシュ、仕事もバリバリこなし、周囲にも実力を納得させます。教養も高く、勉強家でもありますが、惜しむらくは、それが品性に結びつかないこと。まずは自分を冷静に観察し、押すばかりでなく、引くところは引き、色気もほどほどにしておきましょう。

9 **朝顔**　とび抜けて怜悧で、頭がよく、理性的なあなた。感情に流されることがないばかりでなく、自分のことはほとんど他人に話さないので、ミステリアスな魅力にあふれています。とても慎重で、石橋をたたいても渡らないタイプなので、絶対に失敗はしませんが、時には冒険をしてみては。

10 **藤壺**　人望があつい大人の女性。年下の男性からもかなりモテます。頭もよく気配りもできるので、人間関係で下手な失敗などはしません。危険な秘密は墓の下まで持って行きます。子供のためには思わぬ強さを発揮し、意志も強く、人生を最後まで成功させることができるでしょう。

11 **明石君**　生まれつき賢く、父の期待がどんなに大きくても、きちんと応えるタイプ。上流家庭の生まれではありませんが、プライドとコンプレックスをバネにして努力を重ね、犠牲を払ってでも勝利をつかみます。注意深く、人間関係にも慎重ですが、意外と進取の気性もあり。最後に輝くのはあなたです。

12 **弘徽殿女御**　母性愛が強く、わが子や身内のためには思わぬパワーを発揮する、「頼れる母」タイプ。自分の立場が強いときは、その力を惜しまずに行動しますが、逆境になると弱くなってしまいます。もしもの時にそなえて、普段から周囲の反感を買わないような気配りを心がけましょう。

⑬ **朧月夜**　明るくて華やかで、大輪の花のようなあなた。めぐまれた環境で育ち、自信にみちて大胆な行動をとるのがさらに魅力的です。しかも自己責任はしっかりとって、自分の運命を他人のせいにはしません。ただしそのために周囲を巻きこんで迷惑をかけ、それが落とし穴になることもあるのでご注意を。

⑭ **葵上**　立派な家庭で大事に育てられ、頼りがいのある親に守られて、自分を育てる機会がなかったあなた。本当は美人でチャーミングなのに、幼さからつい意地をはってしまい、せっかくの魅力を活かしきれずにいます。まずは素直になって、他人とのコミュニケーションを増やしてみては。

⑮ **六条御息所**　聡明でセンスがよくて、大人の女性としては申し分のないあなた。自分の欠点を自覚して、それを克服しようという努力も惜しみません。プライドが高いのに運命に恵まれず、逆境が人一倍身に沁みることもあるでしょう。苦しい恋に陥りがちでもあります。もっと肩の力を抜いて、長い年月を視野に入れるとよいのでは。

〈あなたの彼はどのタイプ？〉

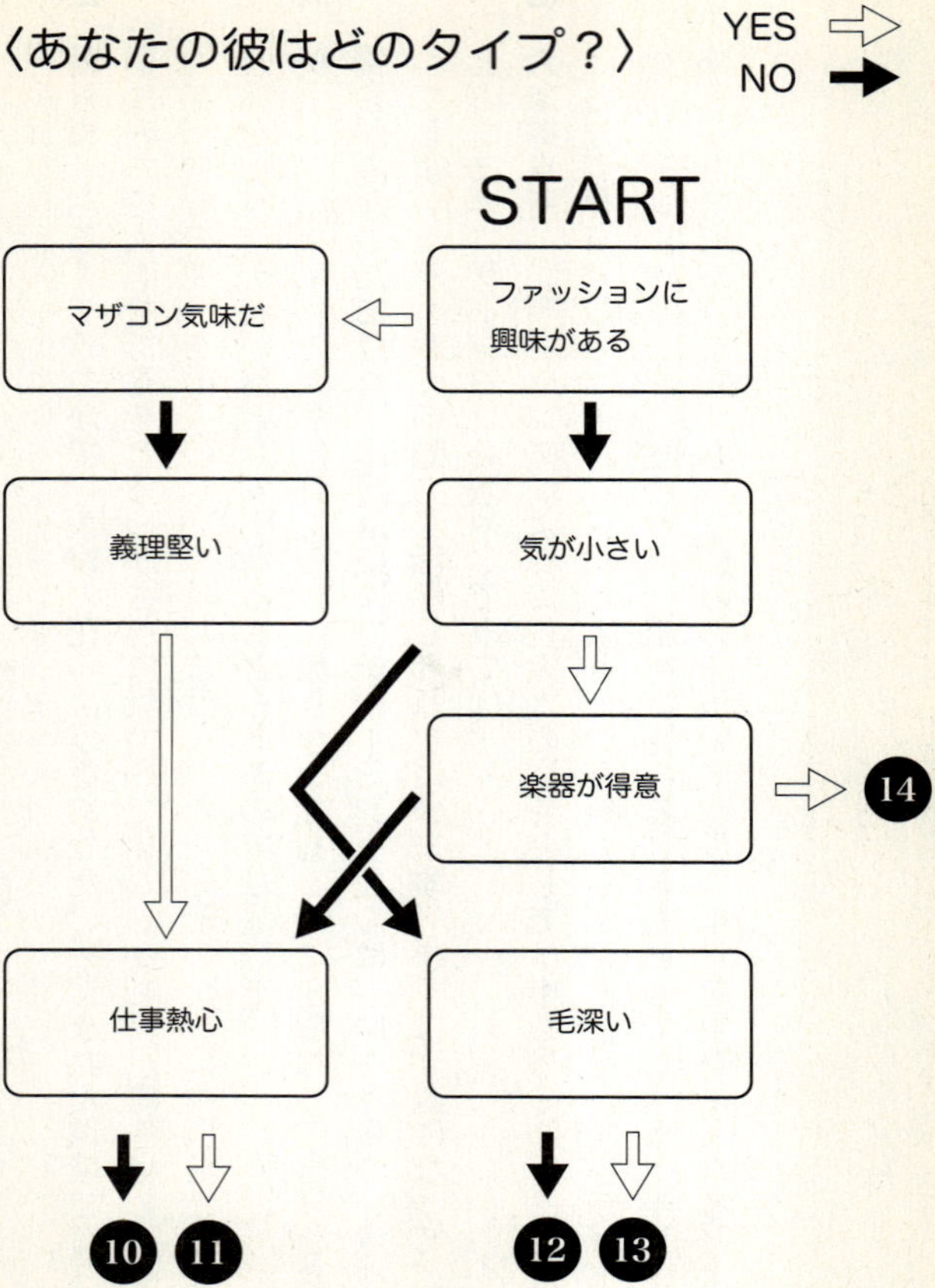

チャート式性格判断（男性篇）

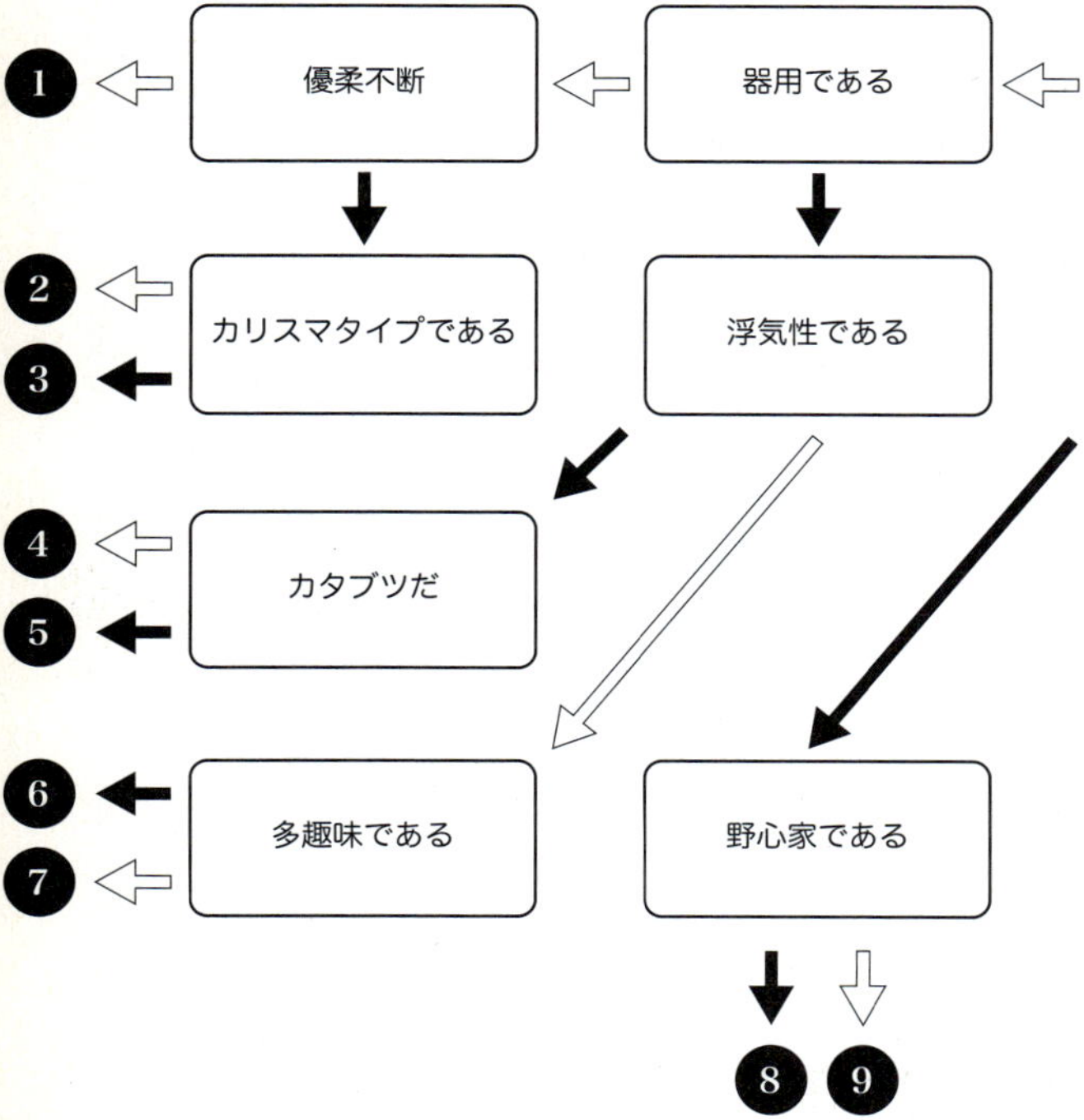

〈あなたの彼のタイプ、彼とつきあうコツは……〉

1 **薫** いつも周囲から大切にされ、自己主張しなくても引き立ててもらえるタイプ。会社でも順風満帆な昇進ぶり。優柔不断なのに、かえってそれが不思議と魅力になってしまうのです。ただし本命の彼としてはあまりお勧めできません。割り切ったつきあいで、彼のグチにはつきあわないのがうまくいくコツです。

2 **光源氏** 容姿端麗、スポーツ万能、学問も仕事も趣味も、すべて超Aクラスの完璧な彼。同性・異性を問わず、常に誰からも敬愛されています。が、器用に何でもできすぎて、一番大事なことを見落として最後に痛い目を見る恐れあり。彼のカリスマ性に負けないで気取らずにつきあい、あなたも自己主張してみましょう。

3 **頭中将** ちょっと軽いところがあって、調子のいい慌て者。好き嫌いがはっきりしていて、好きな人にはとても情が深く、派手な愛妻家ではありませんが、じつは妻を大事にするタイプです。負けず嫌いで子供っぽいところがあるので、あなたが上手にフォローしてあげれば、彼の運勢もより上昇するかも。

4 **夕霧** いまどき珍しい真面目なカタブツ派。育ちのよさがうかがわれる素直な性格で努力家でもあります。ただし融通がきかないので、思い込んだら相手の都合も構わず押しの一手でヒンシュクを買うことも。安定した関係で女性が所帯じみてしまうと、飽きられる恐れもあり、時には大胆で風雅な演出も心がけましょう。

5

桐壺帝　周囲をかえりみない情熱家で、若いときは一途に猛進するタイプですが、年齢とともに落ち着いた紳士になり、大人の魅力が深まります。彼に愛された女性は幸せになれる可能性大。ただしモテモテの彼なので、必ず他の女に嫉妬されます。自分に自信を持って、他の女の嫌味などに惑わされず、余裕の応対をすること。

6

匂宮　身長・学歴・収入そろった三高の美男。申し分ありません。彼氏にすれば、友人たちから羨ましがられることでしょう。愛する人には本当に親身になる、優しい彼ですが、モテモテで浮気性なので、あなたも覚悟が必要。油断大敵です。あなたが他の男の人とも仲良くして、逆に彼に嫉妬させるのもいい効果になるかも。

7

螢宮　多趣味でつきあいがよく、どこへでも顔を出す彼。ソツがなく、社交的ですが、恋愛関係の深みにはまるタイプではありません。放っておいても一人で楽しんでいられるので、彼に束縛されたくない女性にはピッタリ。あなたが一緒に楽しむこともできるし、あなたが自由に出かけることもできる、スグレモノです。

8

横川僧都　真面目勤勉で学究肌、たゆまぬ努力で高い地位にいますが、頭が固すぎることはなく、俗世のこともちゃんと知っているし、理解もあります。家族思いで、仕事が大変でも家族を放ったりしません。老親の介護もバッチリ。つきあえば最高の安心を得られるので、あなたも彼に合わせてよき伴侶として人格を高めましょう。

9 **明石入道**　野心タップリの彼。コンプレックスをバネに努力を重ね、時には山っ気もあるほどですが、望みがかなって満足すれば潔く、底なしの欲張りというわけではありません。彼とつきあえばあなたも苦労し、時には寂しい思いもさせられますが、最後には大出世して、苦労しただけのことはある人生となります。

10 **朱雀帝**　女性にはとても優しく、自分も女性的なところがあるので、同じ趣味で盛り上がることができます。マザコンなのが難ですが、好きな女性には一途なところがあり、時には頼りないのも、優しさの証しです。つきあうには、あなたが母になって包んであげたり、はっきりした主張でリードしてあげるのがコツ。

11 **惟光**　ガテン系でフットワーク抜群。機械の扱いも力仕事も、何でもできます。学歴は高くなくても、頭がよくて人の事情や心をよく察して気配りもできる。最後に思わぬ出世をして、子供もしっかり育てます。セレブや派手なお金持ちにはなりませんが、信頼してついていけます。安心して平穏な人生を送るには、彼が一番です。

12 **右大臣**　輝く美男子というわけにはいきませんが、まずまずで難はありません。仕事でも順調に出世します。大きな失敗はしませんが、人のことをあまり考えずに行動するので、身内を傷つけてしまう可能性もあり。決断力に欠けるところがあるので、あなたがしっかりリードすれば、彼はどのようにも変身することでしょう。

13

鬚黒　男は顔じゃない、力と才能と努力だ、と納得させるタイプ。地道に働いて、自力で出世していくので、とても頼りになります。ただし美女には弱く、浮気が本気になることがあり、油断は禁物です。長くつきあうには、あなたがいつまでも魅力ある「かわいい女」でいる努力を惜しんではいけません。

14

柏木　センスがよくてアーティスティックな彼。才能は素晴らしく、将来も期待されています。その繊細な神経の分、権威やストレスに弱く、何かにつまずくと、再起するのが大変でしょう。恋には一途で我を忘れてしまうこともあります。あなたが彼に自信をつけさせて、厳しくしないで長い目で見守ってあげれば大成するかも。

〈51、浮舟〉

「柴小舟」　京菓子司 ますね

京都市中京区河原町三条下ル大黒町33

☎075－221－2017

〈52、蜻蛉〉

「御所氷室」　鶴屋吉信　（季節限定）　＊

（連絡先は〈3、空蟬〉と同じ）

「御所氷室」は本店と直営店のみで販売。

〈53、手習〉

「雲龍」　俵屋吉富　＊

（連絡先は〈36、柏木〉と同じ）

〈54、夢浮橋〉

「通ひ路」　松屋藤兵衛

（連絡先は〈24、胡蝶〉と同じ）

できれば予約かお問い合わせを。

〈46、椎本〉
「雪餅」　嘯月　（季節限定）
（連絡先は〈25、蛍〉と同じ）
注文分だけを作るお店なので、必ず予約を。

〈47、総角〉
「秋の山路」　甘春堂　（季節限定）　＊
京都市東山区川端通正面大橋角
☎075－561－4019
http://www.kanshundo.co.jp/

〈48、早蕨〉
「京野菜」　俵屋吉富　＊
（連絡先は〈36、柏木〉と同じ）

〈49、宿木〉
「京の香」　とらや　＊
（連絡先は〈23、初音〉と同じ）
「京の香」は京都限定商品なので、ご購入の際は店舗をご確認下さい。

〈50、東屋〉
「やき栗」　二條若狭屋　＊
（連絡先は〈39、夕霧〉と同じ）

〈雲隠〉
「嵯峨まんじゅう」　鶴屋寿　＊
（連絡先は〈10、賢木〉と同じ）

〈42、匂宮〉
「カネール」　聖護院八ッ橋総本店　＊
京都市左京区聖護院山王町6
☎075－761－5151
http://www.shogoin.co.jp/

〈43、紅梅〉
「都福梅」　鶴屋長生　（季節限定）　＊
（連絡先は〈2、帚木〉と同じ）

〈44、竹河〉
「さくら飴」　祇園小石　（季節限定）　＊
京都市中京区錦小路猪熊西入七軒町481
☎075－841－3051
さくら飴は四月限定商品です。
http://www.g-koisi.com/

〈45、橋姫〉
「抹茶しずく」　祇園辻利本店　＊
京都市東山区祇園町南側573－3
☎075－525－1122
http://www.giontsujiri.co.jp/

☎075－432－2211
http://www.kyogashi.co.jp/

〈37、横笛〉
「たけの露」　京華堂利保　＊
（連絡先は〈18、松風〉と同じ）

〈38、鈴虫〉
「水面の月」　紫野源水　（季節限定）
（連絡先は〈33、藤裏葉〉と同じ）

〈39、夕霧〉
「小萩餅」　二條若狭屋　（季節限定）
京都市中京区二条通小川東入ル西大黒町333－2
☎075－231－0616
http://www.kyogashi.info

〈40、御法〉
「花一枝」　亀屋良永　＊
京都市中京区寺町通御池下ル下本能寺前町504
☎075－231－7850

〈41、幻〉
「麩のやき」　亀屋清永　＊
（連絡先は〈1、桐壺〉と同じ）
表面の模様は季節によって変わる。

〈31、真木柱〉
「祇園豆平糖」　するがや祇園下里　＊
京都市東山区祇園末吉町80
☎075－561－1960

〈32、梅枝〉
「夜の梅」　とらや　＊
（連絡先は〈23、初音〉と同じ）

〈33、藤裏葉〉
「千代結」　紫野源水
京都市北区北大路新町下ル
☎075－451－8857

〈34、若菜 上〉
「椿餅」　とらや　（季節限定）　＊
（連絡先は〈23、初音〉と同じ）

〈35、若菜 下〉
「ときわ木」　京菓子匠 源水
京都市中京区油小路通二条下ル
☎075－211－0379

〈36、柏木〉
「志ば味糖」　俵屋吉富　＊
京都市上京区室町通上立売上ル

〈26、常夏〉
「京あゆ」　京華堂利保　（季節限定）
（連絡先は〈18、松風〉と同じ）

〈27、篝火〉
「唐板」　水田玉雲堂　＊
京都市上京区上御霊前町394
☎075－441－2605
http://gyokuundo.com/

〈28、野分〉
「初秋」　とらや　（季節限定）　＊
（連絡先は〈23、初音〉と同じ）

〈29、行幸〉
「大枝の実」　洛西 松屋　（季節限定）
京都市西京区大原野上羽町359－2
☎075－331－2975
購入前にはお問い合わせを。

〈30、藤袴〉
「雲水」　紫竹庵　＊
京都市北区紫野下御輿町28
☎075－493－9797
http://www.shichikuan.com/

〈22、玉鬘〉

「撫子の干菓子」　老松　（季節限定）　＊

（連絡先は〈11、花散里〉と同じ）

〈23、初音〉

「花びら餅」　とらや　（季節限定）　＊

一条店　京都市上京区烏丸通一条角

☎075－441－3111

四条店　京都市下京区四条通御幸町西入

☎075－221－3027

http://www.toraya-group.co.jp/

〈24、胡蝶〉

「珠玉織姫」　松屋藤兵衛

京都市北区紫野北大路大徳寺バス停前

☎075－492－2850

売り切れることも多いので、できれば予約かお問い合わせを。

〈25、蛍〉

「水の面」　嘯月　（季節限定）

京都市北区紫野上柳町6

☎075－491－2464

注文分だけを作るお店なので、必ず予約を。

京都市中京区夷川通柳馬場西入る六丁目264
☎075－211－5211
http://www.mamemasa.co.jp/

〈18、松風〉
「濤々」　京華堂利保
京都市左京区二条通川端東入ル難波町
☎075－771－3406

〈19、薄雲〉
「東の山」　笹屋湖月　＊
京都市中京区聚楽廻東町24
☎075－841－7529

〈20、朝顔〉
「紫野」　本家玉壽軒　＊
京都市上京区今出川通大宮東入ル
☎075－441－0319

〈21、乙女〉
「菓懐石」　緑寿庵清水　＊
京都市左京区吉田泉殿町38－2
☎075－771－0755
金平糖の種類は季節によって変わります。
http://www.konpeito.co.jp/

てお問い合わせ・予約を。

〈13、明石〉
「浜土産」　亀屋則克　（季節限定）
京都市中京区堺町通三条上ル
☎075－221－3969
購入前に予約かお問い合わせを。

〈14、澪標〉
「いさり火」　京菓子司 末富　（季節限定）
（連絡先は〈6、末摘花〉と同じ）
ある程度まとまった数の注文を受けてから作るので、購入前に予約かお問い合わせを。

〈15、蓬生〉
「奥嵯峨」　松楽　＊
京都市西京区嵐山宮ノ前町45
☎075－871－8401
http://www.kyoto-shoraku.com/

〈16、関屋〉
「錦繍」（生菓子）　**鶴屋吉信**　（季節限定）　＊
（連絡先は〈3、空蟬〉と同じ）

〈17、絵合〉
「豆菓子」　豆政　＊

http://www.seikanin.co.jp/

〈9、葵〉

「賀茂葵」　宝泉堂

京都市左京区下鴨膳部町21

☎075－781－1051

http://www.housendo.com/

〈10、賢木〉

「野宮」「嵯峨竹」　鶴屋寿　＊

京都市右京区嵯峨天龍寺芒ノ馬町22

☎075－862－0860

http://www.sakuramochi.jp/

〈11、花散里〉

「夏柑糖」　老松　（季節限定）　＊

京都市上京区北野上七軒

☎075－463－3050

売り切れることが多いのでできれば予約を。

http://www.oimatu.co.jp/

〈12、須磨〉

「如心松葉」　井筒屋重久

京都市下京区中堂寺庄ノ内町37－8

☎075－312－3676

大量生産ができないので、必ず十分な日数の余裕をもっ

〈4、夕顔〉

「菴《いお》納豆《りなつとう》」　御菓子司 緑菴《りょくあん》

京都市左京区浄土寺下南田町126－6

☎075－751－7126

http://www3.ocn.ne.jp/~ryokuan/

〈5、若紫〉

「花どころ」　高野屋貞広　＊

京都市南区上鳥羽塔ノ森柴東町19－1

☎075－662－6263

http://www.takanoya.co.jp/

〈6、末摘花〉

「うすべに」　京菓子司 末富　＊

京都市下京区松原通室町東入ル

☎075－351－0808

〈7、紅葉賀〉

「錦繍」（干菓子）　**鶴屋吉信**　（季節限定）　＊

（連絡先は〈3、空蟬〉と同じ）

〈8、花宴〉

「春満開」　菓匠 清閑院　（季節限定）　＊

京都市左京区南禅寺草川町41－12

☎0120－444－227

〈菓子舗一覧〉

本文ページで紹介したお菓子の店の連絡先です。お菓子によっては季節限定のものや、注文を受けてから作るものなどもありますので、ご利用の際はホームページやお問い合わせなどでご確認下さい。

（＊マークのものは、本店以外でもお求めになれます）

〈1、桐壺〉
「清浄歓喜団」　亀屋清永　＊
京都市東山区祇園石段下南
☎075－561－2181
http://www.kameyakiyonaga.co.jp/

〈2、帚木〉
「うば玉」　鶴屋長生　＊
京都市右京区嵯峨広沢南野町19－25
☎075－881－4168
http://kyofuzei.jp

〈3、空蟬〉
「夏衣」鶴屋吉信　（季節限定）＊
京都市上京区今出川通堀川西入（西陣船橋）
☎075－441－0105（代）
http://www.turuya.co.jp

〈その他〉

・五十四帖茶碗　個人蔵
・系図イラスト　室谷雅子
・系図と地図の作製　ホシノ トモヒロ
・『新譯源氏物語』
（与謝野晶子　金尾文淵堂　中澤弘光挿絵）
カラー版日本文学全集『源氏物語』
（河出書房新社　新井勝利挿絵）
以上の資料提供　潮廼舍文庫
http://www.h3.dion.ne.jp/~sionoya

編集協力
一文字昭子
藤明理惠
惠比呂美
柳澤理恵子

〈写真〉

p.15, p.19, p.23, p.39, p.55, p.59, p.75, p.83, p.87,
p.95, p.99, p.123, p.127, p.131, p.135, p.163, p.171,
p.179, p.183, p.195, p.199, p.203, p.207, p.211,
p.219, p.223, p.227, p.239, p.247, p.251
以上30点すべて

日弁貞夫

p.31 実相院提供
p.27, p.47, p.51 の3点は
Image：TNM Image Archives
Source：http://TnmArchives.jp/
それ以外の美術品の写真はそれぞれの右ページに表記の所蔵者より提供

p.22「夏衣」, p.74「錦繍」
p.42「春満開」
p.94「菓懐石」
p.130「雲水」
p.226「雲龍」
以上6点のお菓子の写真はそれぞれの菓子舗より提供
p.190「さくら飴」京都新聞提供
それ以外のお菓子の写真および54点の茶碗の写真は
文藝春秋写真部　白澤 正

文春文庫

源氏物語《げんじものがたり》の京都《きようと》案内《あんない》

定価はカバーに
表示してあります

2008年3月10日　第1刷

編　者　文藝春秋《ぶんげいしゆんじゆう》

発行者　村上和宏

発行所　株式会社　文藝春秋

東京都千代田区紀尾井町 3-23　〒102-8008
TEL　03・3265・1211
文藝春秋ホームページ　http://www.bunshun.co.jp
文春ウェブ文庫　http://www.bunshunplaza.com

落丁、乱丁本は、お手数ですが小社製作部宛お送り下さい。送料小社負担でお取替致します。

印刷・大日本印刷　製本・加藤製本

Printed in Japan
ISBN978-4-16-721782-2